一頁 folio

始 于 一 页 ， 抵 达 世 界

CHROMA:
A BOOK OF COLOUR - JUNE '93
DEREK JARMAN

色

彩书一种——

1993年6月

[英]德里克·贾曼 著　　　江文宇 译

GUANGXI NORMAL UNIVERSITY PRESS
广西师范大学出版社

·桂林·

图书在版编目(CIP)数据

色：彩书一种：1993年6月 / (英) 德里克·贾曼著；
江文宇译. —— 桂林：广西师范大学出版社, 2021.10 (2023.4重印)
书名原文: Chroma: A Book of Colour–June '93
ISBN 978-7-5598-4062-2

Ⅰ. ①色… Ⅱ. ①德… ②江… Ⅲ. ①随笔 – 作品集 –
英国 – 现代 Ⅳ. ①I561.65

中国版本图书馆CIP数据核字(2021)第151956号

CHROMA: A BOOK OF COLOUR–JUNE '93
by DEREK JARMAN
Copyright © 1994, DEREK JARMAN
Simplified Chinese edition copyright © 2021 by Folio (Beijing) Culture & Media Co., Ltd.
This edition arranged with PEAKE ASSOCIATES through Big Apple Agency, Inc., Labuan, Malaysia.
All rights reserved.

著作权合同登记号桂图登字：20–2021–242 号

SE: CAISHU YI ZHONG—1993 NIAN 6 YUE
色：彩书一种——1993 年 6 月

作　　者：（英）德里克·贾曼

责任编辑：谭宇墨凡

特约编辑：苏　骏

装帧设计：山　川

内文制作：常　亭

广西师范大学出版社出版发行

广西桂林市五里店路 9 号　邮政编码：541004

网址：www.bbtpress.com

出版人：黄轩庄

全国新华书店经销

发行热线：010-64284815

北京中科印刷有限公司印刷

开本：889mm×1194mm　1/32

印张：11.5　　字数：202 千字

2021 年 10 月第 1 版　2023 年 4 月第 3 次印刷

定价：68.00 元

如发现印装质量问题，影响阅读，请与出版社发行部门联系调换。

色

彩书一种——1993 年 6 月

灿烂，华丽，脂粉，浪[1]，

生动，招摇，狂野，莽，

闪耀，俗丽，花哨，闹，

刺眼，尖啸，招摇，傲，

醇柔，协调，阴邃，深，

淡彩，灰暗，死沉，闷，

恒常，多彩，五光十色，

斑驳，多变，缤纷折射，

万花，千姿，种类广杂，

刺青，晕濡，装饰繁华，

乱抹，薄涂，浸润，染，

高调亮色，色谎骗。

欢乐鬼 [2]

　　我书献给欢乐鬼，褴褛浪人 [3]，破刺猬、穷老鼠和劣尾兔 [4] 之庸众，集红、蓝、绿补丁于一身。如水银般多变之骗术师，戴了黑面具。身披众彩之变色龙。空中杂技员，跳跃着、飞舞着、翻着筋斗。混沌之子。

　　色调多种、诡计多端

　　变幻着他的皮肤

　　大笑到连指尖都在笑

　　贼子与骗子之王子

　　新鲜空气之呼吸。

　　博学士：那你是如何抵达月亮的？

　　欢乐鬼：这个嘛……是像这样的……

（皮埃尔·路易·迪沙尔特 [5]《意大利喜剧》）

1　浪（gay）：原文一词多义。该词旧指"欢愉"，现"（一般指男子）同性恋（者）的"，也可形容色彩鲜艳华丽的样子，在俚语中还讽喻"浪荡放肆"。——本书注释均为译者注。

2　欢乐鬼（Harlequin）：传统意大利喜剧中一个固定丑角名，服装五颜六色。

3　褴褛浪人（Tatterdemalion）：二十世纪七〇年代漫威（Marvel）超级英雄漫画中登场的一反面角色诨号，字面意"衣衫褴褛的流浪者"。

4　破刺猬、穷老鼠和劣尾兔（Rag, Tag and Bobtail）：英国广播公司（BBC）于二十世纪五〇至六〇年代播放的同名儿童电视节目中三个布偶的角色名，延伸为英文贬义俗语，形容市井庸众。

5　皮埃尔·路易·迪沙尔特（Pierre Louis Duchartre，1894—1983），法国学者，专门研究意大利喜剧，代表著作《意大利喜剧》（The Italian Comedy）。（本书原文引述非英语作品时大都使用英译文本，并标注英译名，因此本书脚注括号中名称一律以原文所用英译名为准，不另附非英语原著信息；个别处原文使用非英语信息，则在对应脚注中特别说明。）

Contents 目　录

引　言[1]

Introduction 引 言

蜷缩于彩虹尽头的金瓦罐中[1]，我梦见色[2]。画家伊夫·克莱因的国际蓝[3]。蓝调[4]和远歌。眼睛——我懂——十五世纪建筑师阿尔贝蒂[5]称其"敏锐尤甚于任何一切"。迅捷之色，稍纵即逝之色。他在《论绘画》一书中写下那几个字，于1435年8月26日周五早晨8点45分完稿。然后他过了个漫长周末……

我的编辑马克[6]到展望庐[7]来了，我们聊色彩。聊各种蓝和红，聊"蓝音乐会"——此刻西蒙·特纳[8]正在京都金阁寺殿前表演——聊我为音乐会而做的调研，以及调研工作如何使我一头扎入光谱。马克现已离开。我坐在我新屋的静寂中，从这里能望见暮色中的邓杰内斯核电站[9]：

夜晚物色难辨时环顾你的房间——开灯，画你暮中所见。有许多画作描绘半明半暗光线下的室内外景色，但你如何比较这些画中用色，与你于半明半暗中所见之色？色彩在它的周边环境中发光。就像眼睛，只能在脸上微笑。

（路德维希·维特根斯坦《评色》[10]）

早晨我翻阅我书目索引——谁曾写过色？色曾见诸……哲学……精神病学……医学……以及艺术，观察论述回响千秋：

> 此时此刻我们应谈谈诸般光与色。显然色彩因光而变，因为每种色彩在阴影中、在光线照射下，都显不同。阴影使一色变暗，光线则使其变明亮清晰。色被黑暗吞噬。

（阿尔贝蒂，前引）

> 夜里我梦见色。
>
> 我梦的梦有些是彩色。
>
> 我的色彩梦**我记得**[11]。

这一个来自三十年前……

我梦到一场"格拉斯顿伯里节"[12]。绝美绿草坪上，围绕一栋纯白古典孑然而立的房，成千上万人露营。正门弧型门楣上横条雕饰，用纯净柔和色粉画颜料描绘主人善行。这是谁的房子？寻欢作乐者中一员给了我答案——"这是萨尔瓦多·达利[13]的房子。"

此后我再看达利的画，难以从中发现丁点儿色彩。

儿时，在皇家空军尼森小屋[14]发霉的墙壁上涂抹着胶画颜料，我开始注意色彩及其变化。我父亲把一艘亮黄色橡皮艇放在草坪上，用橡胶软管往里充水，充好后我们就在金黄的水里游泳。从此，我就以为水是黄的，并且成为一名为描绘出各样反思反映[15]而挣扎的青少年——然后"现代派们"大踏步挺进入场，可那时我还没来得及进入学院。

　　我拒斥灵魂与直觉，以之为不必要——1914年2月19日，在一场公开课上，我拒斥理性。[16]

或这一靠谱建议……

　　唯愚蠢无能之艺术家才用真诚筛查其作品。艺术之中，所需要乃是真理，而非真诚。

　　（卡西米尔·马列维奇[17]《艺术散论》）

愿我的威迪文[18]黑墨水溅溢真理。

化学的或浪漫的名——锰堇 [19]、蔚蓝、天青 [20]；以及遥远之地，那不勒斯黄。色彩之地理，安特卫普蓝、锡耶纳生赭。色彩延伸至遥远星球——火星堇 [21]；以古老大师命名——凡·戴克棕 [22]。矛盾的——灯黑 [23]。

　　"眼睛是比耳朵更可靠的证人。"赫拉克利特 [24] 说。虽然在他留给我们的作品中，这些残篇不见任何色彩。

　　　　　　　　　　（《赫拉克利特》，译／可汗 [25]）

在校时，倘若我没有正在假扮印象派或与后印象派画家玩闹（临摹凡·高盛放 [26]，用我颤颤巍巍的复制品迎合女总管史密斯小姐），那我就正在尝试着迫使色彩彼此恐吓……背景中电视机的黑白画面闪烁。我去电影院逃避这一切，那里的色彩比实物更佳。

　　　　人民在艺术里不是人民，

　　　　狗在艺术里都是狗，

　　　　草在艺术里不是草，

　　　　一片天在艺术里是一片天，

　　　　事物在艺术里不是事物，

　　　　词语在艺术里是词语，

字母在艺术里是字母，

写作在艺术里是写作，

信息在艺术里不是信息，

阐释在艺术里不是阐释。

（艾德·莱因哈特[27]《加利福尼亚》）

　　所有色彩、颜料闻起来那股浓浓的气味，都是松脂混着亚麻籽油——自淡蓝色亚麻田碾轧而出。本地颜料来自彩色田野。板球棒与画刷同蘸[28]。死亡萦绕画刷——猪鬃毛、松鼠、貂，以及涂着兔皮胶的油画布。

　　我学会了色，但并不理解。

　　我收集了块状水彩画颜料[29]，粘在银色包装纸里，从来不拆。深猩红。象牙墨。温莎蓝。新藤黄。我用成熟油画颜料工作。

　　假期时多次上伦敦小游，去到布罗迪和米德尔顿[30]店里，这是考文特花园[31]一家颜料商，听装廉价油画颜料制造商。"不伦瑞克绿"[32]，我最爱的廉价颜料。朱红，我顶亲爱的朋友们，顶亲爱的[33]这些红。是的，这些红，花了我们不少钱。我画作中的色彩被价格支配。我在玻璃调色板上调色，越过了温莎和艾萨克·牛顿[34]的色彩——没有名字的色彩……

　　别的我们自己命了名……

鹅粪绿或**呕吐**。

什么是纯净色？

> 如果我说一张纸是纯白，那现在将其旁置于雪，其看起来就显灰。我却还称之为白，而非亮灰。
>
> （维特根斯坦，前引）

红中何处是真红？所有其他红所向往，最初、最原始之色？

十多岁时的冥思，困限于学生用的管状"乔治风"[35]颜色。（艺术家们的色彩远超我们荷包可以负担。）我离开大学，搭便车去希腊。白岛，水洗蓝墙，提洛岛[36]上的白色大理石阳具[37]，蓝矢车菊，百里香气味。

我坐在货运卡车后车厢里回到伦敦，开始了作为斯莱德[38]油画系学生的生活，值法桐叶变棕，一层亮蓝迷雾模糊了煤黑教堂。

六〇年代，男孩们开始清洗两腿之间。你还记得那些去体臭广告吗？

与男孩们一道，伦敦拭去了烟熏的十九世纪古色。与此同时，画作上经年累月遗留的铜绿般古色，也正被国家美术馆的卢卡斯先生[39]拭去。有人说事实上他彻底重画了那些画。当他没在忙着累垮一座索多玛[40]时，他教我们如何研磨颜料以及给画布上底色。

小游至大皇后街的科内利森[41]，一家坐落此地两百多年的店，半明半暗中，装着颜料的广口瓶像珠宝一样闪着光，我买了些颜料来自己调色。锰蓝和锰堇。天青和天堇[42]，还有最亮的永固绿。这些颜料带着健康警告标志——黑猩红相间的骷髅头和交叉骨，配文：**危险——勿吸入**。

在斯莱德的第一天……我在清晨的走廊里迷了路，在巨大画室里独自紧张地等着上写生课。突然，一位染了俗丽棕红头发、穿着花卉图案和服的快活中年妇女，从一展屏风后出现。我进来时没注意到她。她脱下那些花儿，一丝不挂直直裸身站在我眼前——而我只能瞪大眼睛看着。她不是我期待中娴静端庄"波提切利的维纳斯"[43]，倒更像约克公爵夫人[44]。

"你想要我怎么摆，亲爱的？"

意识到我局促不安的沉默，她说："噢，艺术的！"然后摆了个姿势，并推荐我用蓝粉笔画她的轮廓。红着脸，抖着手，我照着她说的做。你瞧，我当时很青涩[45]。斯莱德的教授，威廉·科德斯特里姆爵士[46]，高高在上，现身于他办公室通往写生教室的阳台，来看看下面进行得怎么样。我骑着我的驴[47]，试着在他眼皮底下遮盖我最初那些不熟练的碳笔记号。我的画家生涯从此开始。

灰是斯莱德之色。威廉爵士穿灰西装。我的导师，莫里斯·菲尔德[48]，铁灰头发，穿铁灰实验室大卦。他从金丝边眼镜后面眯眼看我，说："我对现代色彩一无所知——但我们能谈谈博纳尔[49]。"于是我们谈起了博纳尔。他对我的作品几乎不置一言。莫里斯曾教导威廉爵士要慢慢地画，然后威廉爵士又教其他导师要画得更慢。但我们是急匆匆的一代。毕竟，随时都可能投下原子弹。因此，斯莱德风格，就是依照模特，以平涂小灰面和粉红十字线，来展现你真是伸出了一只胳膊、举了根铅笔、把她上下打量了一番的，画着那些专用于绘画的摆件道具，我对此毫无兴趣。在学校时我已将那些后期印象派们远远抛在身后，就像逛糖果店的孩子一样四顾浅尝，涉足至上主义[50]、超现实主义[51]、达达[52]（这个，我注意到，并非一种"……主义"），以及最后到滴彩主义[53]和行动绘画[54]。

在邻居古塔[55]的阁楼里，我度过了现代运动，后来转向传统英格兰风景画——我自己承认的第一幅作品。那是一份礼物，来自我在冠特托斯以及通往科尔维的布里斯托尔海峡[56]的小道上画画的夏日。红土地与深绿树篱。我那些未婚姑婶对成果称赞有加。我变得更加冒险，用粉红画了一系列室内，又抛弃了它们，然后重新开始沉湎于尖亮的着色。众砷绿战胜了诸粉红，直至它们反过来也被纯色打败且吞噬。

什么是粉？一朵蔷薇[57]是粉，

在喷泉边沿。

什么是红？一朵罂粟是红，

在它枕卧大麦田间。

什么是蓝？天空是蓝，

云在那里飘走。

什么是白？一只天鹅是白，

在光中浮游。

什么是黄？梨子都是黄，

浓艳醇熟芳香。

什么是绿？草就是绿，

小花点缀些许。

什么是堇？云都是堇，

在暮色夏日。

什么是橙？哎，一个橙，

不就是一个橙子！

（克里斯蒂娜·乔治娜·罗塞蒂[58]《什么是粉？》，

引自《歌唱集》）

1　此处涉及民间传说，其版本变化驳杂，简言之人们相信彩虹尽头藏有一个金瓦罐，寓指遥远未见的丰厚奖赏。

2　本书原文提及不可数的"色"（colour），一般指一个相对抽象的整体概念；提及单数或复数可数的"色彩 / 颜色"（colours），一般指相对具体的各种色彩及颜料。本书汉译尽量用"色"及"颜色 / 色彩"反映区别。除极个别处提及"桃色"相关内容外，本书绝大部分"色"毫无任何"色情"意味。

3　伊夫·克莱因（Yves Klein，1928—1982），法国新现实主义画家，其与巴黎画商合作调制国际克莱因蓝（International Klein Blue）并创作的一系列蓝色单色画，是贾曼电影《蓝》早期灵感来源。参罗兰·怀默（Rowland Wymer）著《德里克·贾曼》（Derek Jarman，2005）英文版第 170 页。

4　蓝调（Blues）：又音译"布鲁斯"，一种音乐类型，通常情感忧郁，字面意"（复数的）蓝色"。

5　指莱昂·巴蒂斯塔·阿尔贝蒂（Leon Battista Alberti，1404—1472），意大利文艺复兴时期作家、艺术家、诗人、建筑师、哲学家。其代表作《论绘画》（On Painting）因整理透视原理而闻名。

6　指马克·布斯（Mark Booth，1955— ），主要以其笔名乔纳森·布莱克（Jonathan Black）在出版业活动。参《慢慢微笑》（王肖临译，北京联合出版公司，2020）461 页。（本书注解所有提及《慢慢微笑》均指王肖临译本。）

7　展望庐（Prospect Cottage）：贾曼一花园别墅，位于英格兰东南部肯特郡邓杰内斯（Dungeness）海角。

8　指西蒙·费希尔·特纳（Simon Fisher Turner，1951— ），英国作曲家、音乐制作人，曾制作《蓝》等多部贾曼电影配乐。前文"蓝音乐会"（the Blue Concert）指其《蓝》电影配乐专场音乐会。

9　　邓杰内斯核电站：1965 年启用，2006 年关闭，史上服役时间最长民用核电站。后文"核电站"亦指该处。

10　　《评色》（*Remarks on Colour*）为维特根斯坦就歌德《色彩论》（*Theory of Colours*）一书而作的评著。

11　　"我记得"三字，原文以大写所有字母强调，译文以黑体表示。后文若非特别说明，所有黑体皆表示原文大写所有字母强调。

12　　格拉斯顿伯里节（Glastonbury Festival）：始创于 1970 年，在英格兰西南部萨默赛特郡格拉斯顿伯里举行，是目前世界上最大规模、最具影响力的音乐节，以摇滚乐为主，兼有其他艺术表演。格拉斯顿伯里因此被视为摇滚乐"朝圣地"。

13　　萨尔瓦多·达利（Salvador Dali，1904—1989），西班牙超现实主义画家。其故居之一确为一所纯白色房屋，位于西班牙利加特港（Portlligat）村。

14　　尼森小屋（Nissen hut）：一种主要由瓦纹铁建造的半圆柱形活动掩体房，以"一战"时发明者尼森（P. N. Nissen）命名。

15　　各样反思反映（reflections）：原文复数，语用双关，指思想上的反思，也指反射的映像。

16　　这段引文出自马列维奇《艺术散论》（*Essays on Art*）。非常巧合的是，贾曼后来去世的日期正好也是 2 月 19 日。

17　　卡西米尔·马列维奇（Kasimir Malevich，1879—1935），俄国画家、艺术理论家，至上主义奠基人。《艺术散论》是其生前文章合集。

18　　威迪文（Waterman）：世界著名钢笔品牌，始于 1884，字面意"水人"。

19　　锰堇（manganese violet）：俗译"锰紫"。现代汉语一般将"堇"（violet）

误译作"紫罗兰",并进一步将之与"紫"(purple)混淆;俗以"紫"为上义词涵盖堇、紫、锦葵紫等各种不同概念。本书原文有大篇幅明确区分这几种不同色彩及其多种相关表达,故本书所有"violet"及相关词汇,全部严格以"堇"译,比如传统所谓"紫外(线)"(ultraviolet)在本书中译作"堇外(线)"。

20 天青(ultramarine blue):旧译"群青",字面意"远超海外之蓝",意指此色最初得以开采需经漂洋过海而至欧洲。

21 火星堇(Mars violet):一般音译作"马尔斯紫",即取"Mars"一词本义——古罗马神话中的战神马尔斯。

22 凡·戴克棕(Van Dyck brown):深褐一种。得名于安东尼·凡·戴克(Antony van Dyck, 1599—1641),佛兰德斯巴洛克宫廷肖像画家。

23 灯黑(Lampblack):炭黑一种,由油类制成者称"灯黑"。

24 赫拉克利特(Heraclitus,约前540—约前480),古希腊哲学家。

25 可汗(Khan):原文如此,应为笔误,应指查尔斯·卡恩(Charles H. Kahn),美国宾夕法尼亚大学语言学和希腊哲学史专家,整理有《赫拉克利特著作残篇评译》(*The Art and Thought of Heraclitus: An Edition of the Fragments with Translation and Commentary*)。

26 凡·高盛放(Van Gogh blossom):凡·高有一组描绘花卉盛放的作品,其中最有名一幅乃称《杏花盛放》,但此处原文措辞带有微妙不屑意味。

27 艾德·莱因哈特(Ad Reinhardt, 1913—1967),美国抽象主义画家。此处引用内容实际出自其长诗《艺中艺是艺如艺》("Art in Art is Art-as-Art")其中一段,原文将原作每句结尾句号改为了逗号。并无任何已出版资料记载莱因哈特有题为《加利福尼亚》的作品,不过收录其主要文字作品的文集《艺如艺》(*Art as Art*)一书是由加利福尼亚大学出版社出版。

28　保养板球棒，须为板体上油，最常用方法是将球棒前端板体整个插入亚麻籽油中，如同画刷蘸颜料动作。

29　水彩颜料分块状与管状两种。块状一般以纸包裹，拆开后整块放入调色盒格中，用后须盖好调色盒，否则易干。管状可按用量挤出，不易干。

30　布罗迪和米德尔顿（Brodie and Middleton）：伦敦美术用品老店，始于十九世纪，现已搬离原址。

31　考文特花园（Covent Garden）：伦敦西区文艺市集老区。

32　不伦瑞克绿（Brunswick green）：油画颜料一种，由铬酸铅与普蓝合成，不耐久。得名于其初产地，德国不伦瑞克（Braunschweig）。

33　原文为斜体法文。译文以楷体字表示斜体文字（作品名称除外），除特殊说明处，后文处理方式皆同。

34　温莎和艾萨克·牛顿（Windsor and Issac Newton）：戏指英国老牌颜料及画具商"温莎与牛顿"（Windsor & Newton）；该品牌之"牛顿"并非艾萨克·牛顿爵士。

35　乔治风（Georgian）：指乔治王时代（Georgian era，1714—1830），即汉诺威王朝乔治一世至乔治四世在位的一段时期，下启维多利亚时代。这一时代流行一种本质上是古典主义但更强调结构对称和外观简约的建筑风格，这些建筑保留至今，普遍呈现斑驳寡淡、土里土气的颜色，故此处可能因此戏称廉价寡淡颜料为"乔治风"。

36　提洛岛（Delos）：希腊爱琴海一岛。

37　阳具（phalloi）：原文斜体，是拉丁文转写希腊语，复数。古希腊阳具崇拜，有用大理石直接雕刻阳具石柱风俗，今亦可在提洛岛等处得见。

38 指斯莱德艺术学院（Slade School of Fine Art），伦敦大学学院下属学院。

39 指阿瑟·卢卡斯（Arthur Lucas，1916—1996），1956 年至 1978 年任伦敦英国国家美术馆（National Gallery）首席修复师。他曾带头修复许多古画，大大提亮画作颜色，使本来显绿的变为显蓝，引发争议。另：本书所有"国家美术馆"均指英国国家美术馆。

40 索多玛（Sodoma）：古史淫乱之城，犹以男男同性行为恶名昭著，因此被上帝毁灭。参《圣经·创世记》第 13、14、18 及 19 等章。

41 科内利森（Cornelissen）：全名"L. Cornelissen & Son"，伦敦当地老牌高档颜料店，曾位于大皇后街（Great Queen Street），现已迁址。

42 天堇（ultramarine violet）：旧译"群青紫"，实与青色无关，乃因旧译"群青"衍生讹误所致；字面意"远超海外之堇"，指此色最初得以开采需经漂洋过海而至欧洲。

43 指桑德罗·波提切利（Sandro Botticelli，1445—1510），意大利文艺复兴时期画家。维纳斯（Venus）乃古罗马神话传说中爱与美之神、丰收女神之一，对应希腊神话之"阿芙洛狄忒"。此处指波提切利名作《维纳斯的诞生》中描绘的维纳斯形象。

44 约克公爵夫人（Duchess of York）：指莎拉·玛格丽特·费格森（Sarah Margaret Ferguson，1959— ），时为英女王伊丽莎白二世次子安德鲁王子之妻，后于 1996 年离婚。皇室名流，电影制片人、慈善家、作家、演说家。

45 青涩（green）：字面意"绿"，英语习惯表达，形容人手艺生疏不熟练。

46 威廉·科德斯特里姆爵士（Sir William Coldstream，1908—1987），英国现实主义画家。

47 驴（donkey）：俗称"驴凳"，指一种前端有挡板的小凳，其挡板处可以支起画架，整体外形似驴。此处措辞及上下文或有暗指耶稣基督君王之姿却谦卑骑驴进入圣城耶路撒冷；参《圣经·马可福音》第11章。

48　莫里斯·菲尔德（Maurice Field，1905—1988），英国画家。

49　指皮埃尔·博纳尔（Pierre Bonnard，1867—1947），纳比派代表画家，色彩大师。

50　至上主义（Suprematism）：或译"绝对主义"，二十世纪初俄罗斯抽象绘画主要流派。

51　超现实主义（Surrealism）：起源于达达主义，对视觉艺术有深远影响。

52　达达（Dada）：也称"达达主义"（Dadaism），兴起于"一战"时期的苏黎世，波及诸多艺术领域。

53　滴彩主义（Tachism）：亦称"斑点派"，一种印象派画法，主要流行于二十世纪四五十年代的法国。

54　行动绘画（Action painting）：亦称"动作画派"，起源于美国，一种抽象表现主义艺术，强调作画过程。

55　指贾曼好友古塔·明顿（Güta Minton）女士。参贾曼著《英格兰末日》（*The Last of England*，1987）英文版第242页。

56　冠特托斯（Quantocks）、科尔维（Kilve）、布里斯托尔海峡（Bristol Channel）均位于英格兰西部临海地区。

57　蔷薇（rose）：蔷薇科蔷薇属多年生开花植物的统称，现代汉语一般泛译作"玫瑰"，难免讹误。汉语一般认为蔷薇特指蔓藤攀援且花小而繁的野蔷薇（Rosa multiflora），并非通常直立生长花大且艳的月季（Rosa chinensis）或玫瑰（Rosa Rugosa），但实际上这三者都属蔷薇。简言之，欧洲本无月季或玫瑰，近代月季传入欧洲，杂交出多种现代月季，成为当今一般花店里出售的艳丽大朵所谓"鲜切玫瑰"。本书全文数十处"rose"及相关表达，包括对这种植物常见色彩的描述，仅个别几处根据上下文语义判断可特指近现代杂交月季，按通俗传统译为"玫瑰"；其余均严格作"蔷薇"。

58　克里斯蒂娜·乔治娜·罗塞蒂（Christina Georgina Rossetti，1830—1894），英国浪漫主义诗人。

White Lies　　　　　　　　　　　　　　白色谎言 [1]

众简单色之中，白当为首先，虽然有人可能不承认黑白是色彩。黑白二者，前者是色彩的来源或接收者，后者则被完全剥夺了色彩。但我们不能因此排除黑白，因为绘画不过是种光与影的效果罢了，光影即所谓明暗对照法，故此白为首先，然后黄、绿、蓝、红，最终是黑。白可称为光之代表，若是离了白，无色可见。

（莱昂纳多·达·芬奇《与艺者谏》[2]）

1906 年波特斯巴[3]露天游乐会。我依然留着一张珍爱的明信片，十几岁的我照着它画了些画。爱德华时代[4]的女子们，穿着白长裙，戴着灯罩形淑女帽，起风时如蓟种子冠毛般拂动的百褶阳伞，宛若来自十九世纪。她们是谁？在飘摇彩旗下，显得如此严肃。面对着人生摇摆迂回。我不知道是什么让我对这些女孩如此着迷，她们身着白裙，出现在公园、码头、海滨步道，出现在威尔逊·斯蒂尔[5]画中，在海里划着船，裙裾累叠。世纪之交之白，灵感或许来自惠斯勒[6]的单色调肖像画《白少女》。把一罐子颜料泼到公众脸上[7]，人们就会抓住不放。正如此处，她们又来了，坐在花园的长白椅上，用白瓷具——中华礼物——呷着茶，看着去攀登白朗峰[8]的某位哥哥寄来的明信片。梦想着白色婚礼……

幽灵白的明信片。如今我来看这些明信片，女孩们沉浸在幸福中，并未意识到短短几年之后，死亡的隔墙会更换她们主日的盛装[9]，却不会改变其色彩。她们会成为护士、工厂女工，甚至工程师、飞行员。明信片背后是白的。画作背后是白底。

白往回延伸。白是在大爆炸中被创造出的吗？那爆炸本身是白的吗？

太初有白[10]。上帝造之，以所有色彩，而这曾是个秘密，直至十七世纪末，艾萨克·牛顿爵士坐在了一间暗淡的房间里：

实验证据

白性，及所有介于黑白之间的灰，可能都是由所有色彩混合而成；而太阳光的白性，则可能是所有原色以特定比例混合而成。太阳经由护窗板上的小圆孔，照入暗室中，其光线穿过一面棱

22

镜，在对面墙上折射出太阳的彩色像。我将一张白纸举至成像处，使其得以借着此处反射的色光而被照亮……

（艾萨克·牛顿爵士《光学》）

透过牛顿的棱镜回看，有没有可能看到奥西里斯[11]——白尼罗河之神，复活与重生之神，戴着他的白王冠、穿着他的白凉鞋[12]，全无色彩？那么白就曾是无色，牛顿之后我们再也不能体验这一点。或许这位神祇手中预示春天回归的绿权杖，就像雪滴[13]一样，告诉了我们这一点。

白是死寂阴沉的深冬，贞洁雅纯，雪滴——雪钟花（圣烛钟铃），装饰着2月2日的教堂，童贞圣母行洁净礼日[14]……但不要把那些雪滴带进你家——它们会带给你噩运，甚至死亡：因为雪滴是亡者之花，如同一具尸体躺在裹尸布里。白属哀悼之色，除了在基督教的西方是采用黑——但哀悼的对象还是白的。有谁听说过哪具尸体是用黑裹尸布么？

当你快速转动色轮[15]，它会变白，但如果你调色，无论怎么尝试，你只会得到一个肮脏的灰。

所有颜色混合在一起产生白色——这只是人们抗拒他们感官的证据，并因轻信而习以为常且重复

23

了几世纪的一个谬论。

（约翰·冯·歌德《色彩论》[16]）

光在我们的黑暗里。[17]

随着轮的转动，一个曼荼罗[18]受造而成。从中可见，众神皆白；而圣约翰[19]发明了基督教的天堂，身着白衣的天国万军敬拜那只羔羊，于此之前数个世纪，希腊人和罗马人则在庆祝萨图恩节——12月17日，忧郁的萨图恩[20]，像奥西里斯和后来的基督一样，是一位白神，在白中受敬拜，其敬拜者手持棕榈叶——一抹奥西里斯之绿。庆典持续至新年结束，是时执政官穿戴一白，骑着白马，阵列皆白，在卡皮托利[21]庆祝朱庇特[22]的凯旋。

我梦想着一个白色圣诞。[23]这首歌只能在南加利福尼亚的泳池边唱唱。而在这儿，初见一点雪，不列颠铁路就停运了，道路不通，连人行道也是个危险，因为除雪的盐会毁你的鞋。圣诞，从一位童贞女而生。白色棉团[24]。羊毛胡子[25]。一场过剩礼物的大宗交换。心思的晴雨计跌入抑郁。有一婴孩，出于好意，带来的却是截然相反：恐惧、厌恶，疯狂的美利坚传教士朝着你大吼大叫。一个除了他自己的各种幻觉外，什么都没拯救的救世主，当然也没救那些在鸡群里立了一年然后被活煮的白色圣诞火鸡（是的，它们梦想着一个白色圣诞！）。

整个王国都受命为慕塔芝·玛哈哀悼两年，静悄悄的阴愁笼罩着印度的北部。没有公共娱乐，没有音乐，没有珠宝，香水及其他装饰华丽、色彩明亮的服装都被禁止，任何人胆敢对纪念王后不敬，就会被处死。沙贾汗远离公共视线；正是这同一位皇帝，曾身穿一件嵌满珠宝的长袍，重得需要两个奴隶扶助，而他现在穿了简朴白衣。

（沙林·萨万《沙贾汗，泰姬玛哈陵》[26]）

白有很强的遮蔽力。洗白[27]的家属，不会质疑面纱之下新娘的脸红。

情欲，当着纯白的面，公然自我招摇，但被婚纱掩埋。新娘已把她的红与黑的情趣内衣给藏了起来，那是在苏活[28]买的，为了蜜月。白色蕾丝似迷彩般伪装她的身孕。新郎最好的朋友大卫[29]正在他耳边低语："让我尝尝！让我尝尝！"

一本书开启另一本。萨图恩的眼泪形成广袤的盐海。盐是苦涩和悲伤的。盐矿。世上的盐[30]是这世界的灵魂，如此珍贵，若你不慎遗落，就捏起一把撒到肩后吧[31]。一位老水手[32]的智慧。祝圣后的盐被撒到施洗礼的水中。基督是使我们人类属世肉体不至腐败的盐。盐是神圣智慧。它如此有价值，以至于出现在"高桌"[33]镶嵌着珠宝的圣物箱中。圣依拉略³⁴说："让世界被盐撒洗，而非被其淹没。"

　　白岂不是那消灭黑暗的吗？

（维特根斯坦，前引）

　　在外婆的起居室，我妈妈和我玩麻将。用小小象牙白砖砌墙。壁炉台上有两幅泰姬玛哈陵的象牙白细密画，其大理石状葬礼般凄凉的白。所有古代纪念碑都是幽灵白，希腊和罗马的雕像被时间洗去了色彩。因此，当意大利的艺术家复兴古代时，他们用白色的大理石雕塑，却没意识到他们的模仿对象曾经是彩色的——谁雕得最白？卡诺瓦³⁵？一尊死气的《丘比特与普塞克》³⁶？《美惠鬼气三女神》³⁷？来自古代的幽鬼。世界对艺术家而言已变成了一个鬼影。

　　1919年。世界正在哀悼。卡西米尔·马列维奇画了《白上之白》³⁸。一次为画而绘的葬礼仪式：

　　　　我已在**形式之零程度中**转变了自己，并且把我自己拽出了学院派艺术充斥着垃圾的混水。我已撕裂了之于色彩限制的蓝灯罩，走出来进入了白。我已征服了那属高天者的衬里，撕下来³⁹、做个包、填上色、打个结扎紧。扬帆向前！那白的、自由的鸿沟 [40]，无限就在我们面前。

（马列维奇，前引）

卡西米尔画这幅名画所用到的化学物质，同色素一样古老。我怀疑他并没使用当时刚发现的钛；或许他使用了不过百年历史的氧化锌。最有可能是他用了氧化铅，而那则把他拉回到他鄙视的古代。除了像石膏底料般用粉笔打底的背景，所有的白都是金属氧化物。白是金属的。

雪片白。在粪堆中氧化了的铅薄片，产生了沉重的白的厚涂效果，伦勃朗在这基础上平衡了他模特们的头部，灌铅般的拉夫领 [41]，因为衣料上了浆和人们的礼节而显沉重。

铅，经炼金术一般的方式而造作的色彩，是白。它叫铅白。这铅白很明亮，并且是一块一块的卖，做得像高脚杯或普通玻璃水杯形状。这颜色你越研它越臻于完美，在油画板上效果也好——甚至被用在墙上，但应尽可能避免这样用，因为随着时间推移它会变黑。

（琴尼诺·琴尼尼 [42] 《艺术之书》，
译／D.V.汤普森）

马列维奇的《白上之白》何时会变成《黑上之黑》？

普林尼 [43] 写一个秘方：

将铅放在盛醋的广口瓶里，就分解产生我们绘画的底料。

铅白很毒，使用不当则致画家生病。

罗马以铅制的酒器毒害了自己 [44]。画家的疯狂是否好比帽商 [45]？在他们的艺术的化学物质里？

奥林匹奥多罗 [46] 警告我们，铅被魔鬼牢牢附身，非常无耻，以至于那些想要了解它的人都会堕入疯狂与死亡。

氧化锌，中华白，以一团冷白烟雾的形式发源，它没有毒，自十九世纪中期起就被用作一种颜料。熔化的金属中挥发出来的气态锌在950摄氏度的氧化环境中燃烧，产生白色氧化物的烟气。氧化锌是一纯净冷白。

最白的白是钛，在所有白中它遮蔽力最强。它很稳定，不受热、光或空气影响，也是众白之中最年轻的，第一次世界大战后被引进。

在专业颜料店科内利森里，这些颜料当前价格为：

雪片白	15.85 英镑
钛白	22.50 英镑
锌白	26.05 英镑

每五公斤价

白色自闭，不透明，你无法看透它。痴迷权力的白。

1942 年，我出生于阿尔比恩[47]，一个小小的中产阶级白人男孩，在多佛尔[48]的伟大白崖身后——它帮我们抵御黑心敌人。当我受洗时，白骑士们穿行于肯特郡上方的积雨云，打了一场空战。四岁时，我母亲带我观光——伟大的伦敦白塔[49]，不再如石灰洗刷一白，而是灰暗煤黑。白厅这边，国会大厦[50]甚至更黑。我很快学到，权力是白的，就连我们的美利坚表亲都有他们自个儿的白宫[51]，造得像大理石制古代帝皇遗迹。大理石以前昂贵，而活着的人出于对死者的尊敬，用大理石建筑记录他们的逝去。其中最铺张浪费的一样，是在罗马为纪念维托里奥·埃马努埃莱和复兴运动而建造的纪念堂[52]——这座品位糟糕至极的建筑被罗马人称为"结婚蛋糕"。五岁生日时我站在这头"白象"前顿生敬畏。在意大利短暂逗留后，我们回了家。六岁时，我开始正儿八经受教育了，寄读于汉普郡一悬崖顶端的霍德尔家[53]，能看到三针石[54]。在五〇年代的教育背后奠基的，是伟大的白人帝国负担论[55]。作为被寄予"白人厚望"的我们，享有特权，要去看顾照料——也许甚至牺牲自己——那些在我们学校的世界地图上被涂成粉色的国土[56]。

七岁时，我令我的军人父亲尴尬难堪，因为我问他要一朵白星海芋作为我的生日礼物，而非他可能会更偏爱的死白铅兵。我儿时对于花卉的热情，被他认为是娘娘腔；他希望我长大后从那里面走出来。我从未如薇塔[57]在锡辛赫斯特那般痴迷过白花，虽然我倒也确有自己的最爱：那古老的丁香味的粉色，及其毛茸蓬乱的花瓣——辛金斯夫人[58]。格特鲁德·杰基尔[59]，爱德华时代伟大的园艺师，就喜爱这花，虽然她或许会因我将其描述为白色而找我麻烦：

"雪白"是很模糊的。涉及雪的色彩总有那么多蓝，来自其晶体表面和半透明性，而且其质地与任何花都太不相像，几乎不容比较。我认为使用"雪白"一词就像使用"金黄"，与其说是对任一种白的描述，不如说是象征其给人带来的关于"纯洁"的印象。

几乎所有白花都是偏黄的白，而相对较少一些则是偏蓝的白，例如亚麻叶脐果草等，其质地就与雪很不同，以至于什么都无法与之相提并论——我要说，大部分白花都接近白垩粉笔的颜色；虽然"粉白"这词已被用得颇有些贬义，可这种白真是一种美丽温暖的白，但绝不是一种强烈浓郁的白。

在我看来总为最白的花，是常绿屈曲花，那白既死又硬——就像一件呆滞无奇、缺乏变化的粗釉陶器，因此很没趣味。

（格特鲁德·杰基尔《林与园》）

九岁时，我的圣诞礼物是两卷本的特里维廉《插图版英格兰社会史》。我觉得我从没读过！但我爱上了书里的图画——特别是尼古拉斯·希利亚德[60]的一幅年轻男孩细密画，他倚靠在树上，像害了相思病，他的手放在心口，缠绕着白蔷薇。他着一副白色拉夫领、一件白黑条纹的紧身短上衣、白紧身裤及白鞋。书里还画了些黑白木屋，或许他就住在其中一间吧。照着书我画了无数的画，甚至比无双宫[61]还要奇幻。一个白色角楼、尖顶和钟塔的世界……在它上方有一场空战正在开打。我认为这些画反映出我内心的骚动，是贯穿我童年的肆虐战争，轰炸机和防空警报，而下面有一个受威胁的家。黑白的家。

二十世纪，白的进展被第二次世界大战耽搁了。建筑师柯布西耶[62]的"阳台"用乳白绘就——他的萨伏伊别墅（1930）是纯白色的，激发了一千个模仿者在海滨涌现。这一纯净且纯本国内的现代性，早已成为"最终解决方案"[63]的受害者——希特勒的建筑师阿尔贝特·施佩尔[64]的新古典主义复兴梦，直至后来撒切尔夫人[65]那后现代的二十世纪八〇年代才得以实现。

在战争的废墟中，色彩恢复了原先的地位。二十世纪五〇年代的粉蜡笔画，每面墙上都有不同的阴影——蒙德里安[66]明亮闪耀、才气横溢的《百老汇爵士乐》里各种浅白阴影。

1960 年。在哈罗德·威尔逊[67]科技革命的白热里，我们恢复了白的地位。出现了白色油毡漆料，白乳胶覆盖了我们维多利亚时代[68]故去的棕和绿，以及那些五〇年代的粉蜡淡彩风格。我们的房间，空、纯、晃眼，虽然很难保持如此，因为地板上的白很快就被踩花了、磨损了。在房间中央，黑色博朗[69]暖风扇不稳定地嗡嗡作响——八〇年代那些长相如魔鬼般的黑色科技产品的祖师爷。位于白中心的黑。电影院在放《诀窍》[70]，丽塔·塔欣厄姆把她的房间刷个纯白，艺术追随着我们的生活。

在这白里，我们活过的着色的生活。那一阵时间不长。到 1967 年，混乱的迷幻彩虹已淹没了房间。

电视上演一场为纯净而战的战争，狂潮激荡：宝莹[71]洗得比白更白，是蓝白；达斯、仙子雪、汰渍、爸爸的白衬衫之战——我们这是欠了帝化工[72]和其他化工厂多大一个债呵。如神职般洗白、洗得更白，各种板球白，热带西装，将阳光反射给太阳自己。画家高高坐在他的脚手架上，白色工装裤上溅着白颜料，圣衣[73]修士和护工姊妹。所有那些无味的精炼，漂白的白糖，漂白了神圣谷物[74]。我有一回在一家超市遇到一个激动的法国人，他打包了一打长条切片白面包要给他在巴黎的朋友们。

酷儿[75]白。牛仔裤紧抱着紧绷的屁股。萨拉[76]在花园里喊："噢，原来小基佬们是那么着在晚上互相辨认的呀!""天堂白夜",一家同志酒吧,若是放在过去,会吓得圣约翰[77]"虎躯一震",白到刺眼的短袖衫和四角裤,紧盯着洗衣机的精洗程序花了好几天才洗成这样。

这白全都源自体育运动——运动风[78]。与球场之绿相得益彰的白。注意,绿和白又在一起了。这白需要自控……你可不能把酒洒了或污痕了处女布[79]。现在只有蠢人或很有钱的人才穿白,穿白的你就无法混入人群,白是孤独的色彩。它排斥那未洗净的,有一种偏执的特质,我们这是在拒斥着什么?洗白,是要下苦功的。

坐灰狗[80]巴士穿过犹他大盐湖。微微闪烁的白盐伸展至各方地平线,刺目致盲。

> 我从床上被召起
>
> 至死者之大城而去
>
> 那儿我无家也无墅,
>
> 但偶可梦里漫步
>
> 寻找我古旧的屋。

(艾伦·金斯堡[81]《白裹尸布》)

在黎明破晓的第一缕白光下,我变得像一张床单那样白,因为我吞白药片活命……打击着那摧毁我白细胞的病毒。

风，已无休止地刮了五天，一阵六月的寒冷北风。海，被搅成了一千匹白马，击打海岸。盐羽[82]把窗纱吹进屋，将盐渍覆窗成膜，还灼烧着花。叶因而变黑，红罂粟亦然，蔷薇正在枯萎，今天还在世，明天就去世；但多年生的白豌豆花毫发无伤。远处的白崖，在被薄雾吞噬前短暂显现。我被关在房里，在花园里散步会伤害我疲惫的肺。

这些白海马[83]给这里带来一种疯狂，暴躁易怒、迫不及待。我恨白。

然后，站在花园里，我注意到蓝蓟草丛中一朵白花。离近些观察，结果它是一枝单株白子——白化变种[84]。如此一朵谁都从未见过。它是个预兆吗？我标记了它，以便收集种子；我朋友霍华德为这本书拍了封面照，我以他的名字为这一朵命名——野生苏雷伊[85]。

利希滕贝格[86]说，很少有人见过纯白，那么大部分人因此也就误用这词吗？那他又是如何学到正确用法的呢？他根据一种常规用法，构建了一种理想用法，但这不表明那就是一种更好的用法，可确实是一种沿"某种"路径而成之为更精炼的用法——在此过程中有些东西被带至了极端。

（维特根斯坦，前引）

凡·高，苍白的抑郁者，在他思想的阁楼里心神不宁，他那灰白的脸淡染着少许绿影。萨图恩的孩子。漫长夜晚的白，来自思想的实验室。你是否能想起这名字所对应的脸？

雪花玻璃球里一场暴风雪，从孩子手中摔落。球里的红水泼溅了他的白床单。"我早告诉你别玩儿那玩意儿！"那床单，那该死的血淋淋的床单。一场暴风雪中一桩猩红事故。脸红，生气。孩子的抽泣，和永远洗不掉的红，于是床单遗留为一场事故的见证。

被猎人射伤的动物，鲜血玷污了洁白雪。每当看见一条街上的血泊，你总会战栗。一场斗殴？动了刀子？或许是一桩谋杀？

雪致盲，在白山战役中吹打着冬日王后[87]的脸。当她在海牙她那遭损毁的宫殿里，把她的一套家具从一间房搬到另一间房，这可得勾起她什么样的回忆呵！波希米亚的伊丽莎白，回望1612年，在她的婚礼庆典上，《暴风雨》为她首演[88]。

暴风击打着石墙。雪，这冬日的先驱——当黑暗来临，夜影降落——厚重地降落着，凝封大地，从北方送来苦涩的雹子，带着对人的恨。

（《流浪者》[89]，约900年）

35

白与战——条顿骑士团从流冰滑向他们的死亡[90]。

在一个冰冷的二月早晨，我们坐火车从尤斯顿[91]向北旅行，穿过一片冰霜杰克[92]触碰过的风景。森林、田野和树篱。亮瞎眼的晶状白，蚀刻了一幅蓝天。灰白的冰霜泛着微光，比雪更白——每片叶、每根细枝，和结冰的草。静止不动的白。迷幻了的小丘与山谷。这我只见过一次，除了在明信片上。二月的太阳光线，比仲夏更明亮，融化了晶体，及至我们抵达曼彻斯特，却只剩下了回忆。我们完全无法描述所见，就如同我们不可能描述上帝的脸。

白茫至极的北方，雪盲的北极熊咆哮着。

1　白色谎言（White Lies）：习语，指无恶意的小谎言或所谓"善意的谎言"。

2　《与艺者谏》（*Advice to Artists*）是后世从达·芬奇《笔记》中精选相关内容编纂的一部杂文集。

3　波特斯巴（Potters Bar）：位于英格兰东部赫特福德郡一小镇。字面意"陶罐匠酒吧"。

4　爱德华时代（Edwardian）：指1901年至1910年英王爱德华七世在位时期。

5　指菲利普·威尔逊·斯蒂尔（Philip Wilson Steer，1860—1942），英国风景画家。

6　指詹姆斯·惠斯勒（James Whistler，1834—1903），英国印象派、唯美主义画家。此处提及《白少女》为其代表作之一，全名《白色交响曲1号：白少女》（*Symphony in White, No. 1: The White Girl*）。

7　此指1877年，艺术评论家约翰·拉斯金（John Ruskin）撰文讽刺惠斯勒当时堪称前卫的唯美主义抽象单色调作品《夜曲》系列，控其艺术欺诈，谓"从没听说过哪个傻帽儿把一罐子颜料泼到公众脸上还要卖两百金币"并因此将之告上法庭，搞了个大新闻。

8　白朗峰（Mont Blanc）：又译"勃朗峰"，其名法语，字面意"白山"。

9　基督徒主日去教会礼拜时着正装，且往往是衣橱中最好的盛装，女士多以白色或浅色系为主；基督徒，尤其女性，死后通常着白入殓。这两种着装习惯都逐渐演变成了人为去宗教化的文化习俗，象征圣洁。

10　此句原文戏仿《圣经·约翰福音》第1章第1节："太初有道，道与神同在，道就是神。"（本书所引用《圣经》中文翻译，如无特别说明，皆为和合本。）

11　奥西里斯（Osiris）：埃及神话传说中的冥王、农神，同时也是复活、降雨和植物之神，被称为"丰饶之神"，据传说拥有反复重生的能力。通常形象是黑绿皮肤，着白衣，手执权杖，同时头戴一顶插满红羽毛的白王冠。

12　凉鞋在古埃及象征身份、地位，因为并非人人都有鞋穿；同时，只有皇室或祭司等上层人士在宗教祭祀等隆重场合才穿白。

13　雪滴（snowdrop）：雪钟花（*Galanthus nivalis*）俗名；下文"圣烛钟铃"（Candlemas bells）也是其俗名；其汉语俗名又作"雪花莲"。

14　童贞圣母行洁净礼日（Feast of the Purification of the Virgin）：基督新教称"献主节"，俗称"圣烛节"（Candlemas），每年 2 月 2 日纪念马利亚在耶稣降生后四十日将其带入圣殿、行洁净礼，并将婴儿耶稣献给上帝；参《圣经·路加福音》第 2 章。

15　色轮（colour wheel）：或译"色环"，是把在彩色光谱中所见的长条形色彩序列首尾连接在一起的圆盘，使一端的红色连接到另一端的堇色，通常包括十二种不同的颜色。而转动色环的实验仪器则通常包括一个可使色环高速旋转的变速马达。

16　《色彩论》（*Theory of Colours*）为歌德的色彩理论著作，德文原著发表于 1810 年，最早由伊斯特莱克（Charls Lock Eastlake）于 1840 年译为英文。此处原文引用即为此英译本，但书名"色彩"一词复数误作单数"色"，作《色论》（*Theory of Colour*），应是笔误；此段见英译本第 44 章 558 节。

17　参《圣经·约翰福音》第 1 章第 5 节："光照在黑暗里，黑暗却不接受光。"

18　曼荼罗（Mandala）：佛教中象征宇宙的圆轮。

19　圣约翰（Saint John）：耶稣基督十二使徒之一，《约翰福音》《启示录》及约翰书信作者；有现代学者认为这些是多个不同的同名者。《启示录》中多次描写天堂万军敬拜羔羊，远超过《圣经》其他部分，原文逻辑可能因此称约翰"发明"了天堂，但这是一种十分罕见的说法；参《圣经·启示录》第 7 章第 9 至 10 节："此后，我观看，见有许多的人，没有人能数过来，是从各国、各族、各民、各方来的，站在宝座和羔羊面前，身穿白衣，手拿棕树枝，大声喊着说：'愿救恩归与坐在宝座上我们的上帝，也归与羔羊！'"

20 萨图恩（Saturn）：罗马神话中的"农神"，也是其中最古老的几位神祇之一，司掌农业、巫术。前文萨图恩节（Saturnalia）即以其命名，又称"农神节"。

21 指卡皮托利山（Capitol Hill），朱庇特神殿等政治、宗教建筑修建在此山上。

22 朱庇特（Jupiter）：罗马神话主神，传说为萨图恩之子。

23 此句出自欧文·柏林（Irving Berlin）创作的经典歌曲《白色圣诞》（"White Christmas"）歌词。

24 圣诞节常用白色棉花团制成的假雪花装饰圣诞树等。

25 圣诞节时用来装扮成圣诞老人的假胡子，一般由羊毛制成。

26 此处引用的作者（Shalin Savan）及此书（*Shah Jehan, The Taj Mahal*）资料查无可考。沙贾汗（Shah Jahan/Jehan，1592—1666），印度皇帝，为纪念慕塔芝·玛哈（Mumtaz Mahal，1593—1631）皇后建造了泰姬陵。引文"王国"（kingdom）、"王后"（the Queen）为原文讹误，据史应作"帝国""皇后"。

27 洗白（whitewashed）：此处语焉不详，或有多意。一可指"经白色洗涤、净化"，因白色是婚礼常见用色；一可指"被遮掩／粉饰了过犯"；一可指"被白人文化同化的（非白种人）"。后同。

28 苏活（Soho）：伦敦一地区名，该处号称英格兰最大的夜生活中心。

29 此处可能戏指贾曼好友、坚持不婚主义的同性恋者、英国艺术家大卫·霍克尼（David Hockney, 1937— ）。他有一系列以"婚姻"为题的作品，表现新婚夫妇貌合神离，画面充满不稳定因素；其系列中题为《二婚》（*The Second Marriage*）的一幅作品，画面中新娘腹部显著凸起，符合此处描述。

30 参《圣经·马太福音》第5章第13节（耶稣登山宝训教导门徒）："你们是世上的盐。盐若失了味，怎能叫他再咸呢？以后无用，不过丢在外面，被人践踏了。"

31 达·芬奇《最后的晚餐》中描绘卖主的犹大胳膊肘碰倒盐罐的细节；《圣经》中并无此描写，但民间早有此传说，而后欧洲人更视弄洒盐为不祥之兆，并发展出衍生民俗，以至有人相信如果弄洒了盐就要马上抓一把盐撒到左肩后以驱赶魔鬼。

32 老水手（old salt）：航海黑话，字面意"老盐"。

33 高桌（High Table）：本指宴会（尤指牛津、剑桥、杜伦等高校特定晚宴传统）中置于高台的主宾席。作者此处刻意大写该词组首字母（一般不大写）强调专名，并结合上下文构成对"圣桌"（the Holy Table）的暗示，后者指教会祭坛。天主教及东正教等教会有依传统将圣物珍藏箱中供于坛处者。

34 指普瓦捷的依拉略（Hilary of Poitiers, 约310—约367），天主教普瓦捷总教区首任主教。

35 指安东尼奥·卡诺瓦（Antonio Canova, 1757—1822），意大利新古典主义雕塑家。

36　戏指卡诺瓦的白色大理石雕塑《被丘比特之吻唤醒的普塞克》(*Psyche Revived by Cupid's Kiss*)。

37　戏指卡诺瓦的白色大理石雕塑《美惠三女神》(*The Three Graces*)。

38　马列维奇至上主义名作《白上之白》(*White on White*),据史实作于 1918 年。

39　参《圣经·约翰福音》第 19 章第 23 节(耶稣死前):"兵丁既然将耶稣钉在十字架上,就拿他的衣服分为四份,每兵一份。又拿他的里衣,这件里衣原来没有缝儿,是上下一片织成的。"

40　参《圣经·约翰福音》第 27 章第 51 节(耶稣死时):"忽然,殿里的幔子从上到下裂为两半,地也震动,磐石也崩裂……"

41　拉夫领(ruffs):十六世纪流行的白色硬质轮状皱领。

42　琴尼诺·琴尼尼(Cennino Cennini,约 1360—约 1440):意大利文艺复兴时期画家,代表著作《艺术之书》(*Il Libro dell'Arte*),D. V. 汤普森(D. V. Thompson)英译本正题为《匠人手册》(*The Craftsman's Handbook*)。

43　指老普林尼(Pliny the Elder,23—79),古罗马百科全书式的作家,著有《自然史》。若无特殊说明,本书所有"普林尼"均指老普林尼。

44　有历史学说认为日常饮食习惯造成的铅中毒是罗马帝国衰落的重要原因或原因之一;此说存在争议。

45　英文习语有称"疯如帽商"(mad as a hatter),通常并无贬义,而仅限于无心的玩笑。其语缘不明,一种广为流传的说法是认为制帽业曾大量涉及水银,而导致帽商、帽匠水银中毒,使人因罹患克氏综合征(即器质性遗忘综合征)等疾病而癫狂。

46 指小奥林匹奥多罗（Olympiodorus the Younger，495—570），拜占庭帝国时期的新柏拉图主义哲学家。

47 阿尔比恩（Albion）：大不列颠（Great Britain）古称，尤指大不列颠岛，今常用作"英格兰"或"不列颠（群岛）"雅称。这一古名与后文提及的"白化（病）"（albino）一词十分形似，且确实同源，词根本义都是"白"，因此对英语母语者而言，看上去就有一种"白"的感觉；普遍认为此名最初来源于下文提及的"白崖"（White Cliffs）。

48 多佛尔（Dover）：肯特郡一海港，距邓杰内斯约五十公里路程。该地东南向与法国隔海相望，其海峡为英吉利海峡最狭窄处，称"多弗尔海峡"；该地海岸线以外观引人注目的白崖闻名，称"多弗尔白崖"。多弗尔因与法国距离最近并接近德国，战时往往成为主要争夺地；1942 年值"二战"期间，激战正酣。

49 伦敦白塔（White Tower of London）：一般只称"白塔"，是伦敦塔多功能城堡建筑群中最著名的一座塔楼。伦敦塔在"二战"后逐渐蜕化成为旅游景点，但其名义上至今仍是英国王室宫殿，坐落于伦敦市中心泰晤士河北岸。

50 国会大厦（Houses of Parliament）：又称威斯敏斯特宫（Palace of Westminster），英国国会（包括上议院和下议院）所在地，坐落于泰晤士河西岸，接近白厅区（Whitehall）范围内的其他政府建筑物。

51 白宫（White House）：又称"白屋"，美国总统官邸与主要办公的地方，位于华盛顿。其字面意准确而言是"白宅"。说白了就是白房子；此句原文语气略带调侃。

52 指维托里奥·埃马努埃莱二世纪念堂，1935 年建成。维托里奥·埃马努埃莱二世（Vittorio Emanuele II，1820—1878）是意大利经复兴运动统一后第一任国王。下文"结婚蛋糕"和"白象"都是民众对该建筑戏谑的蔑称。

53　霍德尔家校（Hordle House School）简称，一所寄宿学校，位于英格兰东南部汉普郡的霍德尔地区，已于1997年与他校合并，不复使用此名。

54　三针石（the Needles）：英格兰南部怀特岛名誉郡一组海中凸起的巨大白垩石群，英国著名旅游景点。

55　白人帝国负担论（White Imperial Burden）：暗指吉卜林（Rudyard Kipling）发表于1899年的诗作《白人的负担》（"The White Man's Burden"）。此诗曾引发针对帝国主义的激烈论战，认为此诗持支持或批判帝国主义立场的两方面观点至今仍存争议。

56　大英帝国地图惯用红色标示不列颠群岛（或仅用红色标示英格兰而用其他颜色标示联合王国其他地区），并用粉色标示英联邦成员国及其他非主权海外领地，并常以暗粉、浅粉等方式区分（前）殖民地、保护国等不同关系。

57　指薇塔·萨克维尔–韦斯特（Vita Sackville-West，1892—1962），英国诗人、园艺作家，于二十世纪三〇年代建造了锡辛赫斯特城堡花园（Sissinghurst Castle Garden）。

58　辛金斯夫人（Mrs Sinkins）：石竹（Dianthus）的一个品种名。

59　格特鲁德·杰基尔（Gertrude Jekyll，1843—1932），英国园艺师、艺术家、作家。其1899年第一部出版作品题为《林与园》（Wood and Garden），描绘她自己的家和花园。

60　尼古拉斯·希利亚德（Nicholas Hilliard，1547—1619），十六世纪伊丽莎白时期英国宫廷肖像画家，下文提及的是其经典画作《蔷薇花丛中的年轻男子》（Young Man Among Roses）。

61　无双宫（None-Such Palace）：亨利八世建造的都铎王朝皇宫。

62 指勒·柯布西耶（Le Corbusier，1887—1965），法国现代建筑派代表人物。下文"阳台"别墅（Les Terrasses）和萨伏伊别墅（Villa Savoye）均位于法国，原文此处将后者异拼作"Villa Savoie"。

63 最终解决方案（Final Solution）：纳粹谋杀欧洲所有犹太人以解决犹太人问题的计划代号。

64 阿尔贝特·施佩尔（Albert Speer，1905—1981），德国建筑师、纳粹德国时期装备部长及帝国经济领导人、前纳粹党领袖希特勒亲密战友。其所谓新古典主义复兴建筑风格，实际沦为传递并执行纳粹专制独裁意识形态的工具；这种风格体现为：平顶、水平延伸、统一、缺乏装饰等形式化元素，以及营造"简洁、统一、纪念碑、坚固和永恒"等印象。

65 指玛格丽特·撒切尔（Margaret Thatcher，1925—2013），英国政治家，1979 年至 1990 年任英国首相，政治风格保守顽固。

66 指皮特·蒙德里安（Piet Mondrian，1872—1944），荷兰画家，风格派和非具象画创始人之一。《百老汇爵士乐》（Broadway Boogie Woogie，1942—1943）为其代表作。

67 哈罗德·威尔逊（Harold Wilson，1916—1995），英国政治家。在 1963 年尾的工党大会中，威尔逊作为反对党党魁在会上发表了一番重要言论，指"英国将会赶赴科学与科技革命的白热（white heat）之中，而过时落伍的工业制度和运作方法则会被淘汰"。这段言论为威尔逊赢得不少支持，之后两度当选首相。

68 维多利亚时代（Victorian era）：1837 年至 1901 年维多利亚女王在位的时期。

69 博朗（Braun）：1921 年成立的德国家用电器公司。

70 《诀窍》（The Knack）：1965 年电影，全名 The Knack …and How to Get It，

英国女演员丽塔·塔欣厄姆（Rita Tushingham，1942— ）饰演片中女主角。

71 此处宝莹（Persil）、达斯（Daz）、仙子雪（Fairy Snow）、汰渍（Tide）均为英国常见的洗衣产品品牌，其中"仙子雪"是"仙子"（Fairy）现已停产的一个产品线。

72 帝化工（ICI）：英国帝国化学工业集团（Imperial Chemical Industries）缩写。

73 圣衣（Carmelite）：指圣衣会，即加尔默罗会（Carmelite Order），天主教托钵修会一种，一称迦密会。十二世纪中叶创建于巴勒斯坦的加尔默罗山，故名。于特殊场合或入殓时，其修士会在粗布黑棕修士服外披上纯白圣袍，因此也被俗称作"白修士"（whitefriar）。

74 神圣谷物（sacred grain）：此处并无特指；但在基督教西方文化传统中，此短语通常特指小麦。

75 酷儿（Queer）：字面本义"奇怪的、另类的"，二十世纪后在英语口语中指代同性恋者，常特指男同性恋者。该词最初有贬义，后逐渐中性化。在二十一世纪后，尤指同性恋群体中不倾向于认同保守同性恋价值观的少数另类。

76 可能指贾曼的电影制片人好友萨拉·拉德克利夫（Sarah Radclyffe，1950— ）。

77 圣约翰（Saint John）：耶稣基督十二使徒之一。"约翰"是常见男子名，在英语口语中也指男性生殖器，语用近似"老二"。此处双关。

78 运动风（sportif）：法文，字面意"运动的"。

79 某些文化中，比如希伯来文化和中华文化，流传处女布的传统，即在处女新婚初夜婚床上垫一白布，以"落红"为新娘纯洁的彰显。

80   灰狗交通线（Greyhound Lines）简称，美国大型跨州跨城市长途公交客
     运品牌，其线路主要途径美、加、墨三国。

81   艾伦·金斯堡（Allen Ginsberg, 1926—1997），美国"垮掉派"诗人。此
     处《白裹尸布》（"White Shroud"）指其 1985 年发表的诗集《白裹尸布》
     同题作。此处引用该诗开首五行。

82   盐羽（Plumes of salt）：或译"盐（之）羽流"。羽流，又称浮力射流，是
     一种柱状流体，指当物质因冲力或浮力在流体间移动时形成的现象，因
     其流动形式在重力场中容易破碎，看上去像片片羽毛在飞，故名。将一
     撮盐撒进水中，盐入水后化开扩散，这一短暂漂浮过程中盐的形态就可
     称为"盐羽"。原文此处描写可能不确，也许并非特指羽流这一物理现
     象，而只是试图形容一种类似景象。

83   白海马（white seahorses）：指上文"海，被搅成了一千匹白马，击打海
     岸"，即海浪。

84   白化变种（albino sport）："变种"一词在英文中与"运动"拼写相同，
     故此处有呼应本章前文"运动风"的文字游戏。

85   野生苏雷伊（Arvensis sooleyi）：原文斜体，是以贾曼好友霍华德·苏雷
     （Howard Sooley）的姓氏变体拼写，及植物学中常用以表示"来自田野／
     野生"义的种加词 arvensis，不合拉丁构词法戏仿而造。本书英文版初版
     封面为霍华德摄影组图，主体部分是贾曼正面闭眼歪头侧脸黑白半身像
     （即中文版《慢慢微笑》封面）。

86   指格奥尔格·克里斯托夫·利希滕贝格（Georg Christoph Lichtenberg,
     1742—1799），德国启蒙学者、思想家。

87   冬日王后（the winter queen）：指伊丽莎白·斯图尔特（Elizabeth Stuart,

1596—1662），曾当过短暂的波希米亚王后，又称"波希米亚的伊丽莎白"（Elizabeth of Bohemia）。1620 年，其夫腓特烈五世在白山战役中被击败，其对波希米亚持续仅约一个冬天的统治随之结束，故二人又被戏称为冬日国王与冬日王后。此处并未大写单词首字母强调专名。

88　《暴风雨》（The Tempest）是莎士比亚创作于 1610 至 1611 年的戏剧。贾曼曾于 1979 年将其拍为电影。准确而言，该剧首演于 1611 年；此处所指年份并非该剧首演，而只是于 1612 年圣诞至 1613 年 4 月 9 日间，一系列为婚礼庆典而举办的各种表演中的一场，且极有可能是在 1613 年，因为婚礼实际举行于 1613 年 2 月 14 日。参《不列颠戏剧 1533—1642 年编目》（British Drama, 1533-1642: A Catalogue）英文版卷六第 189 页。

89　《流浪者》（The Wanderer）：约作于公元 900 年的一首古英文诗。

90　条顿骑士团于 1242 年在楚德湖与诺夫哥罗德共和国军作战时，因骑兵行动不便且重压冰层破裂而惨败，史称楚德湖战役或冰湖战役。

91　尤斯顿（Euston）：指位于伦敦中部的尤斯顿火车站，英国几大繁忙火车站之一。

92　冰霜杰克（Jack Frost）：西方民间传说里冬天的精灵，人们认为冬季天寒地冻的天气以及鼻头和手指冻伤是由它带来的。可以说是冬天拟人化的具体形象。

Shadow Is the Queen of Colour 影乃色之王后

我是在寻找"神迹"[1]和"纪念品"，就像普林尼在《自然史》里那样。在时间和空间中，色彩退去越远，发光就越强烈。金色的记忆。不是高街[2]拉特纳斯[3]店里的婚戒金，而是在思想中发光的哲理金，就像《启示录》[4]中珍贵的石头。翡翠、红宝石、紫玛瑙、绿玛瑙、碧玉。色彩，像这些宝石一样，珍贵。甚至更加珍贵，因为与亮晶晶的宝石不同的是，色彩无法被占有。色彩从指尖滑走、逃离。你不能把它锁在珠宝盒里，因为它消失在黑暗中。

　　在其《自然史》里，普林尼确定以奢侈为敌。之前曾有一个时代，人们还未佩戴金戒指，还未用贵金属为自己立起塑像。那个时代，大自然母亲还没被抢劫，没被掠夺黄、蓝、朱。虽然大自然亦能保卫自己，抵御人类，害之以毒——不仅仅是用动植物，还用色彩。普林尼说，漆匠们在给朱庇特雕像上漆时戴了膀胱面具[5]，以保护他们免受朱红粉尘伤害。我们必须进一步探讨这个主题，他说。

时钟回拨四百年。[6]

亚里士多德的著作《论色彩》是第一部。在那位亲吻了小男孩的亚历山大[7]死去的那一年，公元前 323 年，亚里士多德在雅典执教。次年死于哈尔基斯[8]的别墅，他到那里躲避政治动乱，把学校交给泰奥弗拉斯托斯[9]管理。

亚里士多德的书这样开场：

> 那些隶属于元素——火、气、水和土——的色彩是简单的。因为气和水本身就是白的，而火和太阳是金的。土地依其本性是白的，但看上去是彩色的，因为被染了色。当我们留意灰烬时，这一点就变得清晰：将致其染色的湿气烧尽，灰烬就会变白。[10]

亚里士多德的理论禁锢西方思想达两千年，直至文艺复兴始开门锁。亚里士多德派的智慧被引用、重引用、一再引用。没人把地球烧了看看它是否本来真是白的，也没人将色彩从元素中解开来。只因为亚里士多德是蒙了光照启迪的……"光明衰微，黑暗后继。"[11]直至莱昂纳多[12]，这一过程才被反转，黑暗衰微，光明后继。

亚里士多德式的黑，自有其逻辑。他在他书中第二段摸索着对付这个问题。黑，并不向眼睛传达光。当仅有少量光反射时，所有事物都显黑。衰微的光产生阴影。从这一点可知，黑暗根本不是种色彩，而只是光的缺失。在黑暗中不可能看清物的形状。

亚里士多德设想色彩都是来自黑与光的混合：

> 当黑的东西与太阳和火的光混合时，结果总是红。

根据诸如此类的观察，他设想出一个色彩理论，认为黑总是存在的，其量或多或少。

他注意到日出日落时空气有一点紫色调：

> 当阳光的光线与纯黑的东西混合时，暗酒色就出现了，像葡萄的果实……因为据说它们的颜色在成熟的那一刻就叫"酒黯"；因为当它们在越长越黑时，红变成了紫。遵照我们已制定的方法，我们必须调查色彩的所有变化。

他说我们应当展开我们的调查研究，不是靠像画家那样混合色彩，而是靠比较被反射的光线。

暴风雨从山上滚滚而下。小普林尼 [13]，在他那散发着盒装香薰味的花园里散着步，正与他的老园丁讨论着要种植一个果园，被一阵初来的硕大雨点滴答打断。他快速穿过大理石院子返回，闪避着马赛克水池里飞出来的喷泉水，闪过折叠门进入卧室。在那儿，在躺椅上，在攀爬到屋顶顶端的巨大藤蔓投下的斑驳绿光中，他拿起亚里士多德的《论色彩》。在这个房间里，他说，你能"想象自己是在一座不冒淋雨风险的森林里"。随着暴风雨越发猛烈，普林尼将会同意亚里士多德：笼罩房间的黑暗不是种色彩，而是光的缺失。并且，如果他感到一阵突然的寒冷，然后叫他的奴隶点起火，他就会同意亚里士多德的看法：木头燃烧时变黑，然后变红。如果普林尼走向了他房间的窗口，拿起一串酒黯葡萄，他就会认识到酒黯红的色彩是混合了纯黑。为了在自然中找到他的混合光线理论的证据，亚里士多德说，若要色彩的起源显明，我们需要具有说服力的证据，以及之于相似性的考量：

> 所有色彩都是三样物的混合：一则光；一则媒介，通过其间，光得以被看见，如水和空气；一则色彩形成的基底，通过其表面，光正好被反射。

有些色彩黯淡，有些则光亮。光亮的颜色有朱砂、朱红、亚美尼亚（一深蓝）、孔雀石（一鲜绿）、靛蓝，还有明亮的推罗紫。黯淡的色彩有提诺普斯（一棕红）、帕赖托尼翁（一粉白），还有雌黄（一亮黄）[14]。黑是通过焚烧树脂或沥青制成的。

《论色彩》独独关涉自然。其中并无提及绘画艺术，对染料来源也兴趣寥寥……虽然亚里士多德提到了用以出产"皇家紫"的骨螺。他观察花卉、水果、植物的根，以及季节的色彩变化。绿叶变黄。植物被湿气浸润，被洗入了色彩。这色彩是经由阳光和温暖凝固，就像染色时发生的那样。所有生长的东西，最后都变黄：

> 随着这黑的稳步变弱，色彩渐渐变至绿，最后变黄……其他植物成熟时则变红。

亚里士多德使用绿色蔬菜韭葱，在无阳光照射的条件下漂白，以证实他的理论：阳光创造色彩。这本《论色彩》很短，小普林尼很快读完了，之后暴风雨也过去了，携一道闪电、一声雷劈，余一刹寂静——被他年轻奴隶们的笑声打破。他的花园，栽有桑葚、无花果、蔷薇，还有柏树[15]荫下整齐的锥形黄杨树雕，被突如其来的倾盆大雨洗刷一新。一阵微风兴起。

小普林尼写了封信给巴比乌斯·马切尔（宝贝）[16]：

我很高兴听说，你在研究我叔叔写的那些书，甚至因研究之细致故，你还想拥有他的全套文集。《自然史》就像自然本身一样富于变化。

他的叔叔，他说，仅需少许睡眠，而且除了在酒吧[17]里忙着的时候，其余每一分钟的空闲时间都致力于写作。他每天日出之前起床去拜访韦斯巴芗皇帝[18]。他在旅途中带着他的笔记本。他甚至在泡澡时读书。怪不得一个如此忙碌的人经常打瞌睡。《自然史》第三十三至三十五卷专用于探讨雕塑和绘画的艺术。对老普林尼来说，艺术的意图是为了混淆自然，因此他把最高评价给予了能做到这一点的人：宙克西斯，他用一把画出来的樱桃愚弄了鸟儿；阿佩莱斯，他画了一匹马，骗得真马嘶叫；帕赫西斯，他画了一匹幔子，骗阿佩莱斯去掀开来看，后者还真以为幔子下面盖着画。[19]当艺术反映自然时，艺术达至完美。自然本身就是审判官。

但我正在偏题，远离色彩的矿藏和本书的意图。就这一点而言，普林尼和其他任何古代作家一样能说会道。究其原因，不仅是因为他不知足的好奇心，还因为他把他自己、他的成见，如此强烈地放入了他的写作中。后来大部分关于色彩的书，都没有做到这点，因而留下的只是沉闷乏色。普林尼说："在过去的好日子里，绘画曾是一门艺术。"绘画在罗马衰退成了景观。尼禄[20]叫人给他画肖像，画了半个足球场那么大，并且把一门始终应该公开的艺术，藏在了他名为"金宫"的巨大监狱里。一切都歪曲了，无规矩束缚的富人们是罪因。如果皇帝们那叫挥霍无度，权贵们则更糟。奥古斯都[21]把公共纪念碑全都包覆上了大理石，造成当时代对这种石材一股无法满足的贪欲。自然被强奸了。矿场，破坏了天然之女神，毁了她的容貌；在争抢宝贵的石头和金属时，山峦被推倒，河流被改道。我们的年代脱节失调。瞧这个：德鲁斯里阿努斯·罗图恩德斯[22]，克劳狄一世[23]的奴隶，曾有一个纯银铸造的盘子，重达500磅[24]，还有八个较小的盘子，各重250磅。需要几个人才能举起来？谁能用啊？私人住宅的奢侈，公然侮辱了神殿。价格不菲的非洲大理石制圆柱，被拖拉穿过街道，只为建造一家餐厅——与古老圣祠简朴的无釉赤陶形成丑陋可怕的对比。这些柱子的重量破坏了污水管道系统。

普林尼告诉我们：用银为深受缅怀的先王奥古斯都铸像，曾是因着那一时期的谄媚……但，若你能看见当下之奢侈展示——"女浴场里银质地面令人无处放脚。女士和男士一起泡澡！"——那会让你无法呼吸。银矿中，黄、赭和蓝颜料被开采出来。其中最好的是阿提卡[25]黏泥，一磅要卖两个迪纳瑞[26]。来自斯基罗斯[27]的深赭用来画阴影。

黄赭最先被希腊人用来画高亮。蓝颜料是一种沙。过去曾有三个品种：埃及的，评价最高；斯基泰的 [28]；以及塞浦路斯的。在这些之上，现在还加上了波佐利 [29] 蓝和西班牙蓝。由此造就了蓝色淡彩，也被用来漆窗框，因为在阳光下不会褪色。

印度蓝、靛蓝被应用在医药中，就如黄赭是被用作一种收敛药。

铜绿适合用来做眼药膏。它能使眼里分泌更多液体，但必须用棉签洗掉。当年你找"鹰牌眼膏" [30] 这个名字，就能买到。然后普林尼列出了其他金属氧化物的药用清单。比如，铅用于下体，因其冰凉特性，可以抑止性爱激情与淫梦侵袭。铅的更为不常见用法之一，是尼禄曾将一铅盘固定于胸口，以便自己演唱极强音歌曲时保护嗓子。[31]

这位多彩的皇帝，曾有着一股对戏剧的热情，为了一夜娱乐而焚烧了罗马，此外他还有个可人的爱好，那就是在自己花园里把人钉死在十字架上——他不是普林尼最喜欢的皇帝之一。论及尼禄，这话里可不止一点点讽刺："那位上天乐意使之做皇帝的"。其他的皇帝则更热心公益，订制绘画以装饰城市。

如今有许多色彩，但只有四种色彩曾被伟大的希腊画师们使用。当资源曾相对较少时，一切都曾更为优秀上等。时下，人们期寻的是材料的价值，而不是艺术家的天才。如今人们真正感兴趣的是角斗士们 [32] 栩栩如生的肖像。一切不过是一段金色往昔的一个影儿。色彩将会消退在历史的暮曙微光中。

1   神迹（Miracoli）：意大利文，大写首字母强调；后文"纪念品"一词也大写首字母作 Memorabilia。这种强调似乎只是为了凸显某种不合常规的视觉风格，而并无特别专名指向。或者，此处作者可能试图戏仿拆解"奇闻异事"（mirabilia）一词，因为这是对普林尼《自然史》所收集信息类型的一种常见认识。

2   高街（High Street）：英国和英联邦国家常见街道名，通常代表某一区域内一条历史悠久的街道，转喻市镇中心商业聚集点，但又并非一般大都市常见的大型高档繁华商业中心，而是由分布在带状聚落的中小商店所形成的更广泛社区概念。类似日本"商店街"概念。

3   拉特纳斯（Ratners）：英国老牌珠宝零售商，1993 年 9 月易名"西格内特珠宝"（Signet Jewelers），现为全球最大珠宝零售集团。

4   《启示录》（Revelation）：《圣经·新约》最后一卷书，在其第 21 章中记录了新天新地的圣城新耶路撒冷城墙根基乃是由"各样宝石修饰"的。此段中五种宝石的译名，除"翡翠"（绿宝石）外基本借用和合本通行译法，其更准确的当代中文学名对应依次为：祖母绿、红宝石、红锆石、玉髓、碧玉。后文类似语句处理方式同。

5   据称以动物膀胱制成的防毒面具。

6   《自然史》作于 77 至 79 年，下文提到古希腊哲学家亚里士多德（Aristotle，前 384—前 322）之《论色彩》（On Colour）作于公元前 323 年；前后几乎整四百年。

7   指亚历山大大大帝（Alexander the Great，前 356—前 323），即马其顿的亚历山大三世，其帝国曾扩张到中亚。据普鲁塔克记载，亚历山大攻下波斯后，接收了大流士的男宠，包括一位名叫波阿斯的青年。后者在后来的一次舞蹈比赛中胜出，深得军队喜爱，众人便要求亚历山大当众吻他，亚历山大就吻了他。

8　　哈尔基斯（Chalcis）：希腊一城市名。

9　　泰奥弗拉斯托斯（Theophrastus，前371—前287）：柏拉图和亚里士多德的学生，哲学家、科学家，著有《植物志》。

10　　此处及后文所有对亚里士多德的引用都出自《论色彩》，原文引用应为赫特（W. S. Hett）英译本，仅在一些句子衔接处因保持截取文本通顺而删减了译者个别表示连接关系的词。

11　　语出亚里士多德《论色彩》。

12　　指莱昂纳多·达·芬奇；后同。

13　　小普林尼（Pliny the Younger，61—113），古罗马律师、作家，老普林尼的外甥，以其书信集闻名。

14　　本段所提及色彩，均为普林尼时代的知名颜料。其中亚美尼亚（armenium）、推罗紫（Tyrian purple，俗译骨螺紫或泰尔紫）、帕赖托尼翁（paraetonium）和锡诺普斯（[sic] synopses）均以产地命名。亚美尼亚蓝只产自亚美尼亚；推罗紫只产自地中海附近的古城推罗（今称苏尔，属黎巴嫩）；帕赖托尼翁即现今马特鲁港，位于利比亚与埃及边界；"提诺普斯"指锡诺普斯，即现今土耳其锡诺普，其作为颜料或色彩名一般拼作"sinopia/sinopis"，此处原文拼写笔误作"synopses"（提要），故就势译作"提诺普斯"。

15　　此处原文可能因笔误将"cypress"（柏树）拼作了书写不规范的地名"cyprus"（塞浦路斯），但词源学上确实有人认为柏树的名字正是由此而来。

16　　巴比乌斯·马切尔（Baebius Macer，约1世纪—2世纪）。括号内原文"Baby"，本意为"婴儿/宝贝"，也可表示俚语中对熟人的昵称，指男性时接近"老友、老弟"等称呼。此处原文似为凸显其与"巴比乌斯"发音相似的文字趣味而刻意为之。

17　原文笔误如此，且特别大写了首字母强调 "Bar"，但实际上普林尼原著此处是说"浴池"（balinei），英译一般作 "bath"。

18　韦斯巴芗皇帝（Emperor Vespasian，9—79），69 年至 79 年任罗马皇帝。老普林尼将《自然史》献给了韦斯巴芗皇帝的儿子。

19　此句提到的宙克西斯（Zeuxis）、阿佩莱斯（Apelles）及帕赫西斯（Parrhasius）均为古希腊著名画家。

20　尼禄（Nero，37—68），罗马帝国皇帝。史传其于 64 年放火焚烧罗马城，后征用 300 至 350 亩中心城区来建造他贴满金箔的奢华宫殿——金宫（Domus Aurea）。

21　奥古斯都（Augustus，前 63—14），即罗马帝国开国君主屋大维。

22　德鲁斯里阿努斯·罗图恩德斯（Drusilianus Rotundus），生卒不详，普林尼《自然史》第 33 卷中对其这一记载是现今可查唯一史料。

23　克劳狄一世（Emperor Claudius，前 10—54），罗马帝国皇帝。

24　此处原文用词"磅"（pound）实应为"罗马磅"（Roman pound / libra）；1 罗马磅约合今 0.3289 公斤。后同。

25　阿提卡（Attic）：希腊首都雅典所在行政大区。

26　迪纳瑞（denarii）：古罗马货币单位，银制。两个迪纳瑞约合当时一名普通劳动力两天的工价。参《圣经·马太福音》第 20 章第 2 节。

27　斯基罗斯（Scyros）：希腊离岛之一，位于爱琴海中部。

28　斯基泰的（Scythian）：指来自斯基泰人领地的，即希腊古典时代在欧洲东北部、东欧大草原至中亚一带居住、活动的游牧民族领土（曾被称为斯基提亚），约现今哈萨克斯坦等地一带。

29　波佐利（Pozzuoli）：意大利那不勒斯省一城市。

30　鹰牌眼膏（Hierax's Salve）：或译"伊厄拉斯药膏"，得名于安条克·伊厄拉斯（Antiochus Hierax，约前263—约前226），其名号"伊厄拉斯"意即"鹰"，言其远见卓识。参《自然史》第34卷第27章，及普鲁塔克《帝王语录》（*Regum et Imperatorum Apophthegmata*）"安条克·伊厄拉斯"词条。

31　参《自然史》第34卷第50章。

32　角斗士们（gladiators）：该词特指古罗马角斗士，亦可延伸指职业搏击者或参与公共争论的辩驳者，此处可能一语多关。

On Seeing Red   论“见红”[1]

重新再来看看，黑和白和红到底是什么？

　　若有一人说"红"（一色彩名），并有五十人在听，则可预见，在他们脑子里将有五十种红，而且可以确定所有这些红都不相同。

　　　　　　　　　（约瑟夫·阿尔贝斯[2]《色彩的构成》）

　　一次红眼测试。眼睛对红最敏感。我的眼睛今天早上就在圣巴多罗买[3]经受了彼得[4]的试炼。我须得盯着他的眼睛，同时他将一支红尖头笔移入我的视野。至某一点时，那灰就闪烁成明亮的红。像盏交通灯般明亮。

　　一开始就教育某人说"那看上去是红的"毫无意义，因为他必须自发说出那句话——一旦他学会了红意味着什么，即学会了使用那个词的技巧。因为如果某人已掌握"看上去是红的"——或确凿而言"在我看来是红的"——之使用，他必也有能力回答如下问题："那么红是什么样的？"以及"当某物变红时，它看上去像什么样？"

（维特根斯坦，前引）

红。原色。我童年的红。蓝和绿曾一直存在于天空和林地中，未受注意。红第一次冲着我叫嚷，是来自祖阿萨庄园[5]院子里一苗床的天竺葵。我当时四岁。这红没有边界，不被包含。这些红花一直延伸到地平线。

红保护它自己。没有哪种色彩具有这样的领土性。它立定界标以宣告领域所有权，警戒抵御光谱。

红使眼睛适应黑暗。红外。

在老园子里，红曾有种气味，当我冲洗马蹄纹天竺葵的叶子，猩红充满了我的鼻孔。我一直正规把这植物叫作天竺葵，而非老鹳草[6]，因为老鹳草使人想起一种脏粉色。保罗·克朗佩尔[7]的猩红是完美的猩红——鲜红。花床的鲜红；城市的、市政的、公众的红，曾倒映愉悦的红巴士[8]，给潮湿灰暗的街道带来一抹喜乐。

虹膜那个"虹"，即彩虹女神伊丽斯[9]，生出了厄洛斯[10]——问题的核心。爱，像心一样，是红的。不是红肉的色彩，而是花朵的纯净鲜红。你能想象情人节时一颗血淋淋的心么？情场如战场，只有在爱与战争中人们坦然不择手段，而红无疑是战争的色彩。生命的色彩，背离着一颗破碎了的心，是一股红血涓流细淌。耶稣圣心。

"我的爱就像一朵红红的蔷薇。"[11]

> 黄与蓝倾向于红——对于这一较难感知的趋势，法国人有一种快乐的表达。他们说那样的色彩长了红眼[12]，而我们或将其表达为色带一瞥微红。
>
> （歌德，前引）

爱在红的激情受难中燃烧。
玛丽莲[13]展卧猩红床单。
令人心跳。
她是"血地之蔷薇"。
"耶利哥之蔷薇"[14]曾生长在疯人院[15]。

圣酒。红酒。廉价酒。闭上你醉醺醺的眼，然后永远看见红。

> 红，是一种强有力的光照印象后的结果，其影响能持续好几个小时。
>
> （同上）

若你双眼直视这世界的光，一切受造之物将变成猩红。

在医院里，他们把令人感到刺痛的美女草[16]滴入眼睛放大瞳孔，然后打闪光灯拍照。这就是广岛曾经的那一刹那吗？我是活下来传讲故事的幸存者吗？霎时间出现了一个天蓝圆圈，然后世界在品红中自己还原。

我又回到了四岁。马蹄纹天竺葵点亮我的眼。彼时我正大把大把地采摘那花儿，在我爸脑子里想象的电影里。

此时我坐在这里，穿着从玛莎百货买来的亮红短袖衫写作。我闭上眼。在黑暗中，我能记起那红，但我看不见它。

我的红天竺葵，炽热的六月[17]之色，从未消亡。每个秋天我都修剪，虽然它们局限于不多的几个花盆中，但当我看着它们时我就看到了过去。其他颜色改变。草不再是我青春的绿。意大利天空的蓝也不再。它们变动不居。但红却恒常。在色彩的进化中，红停止了。

红，罕见于陆地风景。它凭借自身的缺席而愈发强大。霎时间，在一次令人狂喜的日落中，巨大的日轮沉下了地平线……然后消失。我从未见过传说中的绿闪光[18]。记住，了不起的日落都是暴力和灾变带来的后果，喀拉喀托[19]和波波卡特佩特。

我眨眼，黑暗森林里有小红帽。聚拢而来的幽暗里有

70

一件明亮的红斗篷。红眼狼舔舔自己猩红的厚嘴唇。

画家们用红就像是在用辣子！

"永远不要相信一个身着红与黑的女子。"罗伯特[20]那位有着维多利亚时代旧思想的母亲说。但我们能相信一名红衫军[21]吗？我们或许就在他的滑膛枪口下。

最隐秘和最令人垂涎的地方，我母亲的梳妆台，一座神龛，供奉阿芙洛狄忒[22]，如蔷薇般粉红的那一位——鲜红的口红，带着精心调制的香味，胭脂，还有亮红的指甲油。我在屋里跌跌撞撞地走来走去，穿着那双红宝石鞋[23]——我穿起来太大了。我可不是灰姑娘。忘了奥兹国吧，我可是在《女人们》[24]中！丛林红……定型水和梨子糖[25]的气味。我羡慕母亲的灵巧。红色的嘴唇、双颊、指甲——我帮她涂的。指甲油的气味令人嗨上头。我试着给自己涂指甲，引火烧身，被抓个正着。我是在空中花园里跳着舞的，那位猩红的"巴比伦大淫妇"[26]。父亲冲我大吼，脸通红："嗷！他为啥就不能……我肏！他妈的净给老子添堵！"

　　哪怕最红润如蔷薇的面色，一旦与蔷薇红对比，也不可能不失几分生气。蔷薇红和亮绯红有个很严重的缺陷，那就是会让面色多少有些显绿。

　　　　　　　　　　　　　　（米歇尔·尤金·谢弗勒尔[27]）

二十世纪六〇年代，玛莉·官[28]用一支蓝唇膏背叛了红，也给众多嘴唇带来死亡的阴影。红，自得其所。嘴唇本是红宝石色。蓝嘴唇令我不寒而栗。诸色自有其界，虽然我们压境不止。想象一株蓝天竺葵吧。他们还在想象一种蓝蔷薇呢——蓝玫瑰——直到时间尽头这都必将是个矛盾。他送了我一打蓝玫瑰以宣告他的爱！人不可能用蓝来传递爱的讯息……蓝调……

红海是治愈的海，穿越它会带来一个转变、一次洗礼。出埃及的过程其实是逃离罪的过程。那些对罪没有意识的人，红海带给他们死亡；但那些达至彼岸的人，就在荒漠里重生。[29]

1953 年圣诞。沉重的硬壳大旅行箱上贴满贴纸——铁行[30]。由搬运工费劲地拖着。一股兴奋劲儿在利物浦登上了这班了不起的邮轮，航向印度。一路旅程带我们驶过比斯开湾[31]，遭一阵飓风呼啸不止，晕成狗，每层甲板都打了压条[32]。

第一站是直布罗陀的磐石山，然后穿过地中海，层层天空变蓝。塞得港[33]，幻术师们和正行奇事的埃及街头魔术师们，以及购自西蒙·阿茨特[34]的精致礼物。沿运河下到苦湖[35]，我们左手边是阿拉伯福地[36]，不死鸟[37]之家。古埃及人认为海不可信靠，以之为黑暗神祇赛特[38]和堤丰[39]的家，风暴之地。有一晚我们驶入红海，在一幕平静落日中，海面潮红带粉。我从圣诞树上取下来个银球，扎在棉线轴上，从船尾放下去，放到了船尾伴流中，它就在海浪里来回跳跃闪烁，落日红帆。

夜空红渐起，牧者心欢喜。晨起天泛红，牧者心忡忡。[40]

红，红，红。侵略之女，众彩之母。极红，军旅与旗帜之色，行军中的红，赤红压境临到我们生活的边缘。在我眼中失去纯真那一刻，我看见了红。红充斥了音符之间的音程，就成了一支激昂颂歌，《信徒精兵歌》[41]和《国际歌》。

直到二十几岁，我都从不曾把村镇画成过红的。后来我迷失了自我；当你上床乖乖睡觉时，我启程前往苏活红灯区。我们酷儿的世界被囚禁在阴影里。我们这里可不是阿姆斯特丹或汉堡的橱窗，女孩们在红色灯光中卖弄着自己。红倌人！在我们的世界里，闪烁的红灯是警告我们有警察突袭。赤手被捉了现行，我们得捏着张像彩票一样的小票排上几个小时的号，然后才被陆续盘问、释放。红带文件，繁文缛节[42]。回到了家又是孑然一身。怒而面红耳赤。这些个夜晚花了你许多钱，银行账单一路攀升赤字。我牺牲了时间和金钱去追逐赤热的性，可立法者们却把这事儿搞得难上加难。我留下了没读完的书，和没画完的画。

艺术家们！如果你想要画红鲱鱼 [43]，那我下面就给你点颜色看看：

万红之王后乃**朱红**。朱砂。硫化汞。龙血竭 [44]（龙血），炼金术士们的衔尾蛇，哲学家们的龙。既有自然矿物也有人造的。古时开采自西班牙。有数不尽的中世纪配方。人造朱红和天然的一模一样——但价格不一样！250 克人造的卖 10 英镑，而天然的，同等重量，则要 250 英镑。

朱红是种带有尖锐感的红，就像锻热炽亮的钢，能以水冷。朱红可被蓝淬，因其不耐与任何一种冷色相混。红之炽亮在其自身。因此它比黄更得人钟爱。

（瓦西里·康定斯基《艺术中的精神》[45]）

茜红，蔷薇茜，是一种从茜草——染色茜草 [46]——根部提取的天然染料。古典作家们把这种植物染料叫作"Rubia" [47]，它就是土耳其地毯的那种红。最稳定的天然染料提取物之一。蔷薇茜经十字军战士从东方 [48] 引介到意大利和法国——在那里它被叫作"La Garance"；正是从这个名字里衍生出了"guarantee"——意即"担保"，因为它的价格是固定的，是政府管控的。[49]

铅丹。铅的红色氧化物，经典的次等米尼乌姆[50]或"山达脂"[51]。从这名字里衍生出了"miniature"——细密画。中世纪手稿上那些"标红字的日子"[52]所用的红，就是这颜色。

近些日子以来，它则更多是被用作防锈剂，而非艺术家们的颜料了。

威尼斯红。天然的铁氧化物。在威尼斯画派的油画中曾用作一种暖底色。

镉红，硫硒化镉[53]。晚近出现的一种红。镉红在二十世纪初才首次被用作颜料。

红是最古老的色名，源自梵语"*rudhira*"。斯芬克斯的脸本是被涂成了红的。

埃尔斯沃思·凯利[54]。红之画匠。

火之子是不顺服之子。在叛乱中。普罗米修斯之子偷取火柴，在黑暗中点燃一道危险的光。当他放火时，他便有了邪念。他不会被捉住。火熄灭。他在红色余烬中开始懂事。

红是时间中的一瞬。蓝则恒常。红是快速消逝的。一次剧烈的爆炸。它燃烧自己。像火花一样消失在聚拢而来的阴影中。漫漫暗冬，红已离去，我们要温暖自己。我们欢迎红胸知更鸟，还有红浆果用以维持生命。我们穿一身圣诞老人的可口可乐红，打扮成送礼的使者。我们围坐一桌，唱起《红鼻子驯鹿鲁道夫》[55] 和《冬青树与常春藤》[56]。
"冬青结了个果像血一样亮。"我们的冬日面庞被映染上一
抹喜庆红。我们守护红，就像护着火苗。生命是红的。红
是属活人的，但紫杉猩红的浆果却是有毒的，叫魔鬼们无
法靠近教堂庭园[57]。

红的记忆。上帝用红土造了首先的亚当[58]，就是个红
色的人。埃及，"克黑美"之地[59]，得名于尼罗河洪域的
黑红土——此土曾否就是彼土？阿拉伯人给了我们这个
表示"炼金术"的词"al-kimiya"[60]，从中孕育出了我们
科学的"chemistry"——化学。迷失在科学的迷宫里，我
们祈祷阿里阿德涅[61]用一根红线拯救我们。

炼金术分四阶段：**黑变**（变黑）、**白变**（变白）、**黄变**
（变黄）和**紫变**（变红）。[62]

正是在这些色彩中，诞生出了现代制药工业。十九世
纪，那些伟大的染厂在人造色彩科学方面进行实验。苯胺
紫[63]、苯胺、品红，这些红色染料的发明，为拜耳[64]、汽
巴[65]和许多其他跨国公司奠定了基础。颜料还被变成了炸
药。焰硝燃烧时的橙色。他们不仅造炸药，还造药。你吞的
药片就是来自染色师傅们的工厂。在古代，"色"（*chroma*[66]）
就曾被看作一种"药"（*pharmakon*[67]）。色彩疗法。

在古代，红可能曾是紫，因为古希腊人有着一种和
我们截然不同的色彩观。例如他们没有词汇表达真正的

蓝。克吕泰涅斯特拉[68]的地毯是紫的还是绯红？以前的帝王紫，是否实际上就是红？让我们相信，克吕泰涅斯特拉为阿伽门农编织的其实是绯红地毯吧——血红再加一抹血里的蓝。当他站在这第一张红地毯上时，他犯了狂傲之罪，然后被谋杀。红地毯引致暗杀。革命都死于它们自己的红。你站在过红毯上吗？感受过那种气派铺张的排场吗？在它被从你脚下拉走之前？红色会背叛。

诸红斑及诸行星。[69]

红是战神马尔斯的颜色。这位血红的神祇骑着一头红狮上战场。圣乔治[70]高举着他的十字架，那上面的红就是这红。十字军战士们的十字架，他们高举着旌红[71]与血红的纹章旗。回到家，他们选择了兰开斯特的红蔷薇，便与白蔷薇战斗[72]。红俄罗斯，白俄罗斯？红的那一方，失丧之战[73]的胜利者。

> 都铎[74]确已消逝而每朵蔷薇
>
> 那血红的、惨白的、在日落中生辉的
>
> 哭喊道：血、血、血
>
> 向着英格兰的哥特石墙……
>
> （埃兹拉·庞德[75]《诗章》）

我们穿上红衫，死在医院红毯[76]里，遮盖重伤。但马尔斯却被逼退，被另一种红——红十字。红色的献祭的基督。圣子，圣三位一体之红。祂献祭所流之血，在众教会的阴郁里，在千万还愿灯的红光中燃烧。[77]

红细胞的每次胜利都带来死亡……因为病毒是红的[78]。这死亡之舞[79]。红瘟疫十字架[80]。猩红热的红——天花[81]。红向来环绕医院。十世纪的医生阿维森纳[82]给他的病人们穿红衣。保护脖子，围红羊毛。以羊易牛。色彩还能疗愈。红促使血液流动。阿维森纳以红花制药。如果一个人聚精会神凝视红，血流就会通畅。正因此，你可不能让个流鼻血的人见着红。凯尔苏斯[83]用亮色膏给伤口上药；论及各种红膏，他写道："有一种膏几乎就是红的，能让伤口快速结痂愈合。"爱德华二世[84]有个房间完全装饰成红色，用以防治猩红热。

红停红止红停红……

我正走出"圣安东尼热"[85]高炉复原归来，这种湿疹把我变红了。猛烈的红酸痛。我几乎变紫了。我的皮肤不再欢迎世界，将其拒之门外。我被囚于感官的单独监禁室。有两个月既不能读也不能写。工止于此书。红疹传到我脸上。"你放假去哪儿了？"路人们问。地狱小驻。

　　　　自然，即爪牙间不自然的红
　　　　出来要毁灭我。

在美好旧日里你发了狂。

我亲吻了疯——他的鲜红嘴唇

然后送他上他的路。

红发曾让人联想到魔鬼。红发男子曾被看作恶魔后嗣。威廉·鲁弗斯[86]，夫赫王[87]者，1100 年 8 月 2 日礼拜四于新森林被害，是一位被献祭的国王，作为一位暴君被铭记，太黑了，以至于被画成红的。难以启齿地堕落了。他的红，血的色，魔鬼本尊并地狱烈焰。酷儿国王鲁弗斯。被献祭的"红毛儿们"——这一支长线上的最后一位。大卫，一颗又真又活的小姜糖[88]，他一边在文字处理器上敲下这段文字，一边神经质般吃吃笑。今夜的邓杰内斯有一轮满月！[89]

论及中世纪诸幽默体液质[90]，胆液（愤怒）曾是热血的、红的：

……论元素色，淡红显于血，然而烨焰灼热诸般色性，则显于胆液。胆液，因其适应性及易混合性，实在为自然增色不少：比如若是将之与血混合，且以血为主，就可制得一种鲜红……

（海因里希·科内留斯·阿格里帕[91]

《神秘哲学三书》）

红伴随着愤怒，它们宣告革命。红弗帽[92]高高抛起。加里波第的鲜红领巾[93]。"自由！博爱！平等！[94]"自由万岁[95]！血，断头台，老妇们手里织着猩红[96]。社会红。

红布对上约翰牛[97]。

利物浦。二十世纪八〇年代初。我参加游行。V.[98]（**雷德格雷夫**）说："德里克，你扛把红旗。"我们有五十人。过去的革命的幽灵船[99]。我们游行穿过荒弃的城市，伴随着风吹打旗帜的声音，如一艘红润的盖伦帆船航行在希望的巨浪远海上。阳光染红着我们。船难，失事于乐观主义的最后一片珊瑚礁。有个人对我说："广场的红真美。红的根基就是生命本身。"

当我们游行时，英格兰的红脖绅士们[100]正在猎捕着红——汗流浃背地消磨他们礼拜六的午后，追逐红狐。但我们那时眼中盯着的是列宁墓。革命的坟墓。红花岗岩造就，它的比例和帕特农神庙一样精妙。高高在其上，在克里姆林宫顶上，是一面伟大红旗在招扬，即使是在毫无一丝风的日子里，因为旗杆里藏了台鼓风机一直让旗子飘。另有个人说："斯巴达军队以前穿的就是红羊毛衣，配红皮鞋子。这是一场古老的游行。"

众红衣主教背叛……

我们来是要改变世界，而非融入其中，

诅咒所有社会同化主义者，

把不列颠烧出蓝来，

诅咒**所有**不出柜的酷儿，

用红带勒死政府，

诅咒**所有**剧场里的皇后[101]，

在宫殿中释放红魔鬼们自由，

诅咒**所有**起舞到天明的人，

他们除了睡觉啥都不干直到入夜。

把银行逼上赤字绝路。

在地球上宣告地狱！

用红砖砸穿灰窗子。

烧焦天堂，

庆祝你那些标红字的日子……

朱迪·加兰[102]的红鞋带来**好运**——她穿上红鞋敲敲鞋跟，在奥兹国里许下愿望，就被传送回到堪萨斯她家里了。然而，迈克尔·鲍威尔[103]电影里的红鞋，却让莫伊拉·希勒跳舞至死。

公元前77年，当费利克斯[104]——一位红派战车御者——火葬时，有个红派支持者纵身跃入火堆。白派支持者们说他"疯了"。[105]可你真该亲眼看看费利克斯！

道林·格雷[106]的脑子岂无斑斑猩红的疯狂污点？

我寄了封信给你，亲爱的读者，装在一只红色意大利信封中，投在花园尽头那个小小的红邮筒里，然后看着邮递员下午四点开着他的红面包车来取走。意大利的商用信封从来都是红的。它们的意思是：**紧急**。我们的棕信封偷偷溜进来，不经察觉。

写这本书时，我已时日无多。若有什么是你视为珍贵，却被我忽视的——你自己写在页边吧。我的书我到处写满，因为标记的文字会遗漏、脱落。我不得不快快地写，因为我右眼在八月就已被"觊觎喜报病毒"[107]废掉了……随后黑暗来了，开始磨合。而黑暗总在光明之后来到。我在医院打着点滴写了这篇关于红的文字，并把它献给圣巴多罗买医院的医生护士们。这一篇的大部分是在早上四点写的，在黑暗中语无伦次地潦草乱写，直到睡眠突然幸福地临到我身上。我知道我的色彩不是你的。从来不会有两种一模一样的颜色，即便是来自同一管颜料。背景环境会改变我们感知色彩的方式。通常我都一直用一个词去描述一种色彩，所以红还是红，但可能会沦入朱红或暗红。这本书里我没放彩色照片，因为那将沦为禁锢色彩的徒劳。我如何才能确信打印机能再现我想要的浓淡？我更喜欢色彩飘起来，在你们头脑中飞行。

德里克。

附言：是红的，那就要有个颜色，而不是有个看起来的样子。当然，一件东西可能暂时看起来是红的，就像帕特农神庙在即将消逝的阳光下。

1 原题 "On Seeing Red"，此处 "见红" 非指汉语文化中狭义对少女初潮、处女初夜或孕期出血等隐晦表达，而是广义英文对 "生气、发怒" 的常见俗语表达。一般认为这样的用法来自斗牛文化，形容人像牛看见红布一样发怒。

2 约瑟夫·阿尔贝斯（Josef Albers，1888—1976），包豪斯派艺术理论家、画家。

3 圣巴多罗买（St. Bartholomew）：指圣巴多罗买医院，位于伦敦，创建于 1123 年，欧洲历史最久的医院。

4 彼得（Peter）：常见男子名，耶稣基督十二使徒之一，此处可能指某医生名字。但因前文 "巴多罗买" 也是十二使徒之一，且医学 "测试"（test）一词又可双关指从上帝而来的对人的 "试炼"，故极可能是作者为语趣故而刻意提及。

5 祖阿萨庄园（Villa Zuassa）：贾曼幼年故居之一。

6 天竺葵（pelargonium）与老鹳草（geranium）同属牻牛儿苗科，但二者并不相同。英文中常将前者称作 "scented geranium"（香味老鹳草），进而简称为 "geranium"，与老鹳草属相混淆。

7 保罗·克朗佩尔（Paul Crampel）是蔷薇的一个品种。此处原文拼写为 "Paul Crampnel"，应为笔误。

8 红色双层巴士是英国公交系统一大特色，尤以伦敦为突出。

9 伊丽斯（Iris）：希腊神话中传说为彩虹的化身。该词在英文中也指 "虹膜"。

10 厄洛斯（Eros）：希腊神话中传说为性爱之神，一般认为他是由阿芙洛狄忒所生，但在一些版本的传说中他被认为是由伊丽斯所生。

11 语出罗伯特·彭斯（Robert Burns，1759—1796）的诗《一朵红红的蔷薇》。

12 原文为斜体法文 *"oeil de rouge"*。

13 指玛丽莲·梦露（Marilyn Monroe，1926—1962），她曾为成人杂志《花花公子》拍摄了一组以红丝绒布为背景的裸照。

14 耶利哥之蔷薇（rose of Jericho）：耶利哥位于约旦河西，据《圣经》记载，是被出埃及后的以色列人攻陷的第一座城，参《约书亚记》。"耶利哥之蔷薇"是英语中对含生草（*Anastatica*，一译复活草）或鳞叶卷柏（*Selaginella lepidophylla*，一种经常被与前者混淆的植物）的通俗称呼。含生草另有一通用俗称，叫"（圣）玛丽之花"（[St.] Mary's flower），以纪念耶稣的肉身生母马利亚；玛丽、马利亚、玛丽莲，三者语源相同，且在英语中音形意十分相近。另参下注。

15 疯人院（Bedlem）：该词原是伯利恒（Bethlehem）缩写，因伦敦伯利恒圣玛丽医院（St. Mary of Bethlehem of London，现改名为伯利恒皇家医院）而得名——该院前身是一修道院，后改建为著名精神病院，被民众昵称为"贝德兰"（Bedlam / Bedlem），这个称呼后来渐渐被用来指代"疯人院"。此处作者用词双关，引用且戏仿了中世纪诗人约翰·利德盖特（John Lydgate，约1370—1451）的诗作《如一朵仲夏蔷薇》（"As a Mydsomer Rose"）末阕首联"那就是血地之蔷薇／耶利哥之蔷薇曾生长在伯利恒"。

16 美女草（Belladonna）：学名颠茄（*Atropa belladonna*），原产欧洲，其根部提取物有散瞳效果，可入药制散瞳剂，以前也常被妇女用以滴眼散瞳增添美貌，故得名。

17 此处可能暗指十九世纪唯美主义画家弗雷德里克·莱顿（Frederic Leighton，1830—1896）的名作《炽热的六月》（*Flaming June*）。

18 绿闪光（green flash）：一种短暂光学现象，在日落后、日出前或其他一些特定情况下出现。

19　　喀拉喀托（Krakatoa）：活火山，位于印尼。下文的波波卡特佩特（Popocatepetl）也是活火山，位于墨西哥。

20　　可能指贾曼情人之一、美国摄影师罗伯特·梅普尔索普（Robert Mapplethorpe，1946—1989）。

21　　红衫军（Red Coat）：泛指十八世纪的英国陆军，因打仗时着醒目红色外衣，故得名。

22　　阿芙洛狄忒（Aphrodite）：希腊神话中的爱神，对应前文罗马神话中的维纳斯。

23　　此处"红宝石鞋"及下文"奥兹国"都出自经典童话故事《绿野仙踪》（The Wizard of Oz）。在原著中本来是银鞋，但1939年据此拍摄的电影大获成功，使得片中改编的红宝石鞋深入人心。

24　　《女人们》（The Women）：1939年的经典时装电影，该片特色在于全片没有任何男性角色。下文"丛林红"指片中美容沙龙里独家最新款指甲油颜色。

25　　梨子糖（pear drops）：英国常见硬糖，状似梨，味似梨与香蕉混合。因其口味主要由乙酸乙酯和乙酸异戊酯人工调制，所以很多人也觉得闻起来像香蕉水般刺鼻，且在英语中形成"闻起来像梨子糖"的口语说法，形容这种类似香蕉水或油漆的刺鼻味。

26　　指约定俗成的特称"巴比伦猩红大淫妇"（the Scarlet Whore of Babylon），参《圣经·启示录》第17章第4至5节（上帝施行大审判时）："那女人穿着紫色和朱红色的衣服……额上有名写着说，奥秘哉，大巴比伦，作世上的淫妇和一切可憎之物的母。"

27 米歇尔·尤金·谢弗勒尔（Michel Eugène Chevreul, 1786—1889），法国化学家。

28 玛莉·官（Mary Quant, 1934— ），英国时装设计师、时尚先锋，被誉为"迷你裙之母"。

29 参《圣经·出埃及记》第14章，耶和华使摩西分红海，拯救以色列人脱离埃及人之手。又及《希伯来书》第11章第29节："他们因着信，过红海如行干地；埃及人试着要过去，就被吞灭了。"

30 指铁行轮船公司（P&O Cruises），又名"大英轮船公司"。

31 比斯开湾（Bay of Biscay）：北大西洋一个海湾，位于法国和西班牙北部加利西亚之间。

32 打了压条（battened down）：航海术语，指航行中为避免船舱因风暴进水，在各舱口用油布封堵缝隙，并钉上压条木板固定。

33 塞得港（Port Said）：埃及东北部港口城市。

34 西蒙·阿茨特（Simon Arzt）是塞得港著名老牌百货商店。此处原文误写为"Simon Artz"。

35 苦湖（Bitter Lake）：苏伊士运河南北之间的咸水湖。

36 阿拉伯福地（Arabia Felix）：古指阿拉伯半岛南部一地区，现为沙特阿西尔省及也门等地区。

37 不死鸟（Phoenix）：古希腊及罗马神话中的一种鸟，据传说其死后会在灰烬中重生。

38 赛特（Set）：埃及神话中的沙漠之神、风暴之神、战神。

39   堤丰（Typhon）：希腊神话中象征风暴的妖魔巨人。

40   英文水手古调，"牧者"一般作"水手"；但也有流传"牧者"版本，因
      为这段古调是透过基督教文化才广为流传。参《圣经·马太福音》第16
      章第1至4节："法利赛人和撒都该人来试探耶稣，请他从天上显个神迹
      给他们看。耶稣回答说：'晚上天发红，你们就说："天必要晴。"早晨天
      发红，又发黑，你们就说："今日必有风雨。"你们知道分辨天上的气色，
      倒不能分辨这时候的神迹。一个邪恶淫乱的世代求神迹，除了约拿的神
      迹以外，再没有神迹给他看。'耶稣就离开他们去了。"

41   《信徒精兵歌》（"Onward Christian Soldiers"）：基督教经典赞美诗。

42   此处原文为"Red-tape"，该词组字面意为"红带"，初指欧美多国政府官
      僚机构中用来捆扎文件的红带子，后逐渐成为习语，代指官僚做派的繁
      文缛节。

43   红鲱鱼（red herring）：代指一种逻辑谬误，即转移话题，将一个不相干
      的话题插进来，从而把读者或听众的注意力转移到另一个论题上。

44   龙血竭（Sanguis draconis）：拉丁学名，字面意即"龙血"。

45   瓦西里·康定斯基（Wassily Kandinsky，1866—1944）：包豪斯派画家、艺
      术理论家。《艺术中的精神》（Concerning the Spiritual in Art）为其艺术理
      论代表作之一。

46   染色茜草（Rubia tinctorum）：原文为拉丁学名。

47   一般认为在拉丁文中最早由老普林尼等古典作家使用该词称呼这种植物
      及其提取物所得颜色。该词由拉丁文"红"（ruber）演化而来。

48   指欧洲东部。

49　严格来讲，此处只是结合社会学所做的词源解说，根据法语"茜草"（la garance）与英语"担保"（guarantee）相近的读音与拼写而提出的一种大胆猜测。学界一般认为两词在词源上并无直接关联，最多只可能在欧洲某些语种间曾有过无可考证的借词现象。

50　次等米尼乌姆（*minium secondarium*）：原文为拉丁文，字面意"次（等）朱红"，一般认为最早由老普林尼提出。但当普林尼和其他古典时代的作家写到"朱红"（minium）时，实意是表示朱砂（天然硫化汞）。至中世纪，"朱红"一名才开始专指铅丹，并在这时广泛应用于装饰手抄本及其他物件，由此衍生出细密画（miniature）一词。参《最新英汉美术名词与技法辞典》（中央编译出版社，2008）"铅丹"词条。

51　山达脂（sandarach）：又名"香松树脂"。

52　标红字的日子（red letter days）：英文常见表达，指日历上通常用红色标示的日子，意即重要的日子。

53　此处原文误写为"cadmium sulpho selenide"。

54　埃尔斯沃思·凯利（Ellsworth Kelly，1923—2015），美国画家、雕塑家，代表作包括《红色曲线》（*Red Curves*）等以红色为主题的抽象画。

55　《红鼻子驯鹿鲁道夫》（"Rudolph the Red Nosed Reindeer"）：现代著名圣诞歌曲。歌词称红鼻子驯鹿鲁道夫有个非常亮的鼻子。

56　《冬青树与常春藤》（"The Holly and the Ivy"）：传统圣诞歌曲。歌词称冬青果"像血一样红"，下文原文引用此句时改作"像血一样亮"。

57　教堂庭园一般用作基督徒墓地，而传统上，尤英国，在教堂庭园中常种植紫杉树。

58　参《圣经·哥林多前书》第15章第45至47节："经上也是这样记着说，

首先的人亚当成了有灵的活人，末后的亚当成了叫人活的灵。但属灵的不在先，属血气的在先，以后才有属灵的。头一个人是出于地，乃属土；第二个人是出于天。"

59 "克黑美"之地（the land of Khem）：或意译"黑（土）地"，指尼罗河三角洲地区，因每年洪水泛滥之后留下的肥沃淤泥呈黑色而得名，据信是古埃及象形文字中埃及古名"km.t"的字面意思。严格来讲，下文提到的"黑红土"并不准确，因为一般认为在古埃及文中与肥沃宜居的"黑地"（km.t）相对的是"红地"（dšr.t），亦即不宜居的沙漠之地。

60 一般认为该词字面本义是"（埃及）科学"，且其词根部分极可能源自古埃及语"km.t"。此段原文并没有明确提出前后完整词源逻辑线索，但按原文英文拼写，部分英语读者或许能够自行建立语音及语义上的联想。

61 阿里阿德涅（Ariadne）：古希腊神话人物，克里特国王弥诺斯之女。在希腊神话的一些版本中，忒修斯借助阿里阿德涅给他的线球走出了弥诺陶洛斯迷宫。

62 一般现代西方文化对炼金术的传统有多种不同认识，其中较流行一支可追溯至荣格归纳的赫拉克利特四阶段说，即此处作者引用的说法。在这一支传统中，"紫变"被认为同等于"红变"（erythosis，或在医学上译为"红变病""红肤症"），故此处原文括号解释为"变红"。句中四个加黑粗体词在原文中均为全字母大写强调的拉丁转写希腊文，在医学中用作疾病名称：其中"黑变"即"黑变病"（MELANOSIS），其现代医学专名是"黑色素沉着"；"白变"即"白变病"（LEUCOSIS），特指"禽畜白血病"；"黄变"即"黄变病"（XANTHOSIS），也有译为"黄化症"或"黄肤症"；"紫变"对应所谓"紫变病"（IOSIS），但并未被现代医学认可。大部分英语读者能够根据原文构词看懂这四个大写拉丁词是病症名称，并可或多或少根据构词猜出其中一些对应的色名。但在炼金术的专业用语中，这些阶段则不被视为"病变"，而是与疾病无关的化学步骤。

63 原文误拼作"malveine"，实应为"mauveine"。

64   拜耳（Bayer）：德国老牌制药及化工跨国集团，成立于 1863 年。

65   汽巴（Ciba）：瑞士老牌染料及化工公司，成立于 1859 年。1970 年与嘉基公司合并成为汽巴–嘉基（Ciba-Geigy）。1996 年与山德士公司合并成为现今的诺华（Novartis）。

66   该词也是本书原文书题，其在古希腊语中本义为"色（彩）"，进入英文后意思逐渐演变，目前在现代语用中常被视为等同于"色度"（chromaticity）。

67   这个词在古希腊语中的意思包括"毒药"、"医药"和"解药"，恰如此处汉译词"药"在汉语中，及原文英语词"drug"在英语中的多义现象。（参德里达《撒播》"柏拉图之药"尤第 4 节；《现代汉语词典》第 5 版"药"释义①③④条目。）

68   克吕泰涅斯特拉（Clytemnestra）：古希腊神话中阿伽门农的妻子。在一些版本的传说中，她怂恿凯旋的丈夫走过祭神的红地毯，激发丈夫的骄傲狂妄之心，而后趁其不备伙同情人将其谋杀。关于地毯颜色到底是红还是紫，历来争议不断。

69   诸红斑及诸行星（Red Spots and Planets）：原文大写每个单词首字母强调专名，整体特指不详。其中"红斑"指类木行星的大气扰动，在天文观测中并不少见，比如最有名的"大红斑"（Great Red Spot），即木星赤道以南一个存在很久的巨大反气旋风暴。

70   圣乔治（Saint George，约 280—303），罗马骑兵军官，骁勇善战，因试图阻止戴克里先皇帝治下对基督徒的迫害而被害殉道，后为天主教封圣，并在传统上被认定为英格兰及多国、地区、组织的主保圣人。今日英格兰国旗即为一白底红色圣乔治十字，通称"圣乔治旗"。常以屠龙英雄的形象出现在西方文化中。

71   旗红（Gules）：纹章学专词，一译"旗红"，特指纹章红。有一些纹章学者认为其实就是蔷薇红。

72　此指蔷薇战争（1455—1485），或有俗译误作"玫瑰战争"，是英国历史上两大家族为争夺王位而断续展开的内战。红蔷薇是兰开斯特家族的家徽，白蔷薇则是约克家族家徽。该次战争最后以兰开斯特家族的亨利七世与约克家族的伊丽莎白联姻结束，开启了都铎王朝。皇室徽章继而改为红白蔷薇，又称"都铎蔷薇"。

73　指俄国内战（1917—1922），前俄罗斯帝国境内支持布尔什维克的红军和反布尔什维克的白军之间的战争，最后红军获胜，成立苏联。这场战争人员死伤惨重，还导致原俄罗斯国土分裂、经济崩溃，并有大量难民逃亡，故称失丧之战。

74　都铎（Tudor）：1485 年至 1603 年间统治英格兰的王朝。

75　埃兹拉·庞德（Ezra Pound，1885—1972），意象主义诗人。《诗章》（Cantos）是其代表作之一。此处援引段落出自《诗章》第80篇，但原文排版、标点及个别单词拼写与庞德原著略有差异。

76　医院红毯（red hospital blankets）：西方现代医院系统急救术语，指生命垂危的伤病人从救护车或直升机等运输设备中抬下来就要立即送上手术台进行抢救的情况。这个术语最初可能源于战争时期，因重伤病患大量出血而染红了医院常用的白毯。

77　参《圣经·诗篇》第 76 章。

78　实际上，目前科学已知，常见天然病毒一般不具色素类物质，因此通常无色透明。

79　死亡之舞（dance of death）：欧洲中世纪后期出现的一种艺术体裁，见于各类绘画作品中，后也多见于电影等其他艺术形式。其常见的主题是拟人化的死亡（如骷髅）集体舞蹈，寓意着生命的脆弱和世间众生注定死亡的命运。

80 欧洲中世纪大瘟疫期间，出于隔离及警示考虑，会在居住有瘟疫感染者的房门窗或外墙上画一个十字架或十字叉图案标记，通常为红色。这种红十字也带有祈求上帝祝福的意思，源自旧约时代以色列人过逾越节的传统，参见《圣经·出埃及记》第12章第7—13节。同时，为瘟疫死者坟墓所立的十字架，或纪念某地瘟疫死者的集体纪念碑，也可称为瘟疫十字架，这就没有特别漆涂为红色的传统。

81 天花感染者在天花病毒前驱期内可能出现呈猩红热样的前驱疹。

82 阿维森纳（Avicenna，980—1037），波斯博学家、医学家、哲学家，又名伊本·西那，著有《医典》，被誉为现代医学之父。

83 凯尔苏斯（Aulus Cornelius Celsus，约前25—约50），古罗马医学家，著有一部百科全书，但现仅存关于医学的八卷，概称《医术》（De Medicina）。

84 爱德华二世（Edward II，1284—1327），英国历史上相当有争议的一位国王，据传是同性恋，贾曼曾以其为主人公拍摄传记电影《爱德华二世》。

85 圣安东尼热（St. Anthony's Fire）：带状疱疹、麦角中毒或丹毒等皮肤炎症的俗称，又称天火或圣火（Ignis Sacer），喻其痛苦难耐，仿佛饱受皮炎试炼的隐修士圣安东尼（St. Anthony the Great，约251—356）苦修一般。

86 威廉·鲁弗斯（William Rufus，约1056—1100），即英王威廉二世，未婚无子嗣，据说是同性恋者，故而下文称他为"酷儿国王"（Queer King）。他在新森林（New Forest）的一次狩猎中中箭身亡，虽事有蹊跷，但一般被认定为意外。

87 夫赫王（li rei rus）：原文为古法语中对威廉二世的俗称，字面意为"那位红（脸）国王"。威廉二世本不姓"鲁弗斯"，据说其面相红里透黑、红发赤须，故得俗称"红（脸）国王"或"红（发）国王"，后经误传逐步流变为"鲁弗斯"并被广为接受。"rufus"一词在拉丁文中字面意思亦即"红"，尤指面色潮红。参弗兰克·巴娄（Frank Barlow）著《威廉·鲁弗斯》(*William Rufus*, 2008）英文版第 11 至 12 页。

88　指贾曼的朋友、曾经的工作助理大卫·罗登（David Roden），绰号"小姜糖"（Gingerbits）。在英文中有人用"ginger"戏指红发，因为传统上认为红发者脾气火爆激烈似姜。参托尼·匹克（Tony Peake）著《德里克·贾曼传》(*Derek Jarman: A Biography*, 1999）英文版第 565 页（第 30 章注 50）；后文《德里克·贾曼传》均指此书英文版。

89　西方民俗中常有满月使人暴怒发狂的传说。此处原文前后逻辑线索松散暧昧，可能是贾曼故意与为他打字誊稿的大卫开个私人玩笑。

90　中世纪的体液理论认为，人体内有四种主要汁液：血液、黏液、黄胆液和黑胆液。如果这四种液在体内失去平衡，人的性情就会大受影响。西方继而产生体液气质论等思想，而希腊文中的"体液"一词也衍生出"脾气"等意思；后经戏剧等艺术形式的夸张表现，最终在英语文化中流俗产生广义的"幽默"含义，因人发脾气时，常有不合常理且气质各异的表现，引人发笑。

91　海因里希·科内留斯·阿格里帕（Heinrich Cornelius Agrippa, 1486—1535）：博物学家、医学家、神学家、神秘学家，代表作有《神秘哲学三书》(*Three Books of Occult Philosophy*)。此段引文略有删减，原有上文，论自然元素色，故补译"元素"二字。（参《神秘哲学》第 1 部第 49 章）

92　即弗里吉亚无边便帽（Phrygian cap），一种垂尖圆锥帽，初为古代弗里吉亚人所戴，经典颜色是红色，象征脱离暴政的自由，后得名"自由之帽"。在法国大革命期间亦成为象征自由的重要标志之一。

93　朱塞佩·加里波第（Giuseppe Garibaldi, 1807—1882），意大利民族解放领袖，被誉为意大利建国三杰之一。他带领的红衫军，制服是一件绯红色上衣搭配亮色小领巾，成为经典造型；但实际上因为制服本是红色，所以极少见有搭配红领巾。

94   原文为法文，是法国大革命格言。

95   原文为意大利文。

96   法国大革命期间广泛使用断头台公开处刑，围观的老妇人们在广场上等
      待时通常手不停织，她们当时最常织的就是红弗帽。

97   约翰牛（John Bull）：指"英国佬"，是经典的英国人自嘲形象。前文
      "红布"（Red rags）即斗牛用的红布，在英文中也可代指激人发怒的东
      西。法国大革命期间及之后很长一段时间里，英国保守主义的政治传统
      为保护英国宪政制度免受流行欧陆一时的革命思想破坏，在舆论上形成
      讥讽批评法国革命及相关意识形态产物的风潮；再加上历史上英法两国
      关系向来不恰，故而原文此处暧昧笼统地将此段所涉内容比作红布，喻
      其刺激了保守的"英国佬"。

98   应是常见英文女性名瓦妮莎（Vanessa）的缩写，此处可能指英国
      著名女演员、政治活动家瓦妮莎·雷德格雷夫（Vanessa Redgrave，
      1937— ）。"Redgrave"这一姓氏在现代英语中字面意思恰好可以拆解
      作"红坟"，后文通过特异拼写（REDgrave）强调了这一双关；虽然实
      际上这一姓氏的语源更可能指向古英语中的"芦苇沟"（hreod graef），而
      与"红坟"无关。据贾曼传记，两人曾共事，并在八〇年代共同参与一
      些政治活动，其中可能就包括这里提到的这次游行。这次游行极有可能
      是一次为英国工人革命党（Workers Revolutionary Party）宣传造势的活
      动，因其党旗是红色，游行时也常见红色服饰。参迈克尔·查尔斯沃思
      （Michael Charlesworth）著《德里克·贾曼》（*Derek Jarman*，2011）英文
      版第93页。

99   幽灵船（ghostly galleon）：字面意"幽灵般的盖伦帆船"。盖伦帆船，又
      译加利恩帆船，是至少由两层甲板构成的大型帆船，最早在十六至十八
      世纪盛行欧洲，一般都配有加农炮。

100   "红脖"（red-necked）是美式英语中对南部白人农民的一种常见蔑称，在

英式英语和英国文化中基本不存在，亦无对等。原文此处将这个类似"乡巴佬"的词与"英格兰……绅士"组合在一起，形成直观的强烈讽刺。

101　此处"皇后"有可能特指"变装皇后"（drag queen），即近代最初流行于戏剧舞台上男扮女装的反串角色。后来由此衍生出异装文化，并与男同性恋群体有很大交集。在现代剧院、歌舞厅、夜店等场所也常有以此为卖点的演出。

102　朱迪·加兰（Judy Garland，1922—1969），美国演员，在 1939 年版电影《绿野仙踪》里饰演女主角桃乐丝。

103　迈克尔·鲍威尔（Michael Powell，1905—1990），英国电影导演。1948 年他根据安徒生童话改编的电影《红菱艳》（*The Red Shoes*）由英国著名芭蕾舞者、女星莫伊拉·希勒（Moira Shearer，1926—2006）主演。

104　指吕齐乌斯·科内留斯·苏拉·费利克斯（Lucius Cornelius Sulla Felix，约前 138—前 78），一般简称苏拉，古罗马政治家、军事家、执政官。性格勇敢狡猾，被人形容为"半狐半狮"，一些人认为他具有独裁者式的个人强权魅力。

105　古罗马竞技场上的战车竞赛按颜色分为不同派别，互相竞争。据史记载，截止公元前 77 年，红白两派已然分化成型，后又绿、蓝等派。当时的观众各有自己支持的派别，类似当今球迷。

106　指王尔德小说《道林·格雷的画像》（*The Picture of Dorian Gray*）中的男主人公，其姓氏"格雷"（Gray）字面有"灰色"的意思。此句原文措辞模仿小说第 7 章的一句原话："突然间一小片猩红斑点飘落，堕入他脑中——正是那猩红使人疯狂。"此处的"猩红"（或译"朱红"）喻指小说中引用的《圣经·以赛亚书》第 1 章第 18 节经文："你们的罪虽像朱红，必变成雪白……"

107　觊觎喜报病毒（sight oh! megalo virus）：原文字面意思为"视力哦！巨病毒"，是"巨细胞病毒"（cytomegalovirus）一词在英文中的近音异拼文字游戏。

The Romance of the Rose
and the Sleep of Colour

蔷薇的浪漫 [1]
与色彩的睡眠

亚当且深挖，夏娃也摇腚，天下何曾有士绅？[2]

亚里士多德的长眠陡然莅临中世纪。色彩踏上一趟十字军的征程，圣旌呼呼啦啦招展回程，换上了奇异的纹章风的名字：貂黑、螺紫、枞青、血朱、喉红、苍蓝、苗绿。[3]

千年来亚里士多德都是经院哲学圣师，而随着这些年岁的流逝，这一哲学固化为一套体系——一种终结理论思辨的教条——迟至十六世纪九〇年代，剑桥的老师们只要有任何违背亚里士多德著作的想法，还会被罚款五先令[4]。亚里士多德投下一道阴影贯穿整个中世纪。一匹盖棺静论的圣柩罩。

随着罗马帝国崩溃，破坏圣像主义者们发起战争，反对雕刻的偶像[5]。色彩成了污秽的泉源[6]。一条鸿沟被打开在属地与属天的世界间。狗追逐自己的尾巴想要咬断。

雕塑都是些不洁净的、可厌恶的灵。

神圣的旨意是不可见的。人类的艺术则是物质的。

在此抨击下，艺术家们顺蛇而下[7]沦为艺匠。这下就再没有了菲迪亚斯[8]或普拉克西特列斯[9]。

没人会疯到相信阴影与真理同质。

（斯图狄奥斯的狄奥多若[10]）

彼时的问题是，谁兴起了那握着画刷或凿子的手？[11]我们如何能确定这只眼的造像就真是上帝之眼，而非错位灵感的不完美发明？

尽管存在这些攻击，艺匠艺术家们却也并未被搞到完全没工作。圣额我略[12]相信绘画是有用途的，目的在于教育，它可以被救赎且宽赦。就政教宣传[13]而言，绘画是派上了用场的。

当你观看中世纪的绘画，看那明亮的金光和锐利清透的色彩，你不可能无动于衷。直到我们这个时代，在当代美国绘画中，色彩才重新以如此这般力道和目的感闪耀色域[14]。

凝视这样一幅昂贵、浓厚、富足的上天恩赐，肯定就像是被一束激光击晕。

农奴制的暗褐色世界，化形为一柄丰穰之角，将彩虹洒在了教堂里的祭坛上。

> 那儿涌现出了堇[15] 花儿全都是初生，
>
> 那儿跃然新鲜的蔓长春、色相丰润，
>
> 那儿还有了许多花儿是黄的、白的、红的，
>
> 那儿从未发生这般富饶于草甸中。
>
> （杰弗里·乔叟《蔷薇之浪漫》）

乔叟喜欢的花儿有雏菊，白的和红的，有报春花，还有堇。简朴野花儿。他的草甸上撒满了花儿，狂喜而迷幻。

这番诗意的世界被绘制在独角兽挂毯[16] 上，悬挂于纽约修道院博物馆。一种对"闭锁之园"[17] 的表现，白色独角兽躺卧于童贞女膝上。

从《浪漫》之诸花园，我们步入哥特大教堂。尖拱顶、飞扶壁，叙热院长的圣德尼[18]，改建肇基于 1140 年 7 月 4 日。

飞扶壁使得布满彩涂玻璃的大型花窗成为可能，在圣礼拜堂[19] 中直逼拱顶最高处，也达至花窗史上最顶峰，整个教堂犹如一支玻璃万花筒在跳舞。

关于圣德尼的壁画、镀金、玻璃和挂饰，叙热写道：

墙面预备完毕，妥帖刷金并漆涂其他珍贵色彩。镀金门也都装上了，上面刻着这段献堂致辞。勿要惊叹这金子与花销，倒要惊叹这匠人手艺。这作品固然耀眼，但崇高才是荣耀。手作之工，应当启明心智，叫人得以旅行于真光中。[20]

他设计的窗户惊为天人，制窗工人们不仅有充裕的蓝宝石玻璃供给，还有他预备好的 700 镑[21] 款项。

叙热务实，他出价 400 镑向英格兰的史蒂芬[22] 购买珍珠和宝石。400 镑包圆儿了一批！"物超其所值极甚。"圣徒们被穿戴上铜饰与珠宝重新下葬，祭坛十字架得以完工。

窗户安装施工神妙，彩绘玻璃及蓝宝石玻璃耗资极大。有鉴于其贵重至极，我们任命了一位教会正式高级工匠，专事维修与保护。

（潘诺夫斯基[23]《叙热院长》）

这一时代的男女们，就如《坎特伯雷故事集》所见证一般，都是些沿着朝圣路线游历的、了不起的旅行者。罗马、圣地亚哥[24]、沃尔辛厄姆[25]、格拉斯顿伯里。我们将中世纪勾勒成一个农奴制经久不更的世界，但这幅画面仅仅部分为真；当时受过教育的人还拥有拉丁语，一门通行世界的语言。有些人，比如曼德维尔[26]，坐在一张舒服的大椅子上，就从圣奥尔本斯[27]旅行到了祭司王约翰和大脚怪的国土；还有其他一些背包客，沿着马可·波罗的足迹，去到中国只为一睹伟大的可汗，途经奥克苏斯河[28]岸上宏大的青金矿[29]——诸颜色之中最珍贵的天青，就曾从那里开采。来自大海彼岸的蓝，为天上母后[30]的斗篷供色。

罗杰·培根[31]（1214—1292），出生于萨默塞特，伊尔切斯特，在诸天使序列[32]之下，沐浴着众天使神圣洗礼临在这逊色世界的影响，其心智不受我们这个时代想象力的任何边界束缚。先贤们话语或许重复，但在不同讲述中，故事发生了改变……在他的《第三著作》中，他处理了理论解剖学与实证解剖学之间的区别。他写到了元素和体液，还有几何、宝石、金属、盐和色彩颜料……

中世纪放你漂泊在一片思想的海洋上，海面喜怒无常，诸思想如浮游微物般闪耀磷光。彼时亦如某时，钟表嘀嗒缓慢，无末无尽，却待千禧。所谓计时，数算的是天日，而非分秒——在这样一件时器中，一位亮饰画师的双手如启明指针般掌握时间。[33]

他们照了《启示录》中的样式建造

以碧玉和紫玛瑙

绿宝石和红玛瑙 [34]

曾如燕子般生活 [35]

它们从黑暗中飞向了

米德大厅 [36] 的光中。

要理解这种对宝石般色彩的热情，那就看看泥金亮饰手抄本吧——世纪流逝，时间将色彩从古垣上剥落，但在这些手抄本里，色彩避开了那位既施创造又行毁灭的光，你能看到色彩鲜亮如初，就如亮饰画师落笔当日一般。

在多乐士 [37] 的粉白世界里，在色码表里，你回忆起色彩曾一度鲜亮珍贵。如今在这些锈油漆罐里，没有一滴朱红或天青凝结。假若巴比伦猩红大淫妇是用这些装修涂料画出来的，你就根本留意不到她；但在一本时祷书 [38] 里，她却要如晚霞般炽焰。

1 蔷薇的浪漫（The Romance of the Rose）：此短语作作品名时，指一首中世纪著名古法语长诗，一译《蔷薇传奇》。其最早的中古英文译本一般认为出自乔叟之手。本章后文再次引用此作品时，使用了与此处当代英文写法不同的中古英文译名写法——《蔷薇之浪漫》（The Romaunt of the Rose）。

2 这是一句英文双关谚语，一方面可以按照原初本意（即十四世纪英格兰农民起义时约翰·波尔牧师在一篇呼召农民挣脱封建农奴制的讲道中的用意）理解为："就连我们的先祖亚当夏娃也曾辛苦劳作，男耕女织，在上帝的治理中，何曾安排谁来当那闲着没事干的封地绅士？"另一方面也可以按照后来世俗的戏谑附会，比如莎士比亚在《哈姆雷特》中的部分引用那样理解为："就连亚当和夏娃，也曾是后者劈开双腿，前者使劲往里寻摸，在干那事的时候谁还能算是个体面绅士？"

3 此处七种特指纹章色的专名依次为：Sable、Purpure、Tanne、Sanguine、Gules、Azure、Vert。

4 据史料估算，在十六世纪九〇年代的英格兰，五先令大约是中低收入劳动者一周的工价。

5 雕刻的偶像（the graven image）：特指十诫中提到的"雕刻偶像"，参《圣经·出埃及记》第20章第4至5节："不可为自己雕刻偶像……不可跪拜那些像……"

6 参《圣经·撒迦利亚书》第13章第1至2节："那日必给大卫家和耶路撒冷的居民开一个泉源，洗除罪恶与污秽。万军之耶和华说：'那日，我必从地上除灭偶像的名，不再被人记念，也必使这地不再有假先知与污秽的灵。'"

7 顺蛇而下：此处双关。一则传统桌游"蛇梯棋"中，玩家掷骰子走到有蛇头的格子内，必须顺蛇身体滑下至蛇尾部所在格，就会离终点更远。一则"蛇"在英文和西方基督教文化中又象征魔鬼撒旦，参《圣经·创世记》第3章。

8   菲迪亚斯（Phidias，约前 490 年—前 430 年），古希腊雕刻家、画家和建筑师，被公认为最伟大的古典雕刻家。其代表作包括被誉为古代世界七大奇迹之一的奥林匹亚宙斯神像雕塑。

9   普拉克西特列斯（Praxiteles，前四世纪），古希腊著名雕刻家。

10   斯图狄奥斯的狄奥多若（Theodore of Studion，759—826），希腊东正教修士，曾任拜占庭时期君士坦丁堡最重要的修道院——斯图狄奥斯修道院——的院长，他反对（三维立体）雕塑，但强调信徒必须对（被其视为二维的）圣像表示敬意，因此激烈反对那些破坏圣像主义者的反圣像立场。

11   参《圣经·出埃及记》第 34 章第 1 节："耶和华吩咐摩西说：'你要凿出两块石版，和先前你摔碎的那版一样；其上的字，我要写在这版上。'"

12   圣额我略（St. Gregory）：即教宗圣额我略一世，于 590 年至 604 年出任罗马天主教教宗。

13   政教宣传（propaganda）：这个词的近现代用法最早诞生于十七世纪的天主教，当时专指传道宣教事工，并无贬义；"二战"后世俗化用以指政治宣传且含贬义。

14   色域（color fields）作为一种绘画形式，大约出现在 1948 年的美国，主要目的是以大片的颜色区域唤起崇高冥想和超然感受，使绘画观看者陷入沉思。

15   堇（violet）：指堇菜属（Viola）或此属植物的花色，俗译一般误作"紫罗兰"。

16   独角兽挂毯（unicorn tapestries）：艺术史上以此为题的有两组著名作品。一则七幅，讲述狩猎独角兽的故事，一般统称为《狩猎独角兽》，现藏于纽约修道院博物馆（The Cloisters）；一则六幅，一般认为以抽象方式描绘爱情，统称为《贵妇与独角兽》，现藏于法国国立中世纪博物馆。二者都拥有后文提到的"闭锁之园"的一些特征，但后者更显著，且只有后者描绘了"白色独角兽躺卧于童贞女膝上"；另有一些学说认为后者与《蔷薇之浪漫》相关。但因前者在艺术史上更有名，故一般使用"独角兽挂毯"这一泛称时指代前者。

17　闭锁之园（Hortus Conclusus）：拉丁专名，一译"封闭花园"，其作为特指，最初源于《圣经》拉丁文通俗译本《雅歌》第4章的一段经文。一般认为这是对基督教会的一种比喻性描述，象征失落的伊甸。后在中世纪文艺作品中成为一个母题，同时也在实践中成为一种建造布置花园的风格；该名称亦可作为一个天主教特殊称号直接指代童贞女马利亚。作为文化母题，其通常被呈现为：封闭的庭园中，童贞女怀抱圣子，中央有一活泉或井，四围花草环绕，一切都受到精心护理。参《圣经·雅歌》第4章第12至15节："我妹子，我新妇，乃是关锁的园，禁闭的井，封闭的泉源。你园内所种的结了石榴，有佳美的果子，并凤仙花与哪哒树。有哪哒和番红花，菖蒲和桂树，并各样乳香木、没药、沉香，与一切上等的果品。你是园中的泉，活水的井，从黎巴嫩流下来的溪水。"

18　圣德尼（St. Denis）：1966年在天主教系统内升格后全称"圣德尼圣殿主教座堂"，前身为圣德尼修道院。十二世纪初，叙热院长（Abbot Suger）任职期间，以当时创新的建筑方法改建了修道院，被后世认为是第一座真正意义上的哥特式教堂。

19　圣礼拜堂（Sainte-Chapelle）：法国巴黎市西堤岛上的一座哥特式礼拜堂，尤以其极富特色的花窗玻璃拼图闻名于世。

20　此段原文并未严格完整引用该书（《叙热院长论圣德尼修道院教堂及其艺术珍藏》）内容及此段献辞，语句略显不顺。叙热院长在圣德尼西面中央大门顶部的拉丁题献铭文实际内容如下："来者无论何人若你试图颂赞这些大门之荣耀／勿惊叹门上金子花销倒要惊叹工匠心血手造／崇高作品固然明耀然而既是荣耀之作就理当／启明心智好叫人们借众光体可见光得以旅行／达至基督真光盖因基督才是那道真门真光明／但借世间

107

金色大门定义得窥主基督内中门道／呆滞沉钝头脑要借由受造物质向那真理崇升／曾几沉没在物质光中却要在得见真光时重生。"参《圣经·约翰福音》第1章第9节："那光是真光，照亮一切生在世上的人。"并第10章第9节："我就是门，凡从我进来的，必然得救……"

21　即700英镑，据估在十二世纪的英格兰大约相当于250名高等技术工人或500名中等技术工人一年的工价。

22　指当时的英格兰国王史蒂芬，他因生于法国布卢瓦而常被称为"布卢瓦的史蒂芬"（Stephen of Blois，1092 / 1096—1154）。

23　指欧文·潘诺夫斯基（Erwin Panofsky，1892—1968），美国德裔犹太学者、著名艺术史家。此处援引书名全称《叙热院长论圣德尼修道院教堂及其艺术珍藏》（*Abbot Suger on the Abbey Church of St. Denis and Its Art Treasures*），原著叙热，系由潘诺夫斯基编辑、翻译并注释。此处原文异拼为"Panovsky"。

24　指圣地亚哥 - 德孔波斯特拉（Santiago de Compostela），西班牙加利西亚自治区的首府。相传耶稣十二使徒之一的大雅各安葬于此，故成为天主教朝圣胜地之一；"圣地亚哥"字面意即"圣雅各"。

25　沃尔辛厄姆（Walsingham）：英格兰东部北诺福克区一村庄，中世纪兴起至今的一处天主教朝圣地。

26　指约翰·曼德维尔爵士（Sir John Mandeville，？—1372），欧洲中世纪畅销游记《曼德维尔爵士旅行记》署名作者。一般认为这是一个虚构名，或一个因翻译误传而遗留的错名。该书内容真假驳杂，记述了自称英格兰骑士的作者在世界各地十数年的旅程，描绘了中东、埃及、印度、中国等各地风俗，也虚构了传说中的祭司王约翰国土见闻，甚至声称见到了凤凰、独眼巨人等神话传说生物。

27　圣奥尔本斯（St Albans）：英格兰赫特福德郡一镇名。该镇1974年与邻近地区合并为圣奥尔本斯市和区。

28 奥克苏斯河（River Oxus）：也称阿姆河，中亚最长河流。此河在汉语中汉代音译妫水，唐以降又音译乌许水、乌浒河等名。

29 青金（lapis）：青金石（lapis lazuli）的简称，字面意思在拉丁文中本只是"石"，但约定俗成代指青金石。世界上最早发现的，也是最大的青金石矿，位于奥克苏斯河上游地区。

30 天上母后（Queen of Heaven）：此处特指天主教对童贞女马利亚的称号之一。

31 罗杰·培根（Roger Bacon），英国方济各会修士、博学家、哲学家、炼金术士。一般认为其出生年份为 1219 或 1220 年。代表作是涉及修辞、逻辑、物理、数学、哲学等各种学术的《大著作》及其提要《小著作》，并综合前二者内容的《第三著作》（Opus tertium）。

32 诸天使序列（hierarchies of angels）：基督教天使学中有"天使等级"（一译"天阶等级"）这一概念；在犹太教、伊斯兰教、拜火教等异教中也有类似概念。此处原文使用了复数，可涵盖上述所有概念。

33 本段末两句关于时间内容，原文密集交叉使用了大量双关甚至多关修辞。参《圣经·诗篇》第 90 章、《启示录》第 20 章，及《彼得后书》第 3 章第 8 节："……主看一日如千年，千年如一日。"

34 "红玛瑙"更准确的当代中文学名是"红缟玛瑙"。

35 参《圣经·诗篇》第 84 章第 3 至 4 节："万军之耶和华，我的王、我的上帝啊，在你祭坛那里，麻雀为自己找着房屋，燕子为自己找着抱雏之窝。如此住在你殿中的，便为有福，他们仍要赞美你。"

36 米德大厅（Mead Hall）：中世纪初期一种古斯堪的纳维亚及古日耳曼建

筑，只有一间屋，但面积很大。通常作为国王或君主的居所、殿堂及宴会大厅。

37   多乐士（Dulux）：国际著名建筑用涂料品牌，创立于 1931 年。

38   时祷书（Book of Hours）：中世纪基督徒的个人灵修祈祷书手抄本。这类书通常包含有《圣经》诗篇、每日灵修、重要节期等内容，文字或有交叉重复，但每一本留存下来的手抄本都是独一无二的。有些时祷书的装饰很少，仅限于花体大写字母装饰，或用最基本的红色突出标题重点；富裕顾客定制的时祷书则可能使用非常华丽的泥金亮饰技术，含有大量花饰和整页细密画插图，甚至直接以宝石装饰。

Grey Matter

灰质灰事 [1]

我们待在这上边儿苦苦渴慕着特艺亮彩……[2]

"灰是空虚无共鸣回响,"康定斯基说,"是一种无可慰藉的制动。"

> 他坐在轮椅上,等着黑暗,
>
> 身着他的死灰西服颤抖,
>
> 无腿,袖缝短至肘。
>
> (威尔弗雷德·欧文[3]《见残》)

无色的灰度流转于黑白间,诸灰以其反射之光得以测量。

"黑之阴影投射于白。"

奥斯特瓦尔德[4]在世纪之交发明了灰度。

失调的电视闪烁显灰,等待着被彩色淹没,等待着图像。灰无象,腼腆如堇[5],怯涩寡断,于几乎不经意间在阴影中被捕捉。你能从灰漫游至黑或白。中立非彩,灰之在场从不声张。不像红会在视频上制造噪声信号，这失调的灰是一道光源，反驳着维特根斯坦的言论："任何看起来光亮的，看起来都不灰。"

奥古斯丁[6]说，影乃色之王后。色彩在灰中歌唱。画家们的画室常有灰墙，例如席里柯[7]就把自己的画挂在贴了灰纸的墙壁上。灰创造一个完美背景。马蒂斯[8]的画室墙壁也曾是灰的，但他无视于此，还在1911年的《红色画室》中将之想象成红的，于新世纪吹嘘一番。在这幅画中，那房间及其内容都消融在猩红中——被接管了。

灰持定顽强，允许高调的亮色盖过它冲进未来，但自身依然存留在场：灰在贾科梅蒂[9]的画中存在，他不断削除形象，直至人体看起来像是简笔一画；贾斯珀·约翰斯[10]把美国旗画成了灰的；还有约瑟夫·博伊斯[11]作品中的灰，他用灰毛毡包裹了世界；还有安塞尔姆·基弗[12]，他用炼金术式的灰铅创作。他们是继承人，承袭了灰色大师曼特尼亚[13]完全以单色绘制而成的文艺复兴灰饰肖像画。

引人瞩目的是，每议画作，向来极少有艺术评论提及色彩。随便抓本艺术书，翻开索引看看吧。没有各种红、蓝、绿。然而评论家们谈及曼特尼亚的灰饰画却陡然振藻，仗着权威告知我们这些画都是灰的。《请入地母神至罗马》[14]，现藏国家美术馆，1506年为弗朗切斯科·科尔纳罗[15]而作，令这些评论家直入无色性高潮。这幅画让他们不必置身色谱青楼就可描绘"色彩";它除了大理石纹背景外都是灰的,古典人像以三维立体塑形,伴以一种罗马式的坚毅。一件错视[16]雕带,内容是政要显贵接受敬献女神的供物——一块脐石[17]。

灰,曾是我童年那些被雨水浸透的阴沉日子。抑郁接踵而至,好像有一辆货运列车,要把大西洋雾蒙蒙的众水都倾泻于我神圣的节假日上。雨水啪嗒啪嗒打在灰屋顶上,下面是尼森小屋、怠倦与厌烦,我盯向了窗外,等待着太阳。

> 北半球诸气候的多云天空,至今已在多大程度上逐渐驱逐了色彩,或许也可有所解释。
>
> (歌德,前引)

我上学那时候衣服都是灰的,灰法兰绒衬衫和西装。在二十世纪五〇年代人人都穿灰,加冕典礼的万紫千红令人迷醉——但我们在电视上看到它们都是灰。在一个被灰统治的世界里,万事万物各有其位,车站脚夫脱帽致意灰装学童说:"早安,先生。"这种灰到二十世纪六〇年代就被驱散了,让位于各种青年时尚——祸根源于塞西尔·吉[18]的茄红和天蓝长外套[19],泰德们[20]叛逆地穿在身上。

灰烬灰。罐木灰[21]给我们在老砖窑里烧出的陶罐都制上了好釉。灰，担挑[22]光谱诸颜色……泛绿的、泛红的釉。

> 勿轻死灰，盖其乃为汝心之权冠也，恒忍万物之烬也。
>
> （摩利埃努斯《瑰园》[23]）

在二十世纪六〇年代，整个"色"[24]都被吞没进了帕索里尼《猪圈》里的诸神暮曙微光[25]。片中一位裸体商人，扒光了他的一身体面与灰西装，跑过荒无人烟、宛若炼狱的火山灰烬[26]。灰归灰。尘归尘[27]。迷失于空、所有梦想，和雄心勃勃的铸造者。监禁于幻象之死铅棺。梦止于灰。呆钝、阴暗、抑郁、凄闷之灰。悔罪章程[28]、披麻蒙灰[29]。

灰围绕我们，而我们忽视它。我们旅行其上的条条道路是条条灰缎带，解剖着郊野的有色众域。远方，中世纪的教会会堂[30]与主教座堂[31]，高塔、尖顶伴以它们的铅灰屋顶，若隐若现于村镇。利奇菲尔德[32]，死尸之野域。如果它们曾有颜色，也早被冲刷掉了。在高街众银行[33]里，钱是由小灰人们经手，值得信任的原因在于他们单调统一——他们将一种理想典范置于自我之前。无思的灰。

一片灰色次贫地带[34]的守护者们。灰在他们心境中。

> 目前的政治。
> 在春的灰的天日里
> 色彩于我园中歌唱
> 灰天薄雾起了凉风。[35]

在地平线边缘，核电站庞大的灰躯背后，坐落着机密之灰色地带。是原子的家，居住其中的原子无色，但在心灵的眼睛看来却是灰的。是片面真理的基石，政府在其上打造防御、构筑辩护；是我们在此间所生活的原子般的片面真理。核电[36]监测辐射。我厨房里每小时 0.05 毫西弗[37]。对于镁诺克斯一号[38]因防护不周而释放的伽马射线，没有任何说法，可它仍在运转，早已过了原定退役出售年限十来年。没人会给你任何答案，除非你狠狠踹他们小腿[39]，把他们踹翻，好好教训一番。柏林墙或许已被推翻，墙却依然贯穿我们的体制长存。我被告知说我正生活于社会边缘，但假如是这个世界扭曲了呢？

我在一座银灰树林里过了一个下午，一座密西西比河岸的死林。它的阴森气氛好像月球大气层，是个征兆预警。死物写生[40]。月晕而疯[41]。臭氧层里那个洞是什么颜色？一片灰色地带？

奇哉妙哉石殿如此却覆时运!

宏哉伟哉城垛颠倒雉堞碎陨!

天顶坠破废墟，塔楼尽皆成骸，

冰霜错叠难掩古堡旧垒颓败。

雾凇朦白灰泥墙头；残垣断壁

垂垂兮四分五裂，不敌岁月摧。

地土紧抓不饶，坟冢死缠不放

曾几骄骄建造者众业已湮没，

经年累世百代悠悠然灰飞过。

（佚名《古英语诗歌》[42]，译 / C.W. 肯尼迪）

我能想到几个灰作家么？或许有贝克特[43]。必然有威廉·巴勒斯[44]；其一是在于他的作品，其二是在于他的在场感。一位绅士头戴一顶珍珠灰帽。灰在于裁缝手艺之典雅的要塞与地牢。灰修士[45]。灰衣主教阁下[46]。

在衣着上，我们把色彩之特性与人之特性联系在一起。因此，我们可能先逐一观察色彩之间的联系，然后再结合肤色、年龄与身份地位一起观察。

（歌德，前引）

老灰胡须，莱昂纳多。灰质灰事。

我一边写，罗姆尼—海斯—迪姆彻奇铁路线[47]上的小蒸汽火车一边嘎吱驶过，散发缕缕灰烟。火与热灰的气息漂泊横越山水。我童年的味道，我等着火车带我从滑铁卢[48]返校。

而我们终结于死一般的灰。

大象太大，藏不下身体；犀牛太牛，藏不住脾气。老灰鹅成不了银狐的晚餐。银狐却要成为有钱娼妇的披肩。小灰蛾潜伏于她衣柜的暮曙微光；老灰枭呼啸，把浮华全变成尘嚣。

书 蛾[49]

一只蛾子吃了一个词。在我看来这就像是

一件神奇绝妙的事，因我参透了这奥秘：

一条虫子刚吞下它在黑暗里偷来的字，

一个男人的一首歌词，他荣耀的高言阔辞，

一位伟人的力量；而这行窃的来客却

一点不比它吃的那些词更博学或更明智。

（佚名《古英语诗歌》，前引）

灰是悲伤世界

色彩坠落其中

如灵感浇灌

闪烁且被淹没

灰是墓，一处要塞

无人从中归来。

1　灰质灰事（Grey Matter）：原文双关，兼指狭义"灰质"与广义"灰的物质、事件"。在神经科学中，灰质特指中枢神经系统中的一种重要组织，是对感官、认知、记忆、情绪、运动等信息进行深入处理的部位。贾曼写作此书的二十世纪九〇年代恰逢欧美发达国开启近现代脑科学、认知科学和神经科学研究热门并获得巨大技术进展。

2　此句戏仿 1946 年的英国著名科幻爱情电影《平步青云》中一位下凡天使的经典台词："任谁待在那上边儿都苦苦渴慕着特艺亮彩。"（"One is starved for Technicolor up there."）。该片使用特艺亮彩（Technicolor）技术调色。"特艺亮彩"字面意思"技术色彩"，因其色彩鲜亮之特点而流行，从专业词汇逐渐融入英语文化日常词汇后泛指"鲜亮色彩"。

3　威尔弗雷德·欧文（Wilfred Owen, 1893—1918），英国诗人、军人，被视为第一次世界大战中最重要的诗人。其诗章书信作品等多于死后发表，《见残》（"Disabled"）是其中一篇描写伤残士兵的著名诗作。欧文的亲友曾有意识地掩盖其同性恋身份，使其性向一度成谜，后随学者研究愈深及更多资料公开而昭然。亦有许多分析家认为，《见残》反映了诗人因其弱势性向遭时代压抑而产生的无能与无力感。

4　指弗里德里希·威廉·奥斯特瓦尔德（Friedrich Wilhelm Ostwald, 1853—1932），出生于拉脱维亚的德国籍物理化学家，诺贝尔化学奖得主。在颜色学方面的研究成果有著名的奥斯特瓦尔德色彩系统，该系统基于由黑与白形成的灰度量表，再结合一种纯色，由此三变量的比例定量描述某种特定色彩。

5　脑腆如堇（shrinking violet）：英文俗语，形容脑腆害羞者，字面意"退缩着的堇"。

6　指希波的圣奥古斯丁（Saint Augustine of Hippo, 354—430），罗马帝国末期基督教神学家、哲学家。

7　指泰奥多尔·席里柯（Théodore Géricault, 1791—1824），法国浪漫主义

绘画先驱。

8　　指亨利·马蒂斯（Henri Matisse，1869—1954），法国画家、野兽派先驱。

9　　指阿尔贝托·贾科梅蒂（Alberto Giacometti，1901—1966），瑞士雕塑家、
　　　画家。

10　　贾斯珀·约翰斯（Jasper Johns，1930— ），美国当代雕塑家、画家。

11　　约瑟夫·博伊斯（Joseph Beuys，1921—1986），德国行为艺术家。

12　　安塞尔姆·基弗（Anselm Kiefer，1945— ），德国当代新表现主义画家。

13　　指安德烈亚·曼特尼亚（Andrea Mantegna，1431—1506），意大利文艺复
　　　兴时期画家，擅长灰色浮雕装饰画（Grisaille）。

14　　《请入地母神至罗马》（*The Introduction of the Cult of Cybele to Rome*）为曼特
　　　尼亚所绘。地母神（Cybele），音译库柏勒，原是小亚细亚地区异教崇拜
　　　的女神，后传遍希腊、罗马并融入当地多神崇拜。

15　　弗朗切斯科·科尔纳罗（Francesco Cornaro，1478—1543），威尼斯贵族，
　　　曾任罗马天主教会枢机。

16　　原文为斜体法语"*trompe-l'oeil*"。

17　　脐石（omphalos）：广义指任何象征"大地的肚脐"的圆柱形或圆锥形宗
　　　教性石器，狭义则特指希腊神话中宙斯放鹰测地而定立世界中心于德尔
　　　斐的一件圆柱形石器。

18　　塞西尔·吉（Cecil Gee）：英国时尚男装品牌，尤以"二战"后一系列鲜
　　　艳奔放的设计闻名。

19　长外套（drape jackets）：原指长至膝盖的西装长外套，后也泛指任何带有英式西装剪裁特有悬垂感的中长西装外套。

20　原文为泰德（Ted），是爱德华（Edward）的昵称。"二战"后，英国曾兴起一股以英王爱德华七世时期着装风格为复古风潮的亚文化，当时追捧这一亚文化风潮的大都是年轻男性，气盛喧闹，混迹街头，被戏称为泰迪男孩（Teddy Boy）或泰德。

21　罐木灰（potash）：一般译作"草木灰"，其主要化学成分是钾碱（碳酸钾）。该词英文直译自荷兰文"potasch"，字面意思都是"罐灰"，因该物质最早是靠在大罐中焚烧木材获得；后由此名衍生命名了化学元素"钾"（potassium）。原文该词与下文"陶罐"（pot）呼应。

22　担挑（took on）：此处原文多义多关，可理解为较量、承担、呈现等多种意思。

23　摩利埃努斯（Morienus）：拜占庭时期著名炼金术士、哲人、僧侣。《瑰园》（Rosarium），全名《哲人瑰园：献给上帝最珍贵的礼物》，是中世纪一本记录哲人片语、对话的智慧书，其中包含大量关于炼金术的内容。此书收录有摩氏言论，但他并非此书作者。

24　此处原文使用比较显著的语法强调了"色"（colour）一词的不可数性，即对这一概念的整体单一把握，而非通常情况下基于可数性的单数或复数概念。

25　原文为斜体德文"*Götterdämmerung*"，旧译"诸神黄昏"，该词一般特指瓦格纳《尼伯龙根的指环》第四部，也可泛指灾难性事件的结束。

26　此段描写实际是帕索里尼 1968 年的电影《定理》（*Teorema*）的经典结尾场面。原文应是误将其与《猪圈》混淆，因《猪圈》中也有画面与此类似的荒凉场景。

27　参《圣经·创世记》第4章第19节："你必汗流满面，才得糊口，直到你归了土，因为你是从土而出的；你本是尘土，仍要归于尘土。"

28　悔罪章程（Penitential）：指天主教旧时专门教导悔罪规则方式流程的书；该词也可指悔罪者。

29　披麻蒙灰（sackcloth and ashes）：直译作"麻衣与众灰烬"。这一习语表达源自基督教传统，旧时披麻蒙灰以示哀恸与诚心悔改。参《圣经·以斯帖记》第4章第1节："……就撕裂衣服，穿麻衣，蒙灰尘，在城中行走，痛痛哀号。"

30　教会会堂（churches）：一般译为"教堂"。此处因与下文"主教座堂"并列，所以特别强调其本义更侧重于教会分散在牧区的各会众聚集堂点，且建筑规模不及主教座堂。

31　主教座堂（cathedrals）：主教制的基督教会中，设有主教座位的教堂，被视为教区中心，通常也是所在地重要地标，因此一般俗译为"大教堂"。

32　利奇菲尔德（Lichfield）：英格兰中西部斯塔福德郡一城市名，也指该城极富盛名的利奇菲尔德主教座堂。该名称字面意思直译为"死尸之野"，其词源有两种说法：一则学界主流认为该地附近以前有灰木林，故而由古英语"灰木"（lyccid）一词衍生得名"灰木之野"；一则基于300年初罗马帝国皇帝戴克里先迫害基督徒之史实，民间传说此地有千名基督徒殉道，故由古英语"死尸"（līc）一词衍生得名"死尸之野"。

33　指提供"零售银行业务"（Retail banking）的银行，主要服务于中小企业及个人小户，门店数量一般很多。

34　灰色次贫地带（grey area）：字面意思"灰色地带"，该词在英国又特指失业率相对较高的次贫地区，此处明显双关。这一短语在后文紧接着连续出现两次，则无明显双关，即译为"灰色地带"。

35 参《圣经·创世记》第 3 章第 8 节："天起了凉风，耶和华上帝在园中行走。那人和他妻子听见上帝的声音，就藏在园里的树木中，躲避耶和华上帝的面。"

36 核电（Nuclear Electric）：英国核电厂，1995 年至 1996 年间被并购，后易名。

37 毫西弗（millisievert）：辐射剂量的基本单位。一般人因自然环境本底辐射而正常摄取的量是每年 1 至 2 毫西弗。

38 镁诺克斯一号（Magnox A）：镁诺克斯是英制的第一代核反应堆名称。在贾曼的年代，邓杰内斯核电站有两个核反应堆，分别称为"邓杰内斯一号"（Dungeness A）和"邓杰内斯二号"（Dungeness B）。这里原文使用了比较随意的代称。邓杰内斯一号启用于 1965 年，退役于 2006 年。

39 "踹小腿"（kick in the shins）这个习语在英文中除了"踢胫骨"的字面意思，还指使人经历重大失败，以及对其进行惩罚性或补救性的严厉教训。另外，英国民间一乡村运动会有举办"踢胫骨比赛"的传统，现代常见的经典比赛着装是实验室常见的白大褂，代表旧时的牧羊人罩袍。

40 死物写生（Nature morte）：指静物写生画，一般译为"静物写生"；原文在此处刻意强调其字面意思"死去的自然"。

41 月晕而疯（lunatic）：特指精神错乱症。该词呼应前文"月球大气层／阴森气氛"（lunar atmosphere）用词双关，原文显然意欲强调该词原意是指（古人相信）癫痫和疯病系由月光引发。

42 《古英语诗歌》（Old English Poetry）由查尔斯·威廉·肯尼迪（Charles William Kennedy）编译。此段援引内容节选自最早收录于《埃克塞特诗集》（The Exeter Book）的残诗《废墟》（"The Ruin"）。

43 指萨缪尔·贝克特（Samuel Beckett, 1906—1989），生于爱尔兰、后定居

法国的荒诞派作家。

44 威廉·巴勒斯（William Burroughs，1914—1997），美国小说家、散文家，"垮掉派"代表人物之一。

45 灰修士：即天主教托钵修会方济各会修士，因其传统提倡过清贫生活，习惯着粗布灰袍而得此别名。

46 灰衣主教阁下（*Eminence grise*）：初指红衣主教黎塞留的得力助手约瑟夫神父，因其常着浅褐色长袍，而当时浅褐色被视为灰色，遂得称灰衣主教；后泛指掌握大权的幕后决策者或顾问。

47 罗姆尼—海斯—迪姆彻奇铁路线：途径肯特郡罗姆尼（Romney）、海斯（Hythe）、迪姆彻奇（Dymchurch）三地的迷你蒸汽火车路线，是通往邓杰内斯的少数公共交通之一。

48 滑铁卢（Waterloo）：指伦敦中部一地区。比利时另有一城与此同名，当地因滑铁卢战役而闻名，该词也因此有"彻底失败"或"重大挫败"的意思。此处或有双关，后同。

49 此处所引原是中世纪的一首谜语诗，原诗一般作无题，此处标示的题目原本是谜底。

Marsilio Ficino   马尔西利奥·费奇诺 [1]

当下充满过去的回响……

天使们玩躲躲猫[2]，从国家美术馆里，马萨乔[3]笔下矮胖小个儿圣母的宝座后面——欸你看见他们了，欸你又看不见。透视法向你微笑。

费奇诺出生的 1433 年 10 月 19 日属忧郁的土星星座[4]，当时画家乌切洛[5]着迷于透视法，把自己关在工作室里连续数日。他愤怒的妻子相信，他已把透视法当作了一个情妇——透视法就是那种站在路南口灭点上的女孩之一，她们即使在最冷的冬日清晨也宽衣至腰，勾搭通勤路人。

"透视法女爵夫人"打开了视野。

在墙上凿开了洞。

给了乌切洛的世界一种新视角。

佛罗伦萨的统治者，科西莫·德·美第奇[6]张臂迎新……他的城市以自身的现代性而自豪。

1439 年，拜占庭皇帝约翰·巴列奥略[7]与八旬学者格弥斯托士·卜列东[8]从时局维艰的君士坦丁堡而来，恳求援助他们抵御阿拉伯穆斯林人，这也开启了关于东西教会大分裂[9]的讨论。卜列东讲授亚里士多德，饱学博识，令人眼花缭乱。听众深深为之着迷，却不怎么喜欢他的第二讲，关于柏拉图和新柏拉图主义者普罗提诺[10]。柏拉图曾被认为是舌灿鬼魔的小妖怪——观众当时只知道《蒂迈欧篇》[11]的一个片段，除此以外的其余内容听起来都像是希腊语的天书[12]——柏拉图主义哲学撞进亚里士多德主义经院哲学，如流星坠入冰山，以土星萨图恩和木星朱庇特、婚神星朱诺和金星维纳斯，还有水星信使墨丘利[13]炸裂了"基督权利主义者们"[14]的上帝。这事儿可以原谅吗？——普罗提诺被其传记作者波菲利[15]描绘成了一个谦逊而灵魂高尚的人，就能开脱了吗？这帮坏蛋毫无疑问是狼狈为奸。

科西莫感受相异。在1453年，即莱昂纳多于芬奇[16]出生后的第二年，科西莫灵感突发——他要建立一座柏拉图学院……但由谁掌管呢？许多年后，当他遇到他的医生十几岁的儿子马尔西利奥时，问题解决了。马尔西利奥当时已被培养成了一名亚里士多德学派学者，还学了点希腊语。科西莫鼓励他精进这门语言，然后命他翻译那些书中自有黄金深藏的赫尔墨斯文本[17]，并任命他为新学院院长。

这一决定在迷宫中打开一道门。

他发现，柏拉图，是对生命的一种翻新——一次文艺复兴。

在十五世纪三〇年代，一名十四岁的男孩会因鸡奸而受火刑——这种事再也不会在佛罗伦萨发生。柏拉图主义确认，爱上与你同性别的人是正确且合理的——以这种方式看待性，比教堂蓝本式的"诸般严禁"更务实。现代世界张开双臂拥抱这一信息，波提切利、蓬托尔莫[18]、罗素[19]、米开朗琪罗和莱昂纳多纷纷走出阴影。

我知道从光与色讲到这里来是走远了……但真走远了么？要知道正是莱昂纳多向着光迈开第一步，紧随其后是牛顿——一位声名狼藉的单身汉，带来了《光学》。二十世纪，路德维希·维特根斯坦又写了《评色》。色，看上去天生就有点酷儿有点弯[20]！

今年是"公元基督权利"1993 年[21]，我所有朋友都生活在有限的公民权利中。

我们应当记住费奇诺是在用最好的意大利语[22]翻译柏拉图，"后生之受教于老师，以至于爱"。虽然波菲利否认柏拉图与其学生们有肉体上的交往——那是灵魂相印的爱。双性恋者洛伦佐[23]，科西莫的孙子，也曾打算把年方十五的米开朗琪罗带回自己家里调教。

费奇诺搬进了新的学院大楼，立即用古代众神及众先哲的画装饰墙壁。这一姿态（费奇诺向他们祈祷）迅速散播开来，如油浮于水，及至十五世纪末，我们发现画家们浸渍在新古典主义的学习中：波提切利画《维纳斯》[24]，曼特尼亚则画《恺撒之凯旋》[25]。

洛伦佐摇摆于双性之间，但他大部分的弟子却只定睛于其他男人。宫廷接受了会饮[26]的性道德。教会做出了回应，1548年带来"反宗教改革"的天特会议[27]，砰然关上了这些破口的大门，但为时已晚。及至彼时，西斯廷礼拜堂，俨然一首同性情欲赞美诗，已然笼罩教宗教廷。[28]

费奇诺，第一位"心理治疗师"：

> 我召聚你们众人，到滋养众生的维纳斯这里来——徘徊草木绿荫之间，我们可能会问，色彩映入眼帘，为何绿比其他色彩更有益，为何绿使我们愉悦？绿是着色过程的中间步骤，也最温和……
>
> （《生命之书》[29]）

这些是延年之法。

他写的所有东西都归于古代众神星座征兆之下，尤其是他自己所归属的忧郁土星萨图恩，其黑胆液带来悲伤。

> 当某人举目望向光明（上帝之光）意欲洗练洁

净眼睛，他就会突然发现双眸涌入这大光的辉耀壮丽，伴以诸般事物的形体及色彩，恰如神圣柏拉图所言：一道神圣真理流淌进入心灵，欢然解释其中所蕴含的一切事物……

普世且独立的色彩有三种——绿、金、苍青，这三者奉祀美惠三女神。

绿，固然奉祀维纳斯；而月，因其性质润泽，奉祀诸润泽之神……并适宜于一切属生育者，尤其适宜于母亲们。毫无疑问，金乃属日之色，对维纳斯或芙洛拉而言都不陌生。

然而我们以苍青奉祀朱庇特，因为据说苍青本就是分别为圣，专供此神所用——这也是青金石得蒙其青金之色的缘由——因为青金石具有朱庇特的大能，可以抵御黑胆液。医生们也都特别看重青金石，因为这种石头天生含金，纹理明显别于其他。因此苍青是金的伴侣，恰如朱庇特之木星是日神太阳的伴星。天青石也具有与此类似能力，其色也相仿，唯略带绿。

难怪费奇诺不得教阶[30]宠爱。朱庇特偷走天上母后的蓝斗篷，维纳斯则窃取圣餐礼的绿[31]。

随着新柏拉图主义者们挺身冲出阴影，"基权者们"

倒吸一口凉气，因为色彩被从他们脚下偷走了。霎时间灰尘扑扑的老旧学术就淘汰了。

费奇诺写就《生命之书》，是在一个阳光灿烂的夏天，是在一片露天 [32] 草甸上，而不是关在某个小房间里。他忧郁，但他与人会话却充满了快乐与欢笑。他死于1499年，其著述很快就被遗忘，但这些书对思想史影响极大，大到无法估量。

1　马尔西利奥·费奇诺（Marsilio Ficino，1433—1499），意大利文艺复兴时期学者、哲学家、天主教神父，新柏拉图主义的捍卫者。

2　躲躲猫（peek-a-boo）：一译躲猫猫，非指捉迷藏游戏，而指一种反复蒙脸遮眼逗乐婴儿的游戏。

3　马萨乔（Masaccio，1401—1428），意大利文艺复兴时期第一位使用透视法的画家，率先在画中引入灭点。此处描述的是其代表作之一《童贞女与婴孩》（The Virgin and the Child）。

4　根据现代西洋占星术，一般认为土星使人忧郁。但费奇诺的生日实际属天秤座，是金星星座；土星只是天秤座的擢升行星。

5　指保罗·乌切洛（Paolo Uccello，1397—1475），意大利画家，其作品具有将晚期哥特式和透视法这两种不同艺术潮流融合在一起的时代特征。

6　科西莫·德·美第奇（Cosimo de' Medici，1389—1464），意大利文艺复兴时期著名的佛罗伦萨僭主，被誉为"国父"。其生平壮举之一是于佛罗伦萨开设柏拉图学院，支持费奇诺复兴新柏拉图主义。

7　约翰·巴列奥略（John Palaeologus，1392—1448），指拜占庭皇帝约翰八世。其在位期间，为抵抗奥斯曼帝国的威胁，亲赴罗马与教宗会晤，试图达到东正教与天主教的合一，准确而言此处所提及时间应为 1438 至 1439 年。虽其促使教会合一的愿望最终未能达成，但当时随同其同赴意大利的学者们对欧洲正在开始的文艺复兴产生了一定影响。

8　格弥斯托士·卜列东（Gemistus Pletho，1355—1452），著名拜占庭学者、柏拉图主义哲学家、复兴希腊古典文学的先驱，积极推动东西方教会合一。1439 年卜列东八十四岁，但原文此处作"八岁学者"，应为笔误。

9　东西教会大分裂：自二世纪以后，以罗马为首的西方教会和以君士坦丁堡为首的东方教会，因各自不同的教会、政治、社会、文化等原因，在神学、教会的组织、纪律等各方面的分歧逐渐扩大，彼此争论不休，最终导致了 1054 年的东西方教会大分裂，形成东方的希腊正教会，即东正教会，以及西方的罗马普世公教会，即天主教会两大宗。

10 普罗提诺（Plotinus，204—270），新柏拉图学派最著名的哲学家，更被认为是"新柏拉图主义之父"。他继承了一部分柏拉图的思想，但又受到亚里士多德等人影响，和柏拉图主义有许多不同。他主张有神论，同时主张神秘主义，虽不是基督徒，但其哲学对当时基督教的教父哲学产生了极大影响。大部分关于他的记载都来自他学生波菲利编纂的普罗提诺《九章集》序言中。

11 《蒂迈欧篇》（*Timaeus*）：柏拉图著作一种，以苏格拉底、赫莫克拉提斯、克里提亚斯等哲学家的对话形式，试图阐明宇宙万物的真理，是体现柏拉图宇宙生成论和神学的主要作品。书中在理念论的基础上，结合毕达哥拉斯学派的数理论，提出唯心主义创世说，包括巨匠造物主这一概念，对中世纪教父时期的神哲学思想产生了深远影响。

12 此处双关幽默，一则英语有习语"听起来像是希腊语"一说，表"听而不懂"之意；一则此处柏拉图学说原著本身就是希腊文写就，对当时的罗马听众而言确实是外语。

13 此处一组双关，所提及的古希腊罗马神话诸神名字均同时为行星名称，因为行星名称最初本就是按神话人物命名。

14 基督权利主义者（Christ Rights）：原文戏仿"公民权利"（civil rights）创造了"基督权利"一词；此处或用该词指代基督教右派人群，即相对而言更传统保守的人群。后文又进一步缩合为"基权（者们）"（Christrights）一词。

15 波菲利（Porphyry，约234—约305），古罗马哲学家、普罗提诺的学生。

16 莱昂纳多·达·芬奇出生于佛罗伦萨地区小镇芬奇（Vinci）。其姓氏

"达·芬奇"（da Vinci）字面即"来自芬奇"之意，是意大利语中一种寻常命名方式。

17　此处"书中自有黄金深藏的赫尔墨斯……"原文仅一词 hermetic，在此包含至少三重含义。一则指属赫尔墨斯之意，即指《赫尔墨斯文集》（ *Corpus hermeticum* ），亦称《秘文集》。这是一部希腊化时代的埃及智慧文学作品，主要是老师点化其门徒的对话录，其中老师形象通常被称为三重伟大赫尔墨斯。1463 年科西莫得手一份包含该文集前十四章节的拜占庭手稿，如获至宝，委托费奇诺译为拉丁文。一则引申炼金相关之意，因《赫尔墨斯文集》部分文段涉及炼金术故。一则进而引申封闭、奥秘、与世隔绝之意。另：希腊神话中的赫尔墨斯在罗马神话中即对应上文提到的墨丘利（水星）。

18　蓬托尔莫（Pontormo，1494—1557），意大利画家。

19　指罗素·菲奥伦蒂诺（Rosso Fiorentino，1494—1540），意大利佛罗伦萨画家。

20　此处"天生"与"弯"在原文是一词（bent）双关；"弯"指同性恋性取向。

21　"公元基督权利"1993 年（Year of Christ Rights, 1993）：此处原文在前文已戏仿的"基督权利"一词基础上，进一步戏仿"主后……年"（Anno Domini，缩写 A.D.，俗译为"公元……年"）创造了这一讽刺说法。

22　指拉丁语。

23　指洛伦佐·德·美第奇（Lorenzo de' Medici，1449—1492），意大利政治家、艺术家资助者，文艺复兴时期佛罗伦萨僭主，史称"伟大的洛伦佐"。其宫廷中当时聚集着达·芬奇、米开朗琪罗、波提切利等文艺复兴时期伟大的艺术家。

24 指《维纳斯的诞生》(*The Birth of Venus*)，波提切利代表作之一。

25 《恺撒之凯旋》(*The Triumph of Caesar*)：曼特尼亚于 1484 至 1492 年间创作的九幅大型绘画。

26 会饮 (the symposium)：此处应指柏拉图《会饮篇》，但原文并未按习惯以斜体并大写首字母强调书名。该词本义酒宴、座谈。简言之，《会饮篇》中柏拉图表达的性道德观念，认为精神契合高于身体交合，因此不排斥同性恋，因为柏拉图认为这种同性之恋更多体现为精神上的契合，而非单纯的世俗肉欲，进而亦推导出性别差异并不重要，甚至同性之间的肉体契合能够达至纯洁且不可耻的境界。

27 天特会议 (the Council of Trent)：一译特伦托大公会议，指天主教会于 1545 年至 1563 年间在北意大利的特伦托与波隆那召开的一系列会议，是天主教会史上最重要的大公会议。这一会议也被形容为"反宗教改革"，因会上的天主教会代表对基督教（新教）宗教改革做出了决定性的谴责回应。此外，会议也重申了关于信徒生活的道德标准等事宜。另此处提及的 1548 年并无任何特别处，应只是贾曼随意笔之。

28 米开朗琪罗为西斯廷礼拜堂创作的穹顶画《创世记》和祭台后壁画《最后的审判》中，原本描绘了大量暴露阴部的全裸男性，且被认为具有同性恋肉欲表达，引发极大争议，但在米开朗琪罗在世期间，因其与教宗保禄三世过从甚密而得以保留。及至教宗保禄三世去世，教廷委任其他画师为裸体的阴部加绘上了遮羞布。

29 《生命之书》(*The Book of Life*)：费奇诺代表作。此段原文及本书后文多处同书引文，并未严格按照原著，而有多处删减，只截取原著第 19 章"论制作宇宙图形"对应文句内容大意，与原著措辞略有出入，无伤大雅。

30 指天主教的教阶制度，其中神职教阶大品最上级为主教，治权教阶最上级为教宗。

31　在天主教仪礼中，敬拜时按节期安排祭服（十字褡、圣带等）、祭台（桌布、饰布等）等物件的颜色，通常有白、黑、红、绿、堇（紫）五种，其中绿色象征生命与希望，使用最多，用于在一整年中为期三十四周的常年期。但实际上圣餐礼本身与节期无关，并不特别对应绿色。

32　露天（al fresco）：这里原文使用的是一个意大利文表达，虽然该表达早已被英文吸收。

Green Fingers   绿手指 [1]

亚当的眼睛是属天堂乐园[2]的绿吗？

那双眼睛明亮了[3]，是否一睁开就看见伊甸园里鲜活的绿？上帝的绿斗篷。绿是第一种被感知的色彩吗？当亚当的双眼在绿里沐浴后，他是否看向蓝天？抑或潜入乐园河流苍青水中？他有没有在分别善恶树下睡着？露珠闪闪如翡翠。彼时爱是绿的。远古的维纳斯，老到可以当上帝的奶奶了，因被拒于园外而愤怒，就化质成形并碰触夏娃肩膀，引致她摘了那使她堕落的苹果绿的果子。不过，也有人说，那不是颗苹果，而是颗橙，闪耀如日，触手可及。

　　她摘下果子来吃了。他们二人的眼睛就开了，才知道自己是赤身露体；他们便拿无花果树的叶子编在一起，为自己制作裙子。[4]

为着一口零食，就被这位不悦的新上帝赶出了伊甸园，他们发现自己身处一个无色世界。当你买上一打"史奶奶青苹"[5]时，别忘了他们。旷野鲜有些许色彩。当时上帝甚至还未送来一道彩虹，祈求赦免原谅[6]。如果祂那会儿送了，亚当定会原物奉还，因为他想念的是伊甸的色彩……堇和锦葵（锦葵紫）、毛茛花、薰衣草、莱檬和椴[7]。匿伏于那棵树上的蛇，迷彩伪装成绿，卡其如尘。这绿魔鬼有过其他名字。他曾是潘[8]，笑声吓得树叶震颤，把宁芙西林克丝[9]变成一把在风中叹息的芦苇。在旧世界里任何悦人眼目的女孩子都身处被变成一棵树的危险。阿波罗曾追求达芙妮[10]，然后她就变成了一株月桂。幸运的是这位新上帝没有性冲动，因为亚当本有可能被迫接受夏娃的形态是一根香蕉。太迟了……亚当咬了那果子，然后，乐园就像所有废弃的花园一样，回归了荒野。一场绿蚜虫灾入侵了乐园，绿鹦鹉骂骂咧咧咯嘎诉苦。亚当的子孙发育出了绿手指，以修复损毁，然而从此，世上每个花园，无非只是乐园一叶。"乐园"就是波斯语的"花园"。每片土地都曾崇拜绿。埃及庙宇的莲花饰柱都被涂成了奥西里斯绿，罗马朱庇特神殿的簕叶饰柱亦然。这是为了挽回[11]亚当对绿的谋杀，因他一气之下砍倒了分别善恶树以建造第一幢家宅，且用那片无花果叶遮盖了他的鸡巴。这些姿态直接引致我们城市街道的死灰，而这颜色如那古蛇般扼杀绿的公园。

值色诺芬[12]从东方为我们带回了单词"乐园",普拉克西特列斯将一枚翡翠安上了雅典娜的胸甲。绿带来了智慧。例如,三重伟大赫尔墨斯[13]的石板就是翡翠。如果旅途漫长而艰辛,或许尽头就在翡翠城[14],甚至抵达碧玉城墙的新耶路撒冷,来到上帝的翡翠宝座前[15]。

"又有虹在宝座上方,好像翡翠。"[16]

十只绿瓶子挂在墙上面,要是有只绿瓶子不小心打翻……[17]

园艺的历史是绿手指们的凯旋,伴随着激溅喷泉们的笑。阿尔罕布拉[18]的花园们被乐园的河水们十字穿过。花园和小树林们都被献给了古老的男神女神们的雕像。夏屋和庙宇们则被献给了维纳斯,藏于绿林中。

阿卡迪亚我亦在。[19]

"绿滋养灵魂。"

古旧的智慧话语历经时间的重重迷宫迷阵一再重复。

> 老者之交谈须行于维纳斯关照下,于一绿草甸上进行。徘徊草木绿荫间,我们或许要问,绿色入眼,为何比其他颜色令人愉悦。
>
> (费奇诺,前引)

维特鲁威[20]说,一家之宅若有廊柱,其柱间应当饰以草木绿荫，因为户外散步非常健康，尤其有益眼睛。生命在春的绿中更新，绿是满有青春与希望。

九只绿瓶子挂在墙上面，要是有只绿瓶子不小心打翻……

常绿的故事继续。古赛道[21]中各队人马各有色彩——红队、白队、蓝队和绿队。皇帝们各有各自钟爱。那位作基督徒的狄奥多里克[22]支持了绿队。这是因为绿在当时变成了象征属基督的更新吗？属圣餐的绿吗？在这绿里，年迈的诸神被闷死，如同羊入虎口的林间弃儿[23]一般。然而其他的传奇则从神话中脱颖而出。绿骑士来到亚瑟王的宫廷，他的头发和面容都是绿的，骑着匹绿马，提着把绿金斧。他吩咐高文于春分时节与他相会绿教堂。[24]

圣杯[25]是天使长米迦勒[26]用从路西法[27]皇冠上砍下的一枚翡翠制成……一盏绿的圣餐杯。

自然与人的战争突然休止于黑暗时代，因为森林索回了罗马的条条大路、座座宫殿。这些森林是绿人[28]的家，他们的脸布满青苔，从教堂某块拱顶镇[29]里盯着你看。绿人行动缓慢好像树懒，后者的绿是因身披绿藻。

教堂庭院里一株常绿的紫杉，比教堂本身更为年迈，执掌死亡的尸青。强盗匿伏林中。是可能于你有好处的强盗。一身林肯绿[30]的罗宾汉和他的绿林好汉们。

八只绿瓶子挂在墙上面，要是有只绿瓶子不小心打翻……

十五世纪，费奇诺在柏拉图学院翻译了柏拉图，并开创了文艺复兴，这一复兴发掘出古老的众神，从废弃的花园中将之营救出来，重新放回了他们的基座。新柏拉图主义的花园复原了古老的多神论，绘制着一条穿越心灵的小径，在藤丛叠翠、亭台庙宇之间。此间，派对盛宴、雕像喷泉、戏谑玩闹，全都配以音乐与烟花。《绿袖子》[31]。蒙特威尔第[32]。多年后，画家康定斯基在色彩中听到了音乐，然后他说：

　　　　绝对的绿，再现于小提琴平和的中音。

七只绿瓶子挂在墙上面，要是有只绿瓶子不小心打翻……

我最初的记忆都是绿记忆。我的手指何时变了绿？在马焦雷湖[33]畔祖阿萨庄园里那些花园如乐园般的旷野中吗？四月礼物《一百〇一种美丽的花及其种植方法》证明，在我四岁时父母就知道我已迷失于绿，那时我走在深绿的林荫道上，道旁的山茶花开斑点，洋红间白如蜡。这二月的花，看上去却似与盛夏伏暑更亲。迷路于甜栗林中，我盯着一颗南瓜入了迷，它叶子好大，好像好莱坞史诗大片里给埃及法老拂凉的扇子。电影业诞生于好莱坞[34]——这也是一片绿林。

六只绿瓶子挂在墙上面，要是有只绿瓶子不小心打翻……

罗马，冰雪困顿的 1947 年冬，我们没有燃料保暖，父母便带我去看了我人生第一场电影。我无法解开银幕与现实之间的乱麻纠缠，二者失了距，我在座位上瑟缩一团。当堪萨斯的房子被风刮上了天，我跳下走道冲向银幕，然后被一位女引座员领回了座位，擦着泪。那场电影余下的时间我就一直坐在惊恐之中，大开眼界，紧盯着狮子、稻草人和锡铁人帮助桃乐丝勇敢应对坏女巫的各种纠缠，走在黄砖路上，至往翡翠城。

"我们出发去见魔法师啦！奥兹国的神奇魔法师！"

我第二次的影院体验更吓人——迪士尼的《小鹿斑比》，片中大自然被一场熊熊森林大火吞噬。

五只绿瓶子挂在墙上面，要是有只绿瓶子不小心打翻……

远古的绿为时间上色。逝去中的诸世纪皆为常绿。归属于锦葵紫的是一个十年。红爆炸耗尽自己。蓝是无尽。绿为衣，以宁静覆盖地土，随四季涨落潮流。在其中是救主复活[35]的盼望。当蓓芽冲破冬篱暗褐，我们感觉绿比其他任何色彩更多明暗灰度层次。迷幻艳阳日子。

我等待了一生以修建我的花园，

我修建了我的花园，以治愈的色彩，

在邓杰内斯乌褐的碎石滩。

我种了株蔷薇花，又种了株接骨木，

薰衣草、鼠尾草、海滨两节荠[36]，

爱芹[37]、香芹、神圣亚麻菊[38]，

白狗草[39]、茴香、薄荷和芸香。

此地曾是一座花园，抚慰心神，

一座花园，内有圆环木阵，

有环石阵，还有海防工程。

然后我又加了破铜烂铁、棕锈废品，

一浮标，一魅灵[40]和老旧反坦克陷阱[41]。

将你的灵魂扎根于来自利德[42]的堆肥，

扦插、分株，放进温室小棚子，

用齐整的木锥子防范兔子。

我的花园与风歌唱于冬里。

勇敢直面羽航而来的盐——

踏浪而来；滚滚破浪啮咬碎石滩。

并非闭锁之园，我的海滨花园。

伴以诗人的睡着和雏菊的梦着。

我是充分清醒着在这主日清晨。

全部色彩都在这新花园里呈现。

紫鸢尾，君威权杖 [43]；

绿在公道老上的幼芽里发生；

腐殖的棕们，和赭褐的草们；

八月里转金 [44] 上的黄们，

九月里转为棕和橙；

蓝，出于牛舌草，和自播的矢车菊；

蓝，出于鼠尾草，和冬日的风信子；

粉、白的蔷薇吐艳于六月；

而猩红的蔷薇果，炽焰在冬里；

苦涩的野李是为酿甘甜的琴酒。

黑莓刺棘在秋里，

还有荆豆在春。

赫胥黎在《知觉诸门》[45]里觉知了色彩之 "是然"[46]——
那是个突然与艾克哈特大师 [47] 并肩的静止瞬间：

　　　常春藤的复叶闪耀一种清透玉润的光辉。过会
　　儿，一丛盛开的火炬花已然绽裂进入了我的视域。
　　如此激情地鲜活，以至于它们看起来好像伫立在濒
　　临话语发生的瞬间……众光众影流逝着，伴以难以
　　破译的神秘。

并非每个人都在绿里找到慰藉。摄影师费伊·戈德温[48]上周对我说，她拍绿，已拍到厌恶——英格兰的绿太多了！邓杰内斯赭褐的草们和漂白如骨的碎石滩才让她缓了口气。

四只绿瓶子挂在墙上面，要是有只绿瓶子不小心打翻……

我展示给你一种绿花。不，不是奥斯卡的康乃馨[49]。是铁筷子[50]——圣诞蔷薇，这花的花瓣并非真花瓣，就像会变色的绣球花一样（从粉到蓝，再变回来——亚里士多德会作何解释？），这些"花瓣"是最苍白的绿。一朵真正的绿花必是烟草植物的花。

鲜绿铁筷子[51]——绿百合或软脚草，公然藐视众元素，一枝独秀于大自然全然冰封结霜时。它的种子被蜗牛们吃掉，在它们的黏液里传播。它还曾被用以治疗蠕虫病。

如若其杀死的不是病人，则杀死的无疑是蠕虫，但其最糟糕之处在于有时二者皆杀。

（吉尔伯特·怀特[52]

《塞耳彭自然史与民俗纪事》）

你的灌木丛里就有毒物，下面是其中一些：绿乌头[53]、

杜鹃杯 [54] 和木颠茄 [55]。绿的致命的名声……倒霉绿 [56]……来自另一种毒——砷，这也用来生产翡翠颜料。

至于那绿康乃馨，哈夫洛克·霭理士 [57] 曾确信，酷儿们偏爱绿胜过其他任何色彩。他们曾否偷偷套上女孩子们脱下的翡翠洋装？找个满脑子鸡巴的小伙子，递给他一张色卡，看他选哪个颜色……普里阿普斯 [58] 就选了根绿的。为何所有戏剧演员休息室都叫"绿室"？而且你知道吗，耶稣曾着迷于约翰，而约翰则是绿色福音宣教士。[59] 或许有个简单的答案：有太多年轻人盯着那些曾让希腊人沉迷的裸体锈绿铜像看，盯了太久。

三只绿瓶子挂在墙上面，要是有只绿瓶子不小心打翻……

我正在玩绿玻璃弹珠游戏，松一套紧一套朝三暮四 [60]。有一种大型绿伞，托斯卡纳的农民在狂风暴雨天里用来保护自己。这伞叫作"basilica"——宗座圣殿 [61]，因为它状似教堂圆顶。我第一次亲眼看见宗座圣殿，是在一场雷暴雨中，当时我正和肯·罗素 [62] 一起为他的电影《巨人传》勘景，我们行驶在奇尼奇塔影视城荒凉的外景地。我正在描述我为泰勒玛修道院 [63] 做的设计。我想要把它造得像哈德良墓 [64] 一样，房顶上要种个小森林，与空中花园形成呼应。突然有辆车从旁边超过，兴奋的司机打断了我们——"费里尼 [65] 来了。"他说。两辆车都刹住了，稍事停顿，一名小个儿男子跳下那车，在瓢泼雨中撑开一把巨大的绿伞，然后身形庞大的费里尼，帽檐翻起，亮出双眼，从车里踱步而出，优雅如同从《甜蜜的生活》里走出来的那些五〇年代衣冠楚楚的混混。

两只绿瓶子挂在墙上面，要是有只绿瓶子不小心打翻……

五〇年代。恐怖的冷战的五〇年代，发明了另一种绿。那就不是新生之绿了，而是一种异己之绿，是脓色，是肉体正在腐烂之色。嫉妒叫人绿了眼——那绿击打了面色粉润的你，使你生病。面色发青。

呕吐和黏痰。

在一片铬绿天空下，科幻小说里的哥布林们[66]物化成真。"谜恐"[67]，还有来自火星的黏滑小绿人们[68]，在绿奶酪月亮[69]的光照下调皮捣蛋。因着对我们人类的嫉妒，他们大发威胁。且慢！"快活绿巨人"[70]和他朋友阿龙[71]正在赶来营救。为何龙都是绿的？为何有些代表幸运而有些代表不幸？圣乔治屠的那条龙的先祖，是否追溯至那条冷血的古蛇，抑或回到更久远以前的恐龙……我们如此回顾反推，也总假设恐龙都曾是绿的，但它们也极有可能是粉的、紫的或黄的。

砷绿曾是一种最毒的颜色。拿破仑死于砷绿，因为圣赫勒拿岛监狱的绿墙纸在潮湿中腐烂了。或许他呼应了王尔德撂下的几句遗言之一："我的墙纸和我正在决一生死。我俩其中之一必得先走一步。"或许是他吃的米布丁上的天使糖[72]被下了毒，抑或谁人在薄荷甜酒里动了手脚？我认为其实是一颗下了毒的绿李子。一种某威廉爵士[73]在1725年发现的果子。食物曾一直是"给个痛快"[74]的好法子。用肥嫩豌豆绿泥把一剂毒药染成绿……为那些久经世故的人预备一大口绿茶痛饮而下……卜派[75]吃一盘杀气腾腾的菠菜然后大开杀戒。看啊，有个凶手正穿着那条倒霉的绿裙！他在最炙热的那颗星的绿光下捅你，而欢乐的仙女们则舞成仙女环[76]。瞧瞧，你躺在阴沟里[77]，疽坏破败，如同格吕内瓦尔德[78]笔下皮开肉绽的耶稣——死亡那正在腐烂的气味就在你的鼻孔里。

一只绿瓶子挂在墙上面，要是有只绿瓶子不小心打翻……

"猫头鹰和小猫咪出海去玩儿，乘了艘豌豆绿的漂亮小船儿。"[79]想象一下他俩是红绿色盲……太阳洒下绿光，照在一片绿罂粟花田上，或许这才是猫头鹰和小猫咪要去的地方？又或许他们曾行船驶向麦加，要进入那属灵的绿，后来带回了成功朝圣者们戴过的绿包头巾。山鲁佐德[80]的记忆舞动在巴克斯特[81]的翡翠布景中。

我的六〇年代是绿的。我发现喷雾罐的绿像青草一样明亮，喷雾在当时是个新发明。我把它们拿来喷了些大画布，然后用我自己调的铜漆，绘一些垂线划分空间……"有青铜杆子的风景"[82]。艺术家们总是不断试验，有时结果是灾难性的。约书亚·雷诺兹[83]对沥青的使用，把他的肖像画都变成了一团幽灵灰。有些色彩褪去，就像威尼斯画派作品中那些铜绿一样死去，或董变成了白。炭黑系的各种红。如今看来它们好像就是艺术家们的本意。其他色彩，比如青金蓝，被威尼斯派用来描绘距离感，从地平线处朝你尖啸；曾经画作调和无间的天空，如今几乎都跌脱出框。正因此而导致卡拉瓦乔[84]说："蓝是毒。"

诸绿之中最稳定的是土绿。最难捉摸的，各种铜绿——把所有威尼斯派的画作都变成了棕。易褪的色彩在时间里逃亡飞逝，把我们留在永远的秋。

铬绿和永固绿是现代发明。危险的翡翠绿已不再生产。许多文艺复兴时期画作的底色都是绿，把粉吞噬一空，因此马萨乔的圣母的脸，如今已然呈现出某种幽灵般的绿调。她把结实的小弥赛亚抱在膝盖上，而后者则伸手去抓一串紫葡萄。她坐在一鼎大理石的主教宝座上，背后那些透视法的天使们正探头张望，窥视我们。母性圣母不再。何为母性？或许是务实吧？你能看出来她是可能朝这孩子生气的，而且你能想象她扇他耳光的样子。她不是拉斐尔或波提切利的某位巴黎模特，而更像是某个面色发青的三版女郎[85]，因为她们不得不努力兼职工作。尽管遭受虐待，她儿子仍能长大成才。即便她丈夫约瑟[86]不是孩子的父亲，也不在画面里。这是个与所有高不可攀的理想典范都相抵触的单亲家庭吗？这样一个家庭，巴滕贝格家[87]沐猴而冠却效而不得——须得一位王后，方可毁掉家庭生活。

我从未见过那位铜绿的德尔斐的驾车人[88]，在我想象中，这是世上最美的一尊雕塑。我十八岁时和一些朋友一起搭便车往那儿去，被撂在山脚下，还剩两三公里山路。走在黑暗中，我们听见一处小桥流水汩汩，就决定当下停步扎营。我们从一大早就开始远足，风尘仆仆，没钱住宾馆或青年旅舍。我们就在路边几米外的地方沉沉睡去。

破晓，我们发现自己身处一道山口之中。一道深谷，无花果树生长其中，得岩石中涌出清透泉水浇灌。我们脱下衣服洗了挂在树枝上晾。然后在冰冷水中洗了澡、修了面，坐在温暖阳光里等衣服干。大约七点，冒出来个相当愤怒的游客，说了些我们听不懂的话，然后皱眉不展地走了。半小时后，安静被两辆警车打破，鱼贯而出十几个警察，大喊大叫。困惑笼罩，因为他们讲的话我们一个词也听不懂。他们暴怒地踢我们背包，把我们的衣服丢到地上踩。我们只穿着游泳裤，很是脆弱无助。

大卫，此前攀上一块巨岩，暂栖高位，为了有更清楚的视野，观察在我们头顶一团上升气流中两只盘旋的鹰；

此刻突然失了足，沿峭壁跌落，好在被崖底有些带刺的锈铁丝网兜了兜，才幸免重伤甚至死亡。他躺倒在地上，流着血，失去意识，身上缠着铁丝。气氛变了，我们被撵进面包车，警笛呜呜高叫一路开到了阿姆菲萨[89]的医院。在那儿我们被告知再也不准返回德尔斐。

我们在阿姆菲萨待了几天，等大卫康复，他的伤口被碘酒涂成猩红。我们了解到我们犯了渎神罪。我们游泳的那个地方是阿波罗的圣泉，是女祭司皮提亚[90]宣读神谕的地方。

我至今仍坚信这才是我真正的洗礼，因为水泉带来了梦的礼物：预言。古人曾深信那里是诗意的源泉。他们都曾来这里寻求灵感浇灌。

而在告别绿之前，让我们向宁芙克洛莉丝[91]致敬吧，她双手缠绕着芙洛拉拂落花的裙。叶绿素，春天里植物的绿；绿牙膏的新鲜薄荷口味，我孩提年代的一项发明；绿的喜诗[92]；绿的仙女液[93]；不过，在最近一则广告中，生产商们用白清洁剂杀死了从科幻小说里掉出来的黄绿细菌。

所有游戏都是在绿上玩的，所有比赛都是在绿上打的[94]：计分表在大地舞台的绿上绘制灵魂。板球员们在乡村的绿上游戏。政治中的绿。和平中的绿。我在绿呢桌台上洗牌。又在绿顶灯罩下拿起一支台球杆。

阳阳其乐乎，

陶陶我人古处，

谁昔乃见鬐龀，

在彼绿上回声。

（威廉·布莱克[95]《绿有回声》)

远方的割草机使空气充满绿的气味。

绿是一个存在于叙事中的色彩……它总会归来。篱笆另一边的草总是更绿[96]。

1 绿手指（Green Fingers）：习语，指擅园艺者。

2 天堂乐园（paradise）：指基督教信仰中的天堂。为与本书中通常表达同等概念但源自本土古英语的"heaven"一词有所区分，该词在此处第一次出现译作"天堂乐园"，其余均译作"乐园"。参《圣经·启示录》第2章第7节："圣灵向众教会所说的话，凡有耳的，就应当听。得胜的，我必将上帝乐园中生命树的果子赐给他吃。"

3 参《圣经·创世记》第3章第7节："他们二人的眼睛就明亮了，才知道自己是赤身露体，便拿无花果树的叶子，为自己编作裙子。"

4 此段原文引用《创世记》第3章第6至7节经文，缺少第3章第6节后半部分。其英文措辞并不严格符合任何英文常见版本，但相对而言十分接近英王钦定本（KJV）。此段中译文以英王钦定本中译版为主，略有相应调整。

5 史奶奶青苹（Granny Smiths）：原产于澳洲的青苹果名种，以其最初发现者史密斯奶奶得名。

6 参《圣经·创世记》第6至9章关于大洪水及上帝与人类立"彩虹之约"事。

7 莱檬和椴（lime）：原文只一个词，但可指两种不相关的植物及其对应颜色，此处具体所指不详。

8 潘（Pan）：希腊神话中的农牧神，生性好色。

9 西林克丝（Syrinx）：希腊神话中的山林宁芙。普遍传说因守贞躲避潘的追逐，自求河神将之变作芦苇。

10 达芙妮（Daphne）：希腊神话中的一个宁芙。普遍传说因守贞躲避阿波罗的追求，自求河神将之变作月桂。

11　挽回（propitiate）：俗译"和解""劝解"等。该词在基督教语境中也特指行挽回祭（propitiation）。参《圣经·约翰一书》第2章第2节："祂为我们的罪作了挽回祭，不是单为我们的罪，也是为普天下人的罪。"

12　色诺芬（Xenophon，前430—约前354），希腊历史学家。其著作之一《经济论》译介了古波斯语"有墙的围园"一词，将其通过口传却非眼见获知的这一浪漫化概念引入了希腊语。该词从此扎根西方语言，衍生出"（世外）乐园"词义，且为《新约》作者和《旧约》七十士译本译者所用。

13　指赫尔墨斯·特里斯墨吉斯忒斯（Hermes Trismegistus）。所谓"特里斯墨吉斯忒斯"并非姓氏，而就是希腊语"三重伟大"的音译。是希腊神话中的神赫尔墨斯与埃及神托特的结合。传说历史上曾有一块翡翠或材质不明的石板，上面刻有赫尔墨斯所撰文字，被认为是赫尔墨斯主义的哲学基础，也是中世纪时炼金术发展的重要依据。

14　翡翠城（Emerald City）：《绿野仙踪》及其他奥兹国系列小说中的虚构地，是奥兹国首都，位于奥兹国中心。也是东方芒奇金国黄砖路通往的尽头。

15　参《圣经·启示录》第21至22章："……我又看见圣城新耶路撒冷由上帝那里从天而降……墙是碧玉造的……在城里有上帝和羔羊的宝座……"

16　此段原文引用《圣经·启示录》第4章第3节经文后半部分，其英文措辞与英王钦定本只有一处区别，即将"围着"（round about）改为了"在……上方"（above）。此段中译文以中文英王钦定本为主，略有相应调整。

17　英国传统儿歌《十只绿瓶子》（"Ten Green Bottles"），内容按"十只绿瓶子挂在墙上面，十只绿瓶子挂在墙上面，要是有只绿瓶子不小心打翻，还剩九只绿瓶子挂在墙上面。九只绿瓶子挂在墙上面……"递减演唱直到最后"那就没有绿瓶子挂在墙上面"。

18 阿尔罕布拉（Alhambra）：指阿尔罕布拉宫，也称"红宫"，是摩尔王朝时期修建的古代清真寺—宫殿—城堡建筑群，位于西班牙。

19 阿卡迪亚我亦在（ET IN ARCADIA EGO）：拉丁文，原文全字母大写强调。这句拉丁谚语通常被理解为死亡的宣告："即使在世外桃源阿卡迪亚，我（死亡）也是存在的。"以此为题最著名的两幅绘画作品出自圭尔奇诺（Guercino，1591—1666）和尼古拉·普桑（Nicolas Poussin，1594—1665），后者之作更为有名，又称《阿卡迪亚牧羊人》（*The Arcadian Shepherds*）。

20 指马尔库斯·维特鲁威·波利奥（Marcus Vitruvius Pollio，前80/70—约前25），古罗马作家、建筑师和工程师，代表著述《建筑十书》。

21 古赛道（circus）：该词今指"马戏团"，此处特指前文所述古罗马战车竞赛场。

22 指狄奥多里克大帝（Theodoric the Great，454—526），东哥特王国建立者。

23 林间弃儿（babes in the wood）：英国传统童话，有许多变体和演绎，其内核主要讲述两个小孩遭遗弃林中而死，目的主要在于教导家长切勿行恶招致上帝降罚。同时也是俗语，在英语中引申表达"涉世未深却入险境"的意思。此处双关，故增译"羊入虎口"四字。

24 参《高文爵士与绿骑士》（*Sir Gawain and the Green Knight*）。

25 圣杯（Holy Grail）：特指耶稣受难前在逾越节晚餐上所使用的圣餐酒杯。后民间传说此杯留世且具有永生神力，比如上文亚瑟王传说中提到的亚瑟王，据称其终极目标就是寻得圣杯；该词因此也成为一种俗语表达，可代指"漫长艰难任务之目标"。该句后文另有"chalice"一词通常也译"圣杯"，为区分故译作"圣餐杯"。在英文中，就字面直观印象而言，后者体积通常小于前者。

26   米迦勒（Michael）：即英文常见男子名"迈克尔"，也是贾曼受洗归主的
      名字。米迦勒是《圣经》提到唯一一具有天使长头衔的天使，上帝指定的
      伊甸园守卫者；基督教传统中代表驱魔人、光明王子。此处内容参《圣
      经·启示录》第12章，尤其第7至12节："在天上就有了争战。米迦勒同
      他的使者与龙争战……大龙就是那古蛇，名叫魔鬼，又叫撒但，是迷惑
      普天下的。它被摔在地上，它的使者也一同被摔下去。……"

27   路西法（Lucifer）：古希腊神话中的晨曦之星（"带来破晓者"）；基督教
      传统中代表魔鬼、敌基督，或七原罪中的骄傲之罪；也有传说路西法和
      米迦勒是孪生。此处内容参《圣经·以赛亚书》第14章，尤其第12节：
      "明亮之星，早晨之子啊，你何竟从天坠落？你这攻败列国的何竟被砍倒
      在地上？"——此节"明亮之星"英译一般作"路西法"。

28   绿人（Green Man）：西方建筑，尤其中世纪教堂中一种常见装饰形象，
      通常是树叶或各种植物交织形状的年迈人脸，一般认为其象征重生和
      永生。

29   拱顶镇（roof boss）：一般指哥特教堂内部位于单拱或多拱交汇处中央顶
      部突出的一块石制或木质雕像，以绿人像为常见。

30   林肯绿（Lincoln green）：林肯指中世纪英格兰一纺织重镇，林肯绿是当
      地著名染料颜色，也是传说中以罗宾汉为首的绿林好汉们惯着装颜色。

31   《绿袖子》（"Greensleeves"）为英格兰传统民谣。

32   指克劳迪奥·蒙特威尔第（Claudio Monteverdi, 1567—1643），意大利作
      曲家，其牧歌创作是文艺复兴时期这一音乐体裁的巅峰。

33   马焦雷湖（Lago Maggiore）：意大利第二大湖，位于阿尔卑斯山南部。

34 好莱坞（Hollywood）：当代美国电影业最繁华之地，字面意"冬青林"。

35 救主复活（Resurrection）：此处字面意思"复活"，因原文首字母大写，在英文中默认特指救主耶稣基督死而复活。

36 海滨两节荠（*Crambe maritima*）：原文斜体，是"海甘蓝"拉丁文学名。

37 爱芹（lovage）：学名欧当归。此译略取字面意。

38 神圣亚麻菊（santolina）：原文为"神圣亚麻"属名，代指该属下银香菊等观赏植物。该植物英文俗名一般称"薰衣棉"（lavender cotton，或译"檀香艾"）。此处贾曼遣词应是为韵律。

39 白狗草（hore hound）：学名欧夏至草。此译略取字面意。此处原文使用非常规拼写可能是为强调头韵。

40 魅灵（malin）：原文为法文，指小精灵或捣蛋鬼等。此处可能泛指西方传统放在花园里的小精灵雕像。

41 反坦克陷阱（tank trap）：指老式的金属支架型反坦克障碍物。

42 利德（Lydd）：离邓杰内斯最近的小镇，约六公里路程，位于肯特郡。据《每日邮报》2015 年 7 月 18 日刊弗朗辛·雷蒙德（Francine Raymond）文章《贾曼最爱苗圃之幕后观》（"Behind the scenes at Derek Jarman's favourite nursery"），此处贾曼堆肥极可能购自该地利亚姆·麦肯齐（Liam Mackenzie）家庭花园，因后者称贾曼曾是其常客。另：贾曼曾在其所著《贾曼的花园》（*Derek Jarman's Garden*，1995）一书中提到，他在邓杰内斯可观察到日落于利德教堂身后，参该书第 115 页（人民文学出版社 2018 年陶立夏译本作"莱德教堂"）。

43 权杖（sceptre）：指一种亮黄色变种的剑叶兰（Kniphofia），该种植物亦俗称"火炬花"。

44 转金（*Helichrysum*）：原文斜体，是拉丁文"蜡菊"属名，代指该属下麦秆菊等植物。此译取字面意，因为此处原文遣词应该是为照应后句"转"字。

45 指阿道司·赫胥黎（Aldous Huxley，1894—1963），英国作家。其作品《知觉诸门》（*The Doors of Perception*，一译《众妙之门》）记录作者亲尝各种迷幻药物的神秘体验。原文此处引用内容首句将原著"闪耀"一词由过去时改为了现在时；末句"脉动着"（pulsing）改为了"流逝着"（passing）。

46 是然（isness）：指"是"之作为一个行为动词的性质。

47 艾克哈特大师（Meister Eckhardt，1260—约1327），德国神学家、哲学家、神秘主义者。

48 费伊·戈德温（Fay Godwin，1931—2005），英国摄影师，以拍摄英国乡野海岸黑白风光著名。

49 据称奥斯卡·王尔德曾引领佩戴绿康乃馨的时尚，后来这成为代表另类和暗示同性恋倾向的一个符号。

50 铁筷子（hellebore）：泛指铁筷子属植物，其中一种黑根铁筷子（*Helleborus niger*）俗名"圣诞蔷薇"（Christmas rose），实与蔷薇无关；外观看似五片"花瓣"，实为花萼。有绿色种。

51 鲜绿铁筷子（*Helleborus viridis*）：原文斜体拉丁学名。后文"绿百合"（Green Lily）、"软脚草"（Fellon Grass）均为其俗名。

52 吉尔伯特·怀特（Gilbert White，1720—1793），英国牧师、生态学家、近现代生态思想奠基人，其代表作《塞耳彭自然史与民俗纪事》（*The Natural History and Antiquities of Selborne*）是博物学经典。

53 绿乌头（Green Aconite）：可能指某种绿色变种的乌头属（*Aconitum*）

植物。

54 　杜鹃杯（Cuckoo Pint）：斑叶阿若母（*Arum maculatum*）俗名。

55 　木颠茄（Woody Nightshade）：欧白英（*Solanum dulcamara*）俗名。

56 　倒霉绿（unlucky green）：西方民间有认为绿象征不幸与霉运的迷信。

57 　哈夫洛克·霭理士（Havelock Ellis，1859—1939），英国医生、性心理学家和社会改革家。

58 　普里阿普斯（Priapus）：希腊神话中的生殖神，传说其巨大的阴茎永久勃起。

59 　此句关于耶稣与约翰的表达是一个极不寻常的说法，在英语文化中亦无任何依据可查。

60 　松一套紧一套朝三暮四（Fast and Loose）：字面意思"紧与松"，原文大写各词首字母强调专名。原指旧时集市上一种常见的游戏骗局，骗子引导参与者猜测绳圈松紧，看似公平输赢概率各半，但实际骗子可借助手法稳赢。这个短语因此在英语中成为俗语，现在用以表达"为达目的无视规则""狡猾虚诈反复无常""说一套做一套"等意。

61 　"basilica"初指一种古罗马公共建筑形式，后也特指天主教"宗座圣殿"，其级别和建筑规模甚至可以高于前文提及的主教座堂。

62 　肯·罗素（Ken Russell，1927—2011），英国著名电视与电影导演，以前卫且富争议性的风格著称。贾曼曾担任其电影《巨人传》（*Gargantua*）布景设计师；此片最终没有完成。

63 　泰勒玛修道院（Abbey of Thelema）：阿莱斯特·克劳利（Aleister Crowley，1875—1947）故居，也是其创立的神秘主义异教"泰勒玛"活动中心，位于意大利西西里岛。

64　代指哈德良陵（Mausoleum of Hadrian），现一般称圣天使城堡（Castel
Sant'Angelo），其建筑特点是顶部平台栽种大量树木，远观仿佛空中
园林。

65　指费德里科·费里尼（Federico Fellini，1920—1993），意大利著名新现实
主义导演。

66　哥布林（goblin）：一种传说中的类人生物，类似地精，一般通体暗绿。

67　谜恐（Mekon）：英国二十世纪五〇年代经典科幻漫画《大胆阿丹》（Dan
Dare）中的反派外星独裁者，头大而四肢短小，全身绿，是关于外星人
的经典想象形象之一。

68　民间传说中的一种最流行的外星生物形象，与前文"谜恐"相似。

69　民间传说有认为月亮是一大块绿色的奶酪。

70　快活绿巨人（Jolly Green Giant）：初指美国"绿巨人"（Green Giant）蔬菜
公司的吉祥物，后借指美国空军绿色机身的 HH-3E 型直升机。

71　阿龙（dragon）：据上文推测此指美国空军 MH-53E 型直升机"海龙"
（Sea Dragon）。

72　天使糖（angelica）：即欧白芷（Angelica archangelica），传统西式甜点常见
香料。

73　指威廉·盖奇爵士（Sir William Gage），据说他在 1724 年将一种原产于伊
朗的绿色欧李亚种从法国引入英国，并以自家姓氏"盖奇"为之起名为
"绿盖奇"（greengage，即绿李），从此英文亦统称此种欧李为"盖奇"。
另就汉语名而言，此处所说的水果"绿李"（Prunus domestica ssp. italica）

有时俗称为"青梅"，但并非原产于华南地区的"青梅"（*Prunus mume*）。

74 给个痛快（coup de grace）：来自法语的习语，已被英语吸收，字面意为"恩典一击"，形容为使对方免受更多痛苦的最后致命一击。

75 卜派（Popeye）：美国漫画、动画片《大力水手卜派》（*Popeye the Sailor*）主角，喜食菠菜，食后力大无穷。

76 仙女环（fairy ring）：蕈类族群自然生长排列而成的环状结构。

77 此句暗引王尔德名句："我们都活在阴沟里，但仍有人仰望星空。"

78 指马蒂亚斯·格吕内瓦尔德（Matthias Grünewald，1470—1528），德国哥特式绘画大师，其代表作《伊森海姆祭坛画》以扭曲夸张的方式表现了耶稣受难形象。

79 爱德华·李尔（Edward Lear，1812—1888）的谐趣诗《猫头鹰和小猫咪》（"The Owl and the Pussy-Cat"）首句。该诗主要内容是猫头鹰和小猫咪恋爱结婚幸福生活在一起，是英国民众最喜欢的童谣之一。

80 山鲁佐德（Scheherazade）：波斯地区民间故事集《一千零一夜》中的虚构人物，也是故事的说书人。

81 指莱昂·巴克斯特（Léon Bakst，1866—1924），俄罗斯画家、舞美及服装设计师。他曾为交响舞剧《山鲁佐德》设计翡翠色主题的舞台布景。

82 在现存可查的贾曼作品中，有一系列符合此处描述的画作，比如《有云岩山的风景》（*Landscape with Marble Mountain*）、《有一蓝池塘的风景》（*Landscape with a Blue Pool*），画中主要内容都是铜色杆子分隔绿色空间。但并没有查到某幅作品准确以"有青铜杆子的风景"为题，同时原文此处虽有引号，但引文内容没有全部大写首字母，故此处译文没有使用严格限定作品名的书名号。

83　约书亚·雷诺兹（Joshua Reynolds，1723—1792），十八世纪英国知名画家，当时流行沥青，他是惯用沥青的代表画家之一。

84　卡拉瓦乔（Caravaggio，1571—1610），意大利画家，通常被认为属于巴洛克画派，对巴洛克画派的形成有重要影响。据称他选用红色而非蓝色绘制童贞女马利亚的衣袍，因为他认为"蓝是毒"。贾曼的电影《卡拉瓦乔》在拍摄过程中，曾有一个中间版本亦以这三个字为题。参《德里克·贾曼传》第299页。

85　三版女郎（Page Three Girl）：此指英国小报传统第三版的半裸照片女模特，该传统肇始于《太阳报》（The Sun），面向蓝领男性读者，今渐消退。

86　约瑟（Joseph）：常见男子名。此指马利亚的丈夫，耶稣在地上的父亲。参《圣经·马太福音》第1章："耶稣基督降生的事记在下面：他母亲马利亚已经许配了约瑟，还没有迎娶，马利亚就从圣灵怀了孕。她丈夫约瑟是个义人……"

87　巴滕贝格家（Battenbergs）：指英国王室，因其祖先来自德国，以地为姓，追根溯源至巴滕贝格（Battenberg）。

88　德尔斐的驾车人（charioteer of Delphi）：出土于德尔斐阿波罗神庙废墟的著名雕像，被称为古代铜像典范之一，现存于德尔斐考古美术馆。此处原文并未大写各词首字母以示作品名。

89　阿姆菲萨（Amphissa）：希腊城市，紧邻德尔斐北部。

90　女祭司皮提亚（Pythian Priestess）：古希腊传说中阿波罗的女祭司，服务于帕纳索斯山上的德尔斐神庙。

91　克洛莉丝（Chloris）：希腊神话中司春天、花卉和自然的宁芙女神，对应罗马神话芙洛拉（Flora）。传说克洛莉丝为躲避西风之神仄费罗斯（Zephyrus）求爱追逐，口吐鲜花围绕自己形成花裙，由此幻化而成为专司花卉的女神芙洛拉。英文"花"（flower）一词即源自芙洛拉之名，原文此处措辞刻意连字双押。

92　喜诗（Airwick）：美国著名空气清新剂品牌。

93　仙女液（Fairy Liquid）：指"仙女牌洗碗液"，该品牌是英国老牌著名洗碗液品牌。

94　原文只有一句"All games are played on the green"，双关"玩游戏"与"打比赛"两重含义。

95　威廉·布莱克（William Blake，1757—1827），英国诗人、画家。《绿有回声》（"The Echoing Green"）出自其代表作版画诗集《天真与经验之歌》（*Songs of Innocence and of Experience*）。另附袁可嘉译文："我们少年时期，／不管男男女女，／也有这般的乐趣，／在这歌声荡漾的青草地。"（《布莱克诗选》，人民文学出版社，1957）

96　英语谚语，意思类似"这山望着那山高"。

Alchemical Colour 炼金术色

念世界之多样而敬拜之！

我跟跄踏入炼金术，是在二十世纪七〇年代初，读着荣格的《炼金术研究》。我不知道是什么驱使我当时拣选了那本书。或许是那些迷人神魂的插画，关于诸金属、诸王、诸后、诸龙与诸蛇。我买了些原典来读，迪伊[1]的《象形文字单子及天使的对话》（我为莎士比亚的十四行诗拍的电影用了这个名字[2]）；焦尔达诺·布鲁诺的《本因、太一及诸原理》[3]；科内留斯·阿格里帕的《神秘哲学》，这一本是我在集市小摊上发现的，卖 5 英镑，1651 年英文初版，唯缺几页。缺页修复了，书也重新装订了。大英图书馆想要——这一本的品相远胜于他们手里的版本。

荣格的作品弥漫了我在《禧年》[4]中为约翰·迪伊写的诗歌，尤其是最后的演讲。众花之签名：

　　　　我签我名以迷迭香，是真解药御你众敌。

这些才是普洛斯彼罗[5]带到他岛上的书。"皮曼德尔"[6]和俄耳甫斯赞美诗[7]，普罗提诺论灵魂——《生命之书》（费奇诺）、《结论》[8]（皮科·德拉·米兰多拉）、帕拉塞尔苏斯[9]、罗杰·培根、《众秘之秘》[10]、一本中世纪畅销书、阿格里帕的《神秘哲学》和迪伊的《象形文字单子》、《众念之影》[11]（1592），作者布鲁诺，1600年因异端邪说而被烧死在罗马鲜花广场的木桩上。他是最后一位落入异端裁判所[12]法网的伟人。

人们曾相信，物质赖灵魂为生，后来则靠科学得以祛除这一观念。例如，铅曾被认为是属土星宫的阴沉忧郁。墨丘利，水银，瞬息多变，生命本身之镜。银，阴柔，属月神露娜；日神索尔，太阳，阳刚且金。金曾是这一追求的目标，借学问而非贪婪炼就。在这个宇宙中，万事万物各有其位，虽则并无一者完全应承此秩序。追索哲理的、不朽坏的金，是一段精神之旅；金属，则是救世主之镜。

许多实验咕嘟破灭于玛式水浴[13]——一种以玛丽亚·普罗菲提撒[14]命名的大蒸锅。在鹈鹕嘴[15]里，就是那种长嘴曲颈玻璃瓶里，炼金术士就追逐了他的目标，虽然当时并不知晓原子结构。

黑：

基础物质是太初元质[16]，一种黑暗水渊般的混沌[17]。

黑变[18]和黑度[19]。

白：

有净化作用的、煅烧成灰的白度[20]。

黄：

另一阶段，黄变。

紫：

紫变，王权之色。

追逐着目标你就穿越了那片红海。

孔雀尾羽凤微[21]曾是出现于熔化金属中的辉炫彩虹：

吾乃黑之白、白之红、红之晶黄。[22]

水银曾是众金属之主宰，既银又红，是镜也是道路，通向阴阳交合[23]。它被视为本初的水、向导和冥使[24]。既然所有金属共享了一个灵魂，那它就带领那条通往任务的终结之路。

"炼金术"（alchemy）这个词出自阿拉伯语"*al-kimiya*"，该词本身又是源自古埃及语"*khem*"，是尼罗河下游三角洲的名字。其历史可追溯至埃及众贤哲，他们擅行魔术，以及治死[25]、生命、死亡和复活的门道。这是一个沐浴在恒星和行星影响下的元素世界，在黄道十分度中，连时间都被赋予了灵魂。

色彩是各种光，所有属地土的色彩，诸如黑、土褐、铅灰棕，都与萨图恩之土星有关。天青，以及属空气色彩，还有那些常绿，则归于墨丘利之水星。紫、微黑，以及混合了银的金色，归于朱庇特之木星。火热烈焰血腥和铁的色彩归马尔斯之火星。金黄的番红花色和明亮的色彩都归太阳，而白的稀奇的绿和红润的色彩都归于维纳斯之金星。诸元素亦各有各的色彩。它们在色彩中与天体相近，尤其是生命体。[26]

（科内留斯·阿格里帕，前引）

1 指约翰·迪伊（John Dee，1527—1608 / 1609），英国数学家、天文学家、神秘学家，著有《象形文字单子及天使的对话》（*Hieroglyph Monad and Angelic Conversation*）。

2 指《天使的对话》（*The Angelic Conversation*），贾曼电影长片作品，此片念白内容为十四首莎士比亚十四行诗依次朗诵。

3 此书正确书名应作《论本因、原理及太一》（*Concerning Cause, Principle, and Unity*）。作者焦尔达诺·布鲁诺（Giordano Bruno，1548—1600），文艺复兴时期的意大利哲学家、数学家、诗人、宇宙学家。

4 《禧年》（*Jubilee*）：贾曼电影长片作品。影片讲述伊丽莎白一世在秘术士约翰·迪伊的法术下，穿越到一个架空的二十世纪七〇年代，此时伊丽莎白二世已经去世，英国礼崩乐坏，无政府朋克盛行，伊丽莎白一世漫游现代，最后回到属于她的十六世纪。片中两次时间穿越都借助了莎士比亚《暴风雨》中精灵爱丽儿这个角色的协助。

5 普洛斯彼罗（Prospero）：莎士比亚著名传奇悲喜剧《暴风雨》主人公，因闭门读书不理国事而被篡权放逐，流落荒岛，依靠他带到岛上的书里学到的魔法叱咤风云，最后宽恕仇敌。从原著台词推断普洛斯彼罗似乎只带了一本书上岛，但其他角色台词中提到他的书则是复数；无论如何，这本书从不在舞台上出现。贾曼曾于 1979 年据原著拍摄同名电影。

6 皮曼德尔（The Pimander）：泛指三重伟大赫尔墨斯的《秘文集》。严格来讲，因为这里使用的是原始拉丁拼写，狭义特指费奇诺最早的十四章版拉丁文译本。

7 俄耳甫斯赞美诗（Orphic Hymns）：古希腊及希腊化时代俄耳甫斯教的短歌集。

8 指《哲学、卡巴拉及神学之诸结论》（*Conclusiones philosophicae, cabalasticae et theologicae*，1486），作者乔瓦尼·皮科·德拉·米兰多拉（Giovanni

Pico della Mirandola，1463—1494），意大利哲学家。

9　　帕拉塞尔苏斯（Paracelsus，1493—1541），瑞士医生、炼金术士、占
　　　星师。

10　《众秘之秘》（*The Secret of Secrets*）：假托亚里士多德之名的一部伪书，内
　　　容驳杂。

11　《众念之影》（*Shadow of Ideas*）：布鲁诺早期作品，关于记忆术、心理学、
　　　炼金术。此书正确书名应作《论众念诸影》（*On the Shadows of Ideas*）。

12　异端裁判所（Inquisition）：也译为宗教审判或宗教裁判所等，指中世纪
　　　天主教会设立的宗教法庭，负责侦查、审判和裁决（监禁，甚至处死）
　　　天主教会认为是异端的异见份子。近当代，异端裁判所已改组为信理部。

13　玛式水浴（Balneum Maria）：原文为拼写略不规范的拉丁文。指一种曾用
　　　于炼金术的双层蒸锅。

14　玛丽亚·普罗菲提撒（Maria Prophetessa）：又被称为"犹太女人玛丽亚"
　　　（Maria the Jewess），古希腊时期一名女炼金术士。约活跃于公元前三世纪
　　　至公元前二世纪间。她发明了数种炼金术仪器及技术，被誉为西方炼金
　　　术的奠基人之一。

15　鹈鹕嘴：旧时一种用于蒸馏的回流装置。

16　太初元质（Prima Materia）：炼金术术语，指炼金术士们笼统相信的各种
　　　万物原初物质，并无具体统一所指。

17　参《圣经·创世记》第1章第1至2节："起初上帝创造天地。地是空虚
　　　混沌，渊面黑暗……"

18　黑变（Melanosis）：拉丁文"黑变"之意，炼金术术语；或医学术语指"黑

变病"。此处及下文"黄变""紫变"，与前引相比不再有字体上的刻意强调。

19　　黑度（nigredo）：拉丁文"黑化"之意，炼金术语中特指腐败或分解作用，即将所有成分全部加热化为同种黑色物质的第一阶段。

20　　白度（albedo）：拉丁文"白化"之意，炼金术语中特指黑度后的第二阶段净化提纯。

21　　凤微（*Cauda pavonis*）：字面意即"孔雀尾羽"，指如孔雀开屏般的多彩混合，在炼金术中通常被视为象征圆满的最后一个阶段。

22　　此句出自皮曼德尔。

23　　阴阳交合（Conjunctio）：拉丁文，在炼金术中特指日月结合。

24　　冥使（psychopomp）：宗教学概念，指各种宗教中共通的引导死人灵魂进入身后世界的灵体。

25　　治死（mortification）：俗指禁欲、苦修等克己操练。参《圣经·申命记》第13章第5节："那先知或是那做梦的，既用言语叛逆那领你出埃及地、救赎你脱离为奴之家的耶和华你们的上帝，要勾引你离开耶和华你上帝所吩咐你行的道，你便要将他治死，这样就把那恶从你们中间除掉。"又《彼得前书》第3章第18节："因基督也曾一次为最受苦，就是义的代替不义的，为要引我们到上帝面前。按着肉体说，他被治死；按着灵性说，他复活了。"

26　　此段引文贾曼有较多删改拼接，基本上是对原著第49章后半部分内容的概括，其中最末一句语义与原著差异较大。按原著，最末一句完整内容如下：如今，所有色彩在自然中的显现都更为普遍，广泛见于丝绸、金属、宝石，或各种肉眼可见的物质，以及那些比拟众天体的有色物，尤其见于生命体。

How Now Brown Cow　　　　棕熊总从容 [1]

可怜的娴静的棕。

被红践踏。

飞向黄的怀抱。

它让理论家们困惑。且在色彩书中是因其缺席才显眼。棕与黄的亲属关系是什么？棕，是否就像有人所说，是在眼睛里混合而来？不存在棕的单色波长。棕是一种暗化的黄。橙和棕，虽强度 [2] 不同，却有相同的波长。棕是由黑和任意其他色彩混合而成。

　　　　并没有属于棕的物理刺激 [3]——没有棕光。棕
　　不存在于光谱。并没有一种所谓清澈的棕，只有污
　　浊的棕。

　　　　　　　　　　　　　　（维特根斯坦，前引）

棕的种类多于绿。棕的各种名称给我们一幅更清澈的图景。这些颜料有：土棕；焦褐；焦赭；焦锡耶纳；所有

地土都被烧煮为红热。在棕里呈现着烹调的存在。乌墨则格格不入——乌贼的墨，以碱液煮沸，可用作一种颜料。

棕是古老的色彩。它的祖先是史前山洞里涂画的野牛和马。我们祖先的衣服都是棕的。大多数肤色是棕的。棕布总为穷人衣。

棕染料的名称都甜蜜可餐。你买一件大衣的颜色可以是焦糖、太妃、杏仁、咖啡、巧克力或者咖喱。棕就是甜味和营养。还曾有种色彩叫吐司[4]。

从森林和田野而来的有米黄（未漂白的木[5]）、昂贵的胡桃单板、耐久的橡、栗（更多是为要其色彩而非其木材）[6]、桃花心、烟草和指甲花。黑鬼棕，在我三十岁生日时消失了，等待着从政治正确里回收出来再利用。在血红这种干了的血色中，你几乎越界跨进了红。在犛牵[7]中有死亡和屠宰。犛牵是一种水牛皮。驴，之于受难逾越[8]的谦卑低贱的兽，色呈暗褐。

在条条道路还未成沥青灰色，仍为泥渣小径时，暗褐色的土地在冬天变成了污浆，而在夏天则成了尘。旅行是一桩肮脏的生意。或许这就是为什么乡村风的大衣是棕的，而城市风的大衣是黑的。曾有一次，我听到有人问一位百岁老人，他一生所经历最大的变化是什么。他本可能会答航空、电视或收音机，但他却说是马路都铺上了柏油。你无法想象柏油碎石混凝铺路之前的旅行是什么样。

夏天结束了。玉米丰收了。农田耕作了。庄稼汉们穿着巧克力棕的灯芯绒。棕是财富的色彩。谁拥有几英亩地，谁就是个有钱人，口袋满满而且灵魂富足。因为灵魂是深沉的……一种平静的棕。无论此生你拥有多少，甚至你的土地延伸越过地平线，死后只得不过地下六英尺深。

树林和灌木转棕，色泽介于红黄之间，变化无可计数。我在十月那垂死的光中跑来跑去，捕捉着金棕的叶；它们从栗树上落下，倘挨了地便会被扫净，作了篝火。每抓住一片飘在空中的叶，就会带给你一天的好运。叶缓缓盘旋飘落，是因为我们扔树枝打康克[9]，打下来了就捡进烤箱里加热，烤得像石头一样硬，然后玩到指关节挫伤。

棕色的光？

　　　　不实的城，

　　　　笼在一日冬晓的棕雾下，

　　　　一群人流过伦敦桥，如此多，

　　　　我未曾想死竟毁了如此多。

　　　　叹，短而不频繁，被呼出，

　　　　而各人则定睛各自脚前。

　　　　　　　　　　　　（T. S. 艾略特[10]《荒原》）

秋叶溶于雾霭与冬雨中。缓慢如一只龟。正是在一把龟甲里拉琴[11]上，阿波罗弹奏了第一个音符。一个棕音符。从树木而来的还有各种抛光的木料，用以制作小提琴和低音提琴，依偎在金色黄铜乐器中。在黄的怀抱中，棕就回到了家。

棕是温暖而家常的。简单而未加精制。红糖、黑面包和棕壳蛋[12]，味道曾是那么好，小孩子们都抢着要。直到超市把它们都打上了包装。

热腾腾的脆皮面包。茶配吐司，还有黄油。饼干。巧克力饼干。棕卤汁和酸溜溜的国会酱[13]。楚特尼[14]，还有在炉子上熬煮着的果酱。

棕里有乡愁。我母亲柔软的仿海狸皮羊毛外套的触感，那外套曾深埋我俩的眼泪。棕简化了生活。柯里马利特[15]的老淑女们曾身着厚棕长筒袜和布洛克鞋[16]，她们面容棕栗满面风霜，抛光她们的家具……抛了又抛……

晚餐入席，闪亮的桃花心木桌。蜂蜡与薰衣草香。圣诞节。长桌，我朋友古塔居上坐，一袭乌檀丝绸。她一头银发，在圣诞树上的炽耀烛光中粼粼漾漾。蜡滴落。我们担心起火，因门开着，残烛扑朔将熄。木桌面朦胧倒映着你的面孔，焕发容光，奥秘神奇。这张桌子曾是古塔的曾祖母亲手抛光；餐边柜更为古老，曾是她曾曾曾祖母亲抛。她曾曾曾祖母曾是丹麦国王的情妇，而这柜子本是国王送她的圣诞礼物。巴黎旧制，时至今日，关抽屉时仍会挤出一小股急促的空气——各个抽屉完全气密。我十八岁。我之所以在这儿，是因为古塔把阁楼给我作画室，我在楼上画画。我的画都是各种棕和各种绿的风景。昏暗阴郁，环石阵与神秘林。它们是我邓杰内斯花园的先祖。时光流逝，而我们的改变比想象中更少。古塔端茶上阁楼来。她告诉我中国皇帝们那森严戒备的色彩。明代，只有皇帝能穿绿。但在宋代，皇帝穿棕。古塔的茶话很给力。

圣诞晚餐终结于敲坚果的苦战。榛子、杏仁、健脑的核桃，还有光滑的巴西果。

我的童年，棕自有其诸般仪礼。其一是浸泡腐叶土，用以种植各种鳞茎。茶褐的郁金香球根脱皮了，露出雪白的芯。雪滴、番红花和风信子，藏在楼梯底下阴凉的储藏柜里，要密切守望待其初发幼芽，迅白若漂。然后它们就要被带到日光之下，象牙白迅速变绿。

我若百无聊赖或怒火棕烧[17]，就会躲进储藏柜里守望春归。潮湿的腐殖土味，浓郁、舒缓、催人昏睡。棕是种慢色。棕总从容。它是属于冬季的色。它也是属希望的色，因为我们知道棕永远不会被冰雪覆盖。

母亲给了我一条巧克力棕的毯子保暖，到如今我还保留着。那上面有个名牌——M. D. E. 贾曼[18]，它提醒我一件事：我受洗归主的教名是迈克尔。

冬天我若生病，当时所有老式专利药都是棕的。修士香膏[19]、肉桂喉糖，还有掺了鸦片的棕大夫万灵药[20]——十九世纪军队在印度开拓殖民，这药就在士兵中投放广告。它能在开战前缓解胃部痉挛。棕大夫也是本土最后一款能在药店柜台直接购买的含鸦片药物。黏稠的棕，曾带来如此刺激的梦；不幸的是，六〇年代，人们发现并认识了各种毒品，这款药品的秘密被公之于众……棕大夫将其所含鸦片成分去除后，再无人问津！十九世纪每个人都往自己体内掺了鸦片——难怪那曾是个如此生机勃勃的时代。

> 白日渐逝
>
> 穹苍棕气
>
> 将地上走兽牲畜
>
> 从其劳累中释放。[21]

（但丁）

战后食物短缺，因此我们被喂服了大勺大勺黏糊糊的棕麦乳精、维乐[22]和鳕鱼肝油。午餐后，孩子们排一小队，在配餐室里集合，里面的隔板全都是棕的，芒格太太五短三粗，也穿一身棕，看起来像一捆文物……她就像贾尔斯的奶奶[23]一样，做饭时也戴着顶帽子。那顶帽子看起来像是她自己用针头线脑缝出来的。我们吞我们的药，芒格太太则奋力搅和一大锅苹果泥棕糊糊，连同那里面的果核籽粒，吃的时候卡进你牙缝，我们就说那是芒格夫人的脚指甲。

夜神就从草汁中提炼出睡眠，并把它的威力散布满黑夜的地土。

（奥维德 [24]《变形记》）

古塔的丈夫唐纳德在他书房里办公，书房墙纸是粗麻纹的浅棕，办公桌则是几只金色狮鹫撑起的一张乌木台面。他身边有一株老迈的叶兰，开着棕花。仰头，墙上挂着些上年纪的照片，都是古代作家与帝王的大理石半身像。唐纳德向我介绍经典。老普林尼和小普林尼。唐纳德是伦敦大学校友评议会 [25] 的书记员。我们常一起搭火车去伦敦，大都会线的老式木车厢，黄铜门把手上，得意扬扬地刻着"都会沿线美好生活" [26]。

日复一日地辛勤走读伦敦大学，学习英语、历史和艺术史，我梦想这样一位年轻小伙子……他的皮肤是属于土地的棕，浸淫夏日阳光晒得古铜。他赤身裸体，以夏为衣。他射满自己整片胸膛，白如石灰，滋养田野全都变甜。他坠入美味可口的睡眠，绿原环绕，草地褐蝶 [27] 在青草中飞舞。

一位方济各会的修士 [28] 将愿祝福他。

一位褐衫队的冲锋兵 [29] 就要毒死他。

而一位棕仙 [30] 则会红着脸，不告诉任何人她曾给了他一个吻。

棕是严肃的。我孩提时代的画廊是棕的。海伦·勒索尔 [31] 坐在美术学院画廊 [32] 里的棕丝绒沙发上，看上去就像安德鲁·韦思 [33] 画了一幅贾科梅蒂，棕鞋、棕羊毛长袜和实用的棕长裙，或曰更像一位学校老师。她背后的墙上是一些奥尔巴赫 [34] 和一些艾奇逊 [35]，还有古怪的弗朗西斯·培根 [36]。当年就是在这个画廊，我作为一个小学生，爬楼梯都费劲，却得以进入真实的大人世界探险。我想海伦发现了我的紧张，就特地让我感受到宾至如归。那个年月，艺术是很不起眼的小事，画廊稀少，没有周末报纸的彩色增刊 [37]，没有咖啡桌上的大画册 [38]，也没有艺术市场。那时候更像是家庭作坊，每个人都彼此认识。

蜂蜡棕。油光瓦亮的单调展厅好像排排营房。镶木地板，黄铜，镀金和桃花心木。桃花心木长凳。巨大而乏味的画作，沉重的金画框，全都是二流。米莱斯 [39]，勉强撑到三十岁就江郎才尽。摩尔 [40] 笔下那些粉蜡淡彩的处女，还有她们身上希腊风的大褶子窗帘布；阿尔玛-塔德玛 [41] 那些矫揉造作的大理石女英雄们。我们漫步穿过二十一、二十二号展厅，大门上罗马数字沉重逼人的感觉，直到我们走进某间什么储藏室改造成的展厅里，有所反思，才放松一些。这间展厅的白漆都已灰了，存放着英格兰人为二十世纪保留下来的一些无足轻重的东西。这里有一小幅可怜巴巴的吉尔曼[42]，画的是卡姆登镇那种阴阴沉沉中，一位忧伤小妇人喝着廉价消化茶[43]。这里没有任何斯坦利·斯宾塞[44]，没有任何一幅他的裸体自画像；警察突袭了无数书店和剧院，后来连画廊也不想挂他的画了。这里有一幅黄黄绿绿的萨瑟兰[45]，画的是一桩扭曲的树根，看起来像《受雇的牧羊人》[46]局部细节放大；有一幅派珀[47]，画的是一座萨福克[48]教堂塔楼，东一坨西一坨的颜料。老天呀，还有一幅弗朗西斯·培根的橙色骑墙大佬[49]！三十年后，一成不变，除了维多利亚时代的绘画，变得比我年轻时看到的样子更丑。

一只小棕熊[50]的故事。当伊卡洛斯[51]自天空坠落，太阳神阿波罗便烧干了阿卡迪亚[52]，焚骨扬灰。他当时七上八下，那般急张拘诸。而朱庇特，就像乔治·布什[53]在佛罗里达一样，巡查损害——计算代价。他在那地巡查，眼见一位宁芙，是狄安娜[54]家的童贞女之一。朱庇特馋了这小妮子的身子，就把自己变成月女神的样子，猥猥琐琐地强奸了她……他甚至懒得问一句她的名字；她叫卡利斯忒[55]。她竭尽所能拒斥被占便宜，但失败了。可怜的卡利斯忒（神啊，她时运太不济）后来又被狄安娜狠狠折磨一番，因为狄安娜与她一起裸泳时发现了她的羞耻事。

总而言之一团糟，这得找个旅游大巴，拉一车大不列颠社工才能厘清。每个人都想摘卡利斯忒的处女红，就连浑身毛的普罗无产撒提尔[56]们也不例外。但阶级差异牵制了他们。然而，卡利斯忒的试炼并未结束。朱诺[57]发现了她丈夫不检点，火上浇油落井下石，把可怜的卡利斯忒变成一只小棕泰迪熊。她曾经所有那些艳丽的身体部位，都被浓密棕毛覆盖无遗，任何脱毛膏都不可及，而且她那张本有可能引发特洛伊战争或叱咤好莱坞的脸，也长出了大拱鼻和小尖牙。经年累世，可怜的卡利斯忒在森林里躲躲藏藏，直到偶遇一位猎手恰好又是她儿子（这还不够乱套吗？）。他当时差点就要猎杀她，她差点成为他的战利品，此时朱庇特出手干预，把她变成了大熊星座，她就像钻石一样闪耀了。

她的故事几乎和玛丽莲·梦露的一样复杂。因为钻石和星途从来都是女孩最好的朋友[58]。十七世纪后半叶，这段传说被威尼斯的卡瓦利[59]改编成音乐剧。他这出歌剧里应有尽有：美、萨福式[60]乐队、强奸、彻底不谅解、嫉妒，还有一只小棕熊。这就教导我们，有权有势有钱人，比如乔治·布什，总把事情搞得一团糟；并且人造的诸神[61]都靠不住，比如撒切尔夫人，从不对其制造的苦难负责。

棕画作中最羞涩者，是一幅小圣母像，不比这本书大，龟甲框装裱，陈列在国家美术馆一个安静角落。此画由海特亨·托特·信·扬斯[62]绘于十五世纪八〇年代，很容易被忽略。你如果不驻足努力端详画里的暮曙微光，就几乎什么也看不见。这幅《夜晚基督降生》是个神迹，因为在那之前这一主题用色通常都像是阳光灿烂。海特亨以懔犂粉表现肌肤，又使用各种微妙棕——像一束花泛着酒香。

如是我观，此光乃圣灵之光，光线缕缕几不可辨，都来自那位马槽里的婴孩。头顶这方一众天军都是胖墩墩的小天使，留着前拉斐尔派发型。脚底那方，圣母蓝袍变成了夜晚漆黑；透过牛棚门看出去，天空也是同样颜色。远方丘上，牧羊人们依稀可辨的影儿，正看顾着一群炮铜灰的绵羊。羊群上方，天使加百列[63]当空盘旋，是天使般或幽灵般的白。再看下面，一牛一驴，在阴影中几不可见，敬拜圣婴。海特亨靠一种我在其他任何画作中从未见过的灵光匠气传达出夜色——这在照片上绝无可能呈现，电影胶片或许有可能，但要达到那样的灯光效果必要花一大笔钱。汉普斯特德[64]的夜晚也是这种色。树漆黑如墨。月耀白如天使。草地都是幽灵般棕。银桦垩白，所有形状都溶解于阴影。

1 棕熊总从容（How Now Brown Cow）：原文是英语正音课程中用以练习双元音"[aʊ]"的绕口令短语，无严肃含义，字面意大概为"棕牛今何如"。

2 指光波的发光强度。此段对单色光波的讨论并未严格使用物理术语，而是以表示色彩的名词直接指代这一色彩所对应的单色光波。

3 物理刺激（physical stimuli）：泛指引发生物体的物理感觉（如视觉、听觉）的信号。

4 吐司（toast）：此处特指烤过的切片面包（的颜色）。

5 原文讹误；"米黄"（beige）本义实应为"未漂白的羊毛"（unbleached wool）。

6 此处所指"栗（色）"是指栗的果实颜色，而非其木材颜色（其木材颜色并无特别处）；原文括号试图解释这一点，但表达略有含糊，译文保持这一含糊不做修正。

7 糯鞨（buff）：一种源于古代某种水牛或野牛的皮色，浅棕黄。

8 受难逾越（Passion）：指耶稣基督在逾越节受难。参《圣经·约翰福音》第 12 章。

9 康克（conkers）：指一种英国民间游戏，也指这种游戏所使用的马栗果实。游戏者各备康克，每颗打孔并从中穿过绳子固于一端，轮流手持绳子另一端甩出各自康克击打对方康克，直到一方康克破碎为输。

10 T. S. 艾略特（T. S. Eliot, 1888—1965），出生于美国，后定居英国，诗人、评论家、剧作家，其代表作之一《荒原》（"The Waste Land"）是二十世纪非常重要的诗歌经典。

11   龟甲里拉琴（tortoiseshell lyre）：一种古希腊七弦弹拨乐器，琴面一般用海龟甲制成。

12   此三者原文字面分别为"棕糖""棕面包""棕蛋"。

13   国会酱（HP sauce）：代指一种俗称"棕酱"（brown sauce）的西式卤汁，也特指这种卤汁最著名品牌"国会"的经典口味。

14   楚特尼（Chutney）：一种在英国流行的印度酸辣酱，常用于制泡菜或佐冷盘。

15   柯里马利特（Curry Mallet）：英国萨默塞特郡一小村庄。

16   布洛克鞋（brogues）：一种尖头内耳式平底粗革皮鞋，鞋头一般有钉孔雕花。源自十六世纪苏格兰和爱尔兰人于高地地区工作时所穿的工鞋，经温莎公爵发掘，从乡间进入正式场合，二十世纪后逐渐演变成为绅士象征。

17   怒火棕烧（browned off）：俚语，字面意"棕断"，源自英国军队黑话，具体成因无可考。可形容人气炸了、受够了、烦透了等心情。

18   即贾曼全名——迈克尔·德里克·艾尔沃思·贾曼（Michael Derek Elworthy Jarman）。

19   修士香膏（Friar's Balsam）：一种英国产著名安息香酊，抗菌祛痰，专利品牌发明于约1760年，药剂深棕，旧多以棕玻璃瓶装，似修士袍色。

20   棕大夫万灵药（Dr Collis-Brown's Elixir）：一种英国产著名酏剂，专利品牌发明于约1850年，旧多以棕玻璃瓶装。初以治疗霍乱，因宁神止痛效果显著，后广泛用以治疗腹泻、睡眠、神经失调、偏头痛等各种疾病，故得俗称"万灵药"（Elixir，狭义即"酏剂"）。该药学名氯仿吗啡酊（Chlorodyne），一译哥罗丁，发明者为约翰·科里斯·布朗医生（Dr.

John Collis Browne），其姓氏"布朗"字面意"棕色的"，为英文"Brown"异拼一种；此处原文应是故意将之写成更易使人直接联想"棕色"的错误拼法。

21　此段出自但丁《神曲·地狱篇·第二歌》，原文使用了保罗·皮勒（Paul Piehler）在《异象风景：中世纪讽喻研究》（*The Visionary Landscape: A Study in Medieval Allegory*）中节译的英文，排版略有更动。这个译本在此处意大利原著中"Bruno"一词的处理上选择了更贴近字面的方式，对译为英文"brown"，还原字面"棕"的含义，而非某些经典译本以更强调语用的方式处理为引申义"（黑）暗"（dark/darkened）。

22　维乐（Virol）：一种基于麦芽提取物的维生素制剂品牌。

23　贾尔斯的奶奶（Giles's grandmother）：指卡通画《贾尔斯一家》（*The Giles Family*）里的奶奶。该卡通系列开创于 1945 年，完结于 1991 年，在英国报纸上连载，人物形象经典，深受英国人熟知与喜爱。

24　奥维德（Ovid，前 43—约前 17），奥古斯都时代的著名古罗马诗人，代表作《变形记》（*Metamorphoses*）。贾曼此句节引自英尼斯（Mary M. Innes）散文体英译本第 11 章。此处中译参考杨周翰中译本，略依英译本调整。

25　由留校从事管理工作的全体本校毕业生组成，已于 2003 年解散。

26　伦敦地铁大都会铁路公司亦有开发沿线住宅，这是其著名宣传语。

27　草地褐蝶（meadow browns）：学名莽眼蝶（*Maniola jurtina*）。

28　方济各会的修士（Franciscan）传统穿棕袍。

29　褐衫队的冲锋兵（Brown Shirt）：指希特勒于 1923 年初创的武装组织成员，统一穿黄褐色卡其布军装。

30　棕仙（brownie）：苏格兰民间传说中住在人家里的善良小精灵，夜间帮人做家务，一身棕色，通常被描述为男性形象，偶有个别女性形象。

31　海伦·勒索尔（Helen Lessore，1907—1994），英国作家、现代主义画家，曾任美术学院画廊负责人。

32　美术学院画廊（Beaux Arts Gallery）：创立于 1923 年，关闭于 1965 年，位于伦敦，曾被认为是先锋艺术中心。

33　安德鲁·韦思（Andrew Wyeth，1917—2009），美国当代著名新写实主义画家。

34　指弗兰克·赫尔穆特·奥尔巴赫（Frank Helmut Auerbach，1931— ），德裔英籍画家。

35　指克雷吉·艾奇逊（Craigie Aitchison，1926—2009），苏格兰画家。

36　弗朗西斯·培根（Francis Bacon，1909—1992），生于爱尔兰的英国画家，为同名英国哲学家后代。其作品以粗犷、犀利，具强烈暴力与噩梦般的怪异图像著称。

37　英国报业近代兴起的传统，尤其周末版的报纸会附赠免费彩色杂志。"周末报纸的"为增译。

38　咖啡桌上的大画册（coffee-table books）：字面意"咖啡桌书"。近代西方传统，在客厅咖啡桌或茶几上摆放一些精美图书，通常都是大开精装本，图书本身即为装饰，彰显屋主品味，既适合闲暇翻阅，也便于作聊天话题。

39　指约翰·埃弗里特·米莱斯（John Everett Millais，1829—1896），英国画家、插画家，前拉斐尔派创始人之一。

40 指艾伯特·约瑟夫·摩尔（Albert Joseph Moore, 1841—1893），英国画家，以描绘古典世界奢华颓废背景下的慵懒女性形象闻名。

41 指劳伦斯·阿尔玛-塔德玛（Lawrence Alma-Tadema, 1836—1912），英国维多利亚时代知名画家，作品以描绘古代世界闻名。

42 指哈罗德·吉尔曼（Harold Gilman, 1876—1919），英国画家，卡姆登镇画派（Camden Town Group）创始人之一。

43 廉价消化茶（PG Tips）：此处意译。原文字面是英国知名平民茶品牌，品牌名称原义"餐前消化芽尖茶"。

44 斯坦利·斯宾塞（Stanley Spencer, 1891—1959），英国早期现代主义画家。

45 指格雷厄姆·萨瑟兰（Graham Sutherland, 1903—1980），英国画家。

46 《受雇的牧羊人》（*The Hireling Shepherd*, 1851）：英国画家、前拉斐尔派创始人之一威廉·霍尔曼·亨特（William Holman Hunt, 1827—1910）代表作。

47 指约翰·派珀（John Piper, 1903—1992），英国画家、彩色玻璃花窗设计师，多尝试以抽象主义等现代表现手法渲染教堂花窗。

48 萨福克（Suffolk）：英格兰东部一郡，东临北海。派珀有多幅以该地教堂尖塔为主题的作品。

49 橙色骑墙大佬（orange Mugwump）：指培根一系列橙色主题的人物或拟人动物画，画中肢体往往严重变形扭曲。骑墙大佬（Mugwump），可能源自阿尔冈昆语，在英文中指政治上的骑墙派，或实际无足轻重的自视清高者。这一形象在小说《裸体午餐》（*Naked Lunch*）及改编电影中被演绎为主人公想象中的一个面容扭曲的外星人。

50　　指伊丽莎白·诺琳·厄普汉（Elizabeth Norine Upham）创作的经典系列
　　　　童书《小棕熊》的主角，书中小棕熊经历各种冒险，乐观积极。

51　　伊卡洛斯（Icarus）：希腊神话中代达罗斯的儿子，与父亲一起使用蜡制
　　　　鸟羽逃离克里特岛，因飞得过高，过于靠近太阳，双翼遭太阳融化跌落
　　　　水中丧生。

52　　阿卡迪亚（Arcadia）：可实指希腊一风景优美地区，也可虚指世外桃源。

53　　指第41任美国总统老布什。佛罗里达是美国自然灾害高发地，常遭洪
　　　　水、飓风、干旱和森林大火。老布什于1980年担任副总统后，定居佛罗
　　　　里达。

54　　狄安娜（Diana）：罗马神话中的月亮女神和狩猎女神，众神之王朱庇特
　　　　的女儿，阿波罗的孪生妹妹。同时也司管贞洁，形象通常为一个持弓的
　　　　圣洁少女。

55　　卡利斯忒（Callisto）：希腊神话中，传说为阿卡迪亚的吕卡翁王所生的女
　　　　儿，或为狩猎与月神阿蒂蜜丝（对应罗马神话狄安娜）的随从仙女。卡
　　　　利斯忒爱好打猎，有一天在树林中，宙斯（对应罗马神话朱庇特）化身
　　　　成阿蒂蜜丝来迷惑她，结果她就怀孕生子，因此触怒了宙斯的正妻赫拉
　　　　（对应罗马神话朱诺）或阿蒂蜜丝并被变为棕熊，后来宙斯将她送到天空
　　　　中，成为大熊座。卡利斯忒在天文中指木星的轨道最远的伽利略月亮，
　　　　即木卫四。

56　　撒提尔（satyr）：希腊神话中的羊男精灵，代表懒惰、贪婪、淫荡、狂欢
　　　　饮酒。

57　　朱诺（Juno）：罗马神话天后，朱庇特之妻。女性、婚姻、生育和母性
　　　　之神。

58　　此句戏仿梦露经典歌曲《钻石是女孩最好的朋友》（"Diamonds Are a

Girl's Best Friend"）。

59   指弗朗切斯科·卡瓦利（Francesco Cavalli，1602—1676），意大利作曲家。

60   萨福式（Sapphic）：指"属女同性恋的"，得名于古希腊著名女同性恋抒
      情诗人萨福（Sappho）。

61   人造的诸神（gods）：此处增译"人造的"，因为原文此处刻意没有大写
      该词首字母，有明显的贬低与祛魅意味。

62   海特亨·托特·信·扬斯（Geertgen Tot Sint Jans，约1465—约1495），早
      期荷兰画派画家。其作品《夜晚基督降生》（Nativity at Night）据估作于
      1490年。

63   加百列（Gabriel）：参《圣经·路加福音》第1至2章。

64   汉普斯特德（Hampstead）：伦敦的一个区，位于查令十字西北不远。该
      区长期以知识分子、艺术家和文学家居住著称，拥有众多名人故居，也
      是著名富人区。

The Perils of Yellow 黄色危险

"黄报"[1]自顾自诞生于纽约，至今百年；主战，仇外，为了您口袋里黄灿灿的金钱打仗。文化通奸犯。胡言乱语、背信弃义、精神病。

　　夫远古病态大黄腹[2]，口吐恶臭烧焦绞刑树，黄疟炎凉。背叛是他恶行的氧。他会在背后捅你一刀。大黄腹在空气中摆置一个吻，是黄疸的偏嫉，脓臭熏天遮蔽你双眼。邪恶出游从容于黄胆液[3]。妒意的自杀。大黄腹的蛇眼毒。他在夏娃腐烂着的智慧果上匍匐，又像黄蜂。他蜇进你的嘴。他的地狱万军吱吱嗡嗡、叽叽咯咯，在芥子气[4]中窃笑低鸣。他们要激你、辱你、呸你、尿你一身[5]。尖锐的毒牙沾满尼古丁，露给你看。

　　孩提时我对蒲公英怀着一种恐惧。我只要摸到了这种尿床草[6]，就会吓得尖叫不敢睡觉。蒲公英还窝藏了"长腿爸爸"[7]，他们飞进我梦里嗡嗡沙沙。尿脏一整床。如恶魔奶般苍白。遗一床黏答答。屎一床。

　　乳白液流淌如血，黄花枯萎成棕亡。

黄狗来了，丁格[8]，四月的一个凛冽清晨它追逐着一只钩粉蝶。

水仙黄。报春花黄。得克萨斯黄蔷薇。金丝鸟儿[9]。

强奸和吱吱呀呀。黄热辣一如芥末酱。

堇外灯强烈反射黄光，所以昆虫争先恐后产生幻觉上钩。

虽然黄只占光谱二十分之一，但它却是最明亮的色。

威尼斯青楼名妓们在阳光下用柠檬漂淡头发……金发女郎，绅士好逑！我为我在曼彻斯特的画展画了一幅柠檬黄的画……《校园毒草》[10]——这个标题本来是"黄报"说，有个小孩被一对同性恋人抚养长大……晾干这幅画比同期其他作品都更费时。上面用炭笔写的字使画面变得污浊：

亲爱的部长：

我是个十二岁的酷儿。我想成为一名酷儿艺术家，就像米开朗琪罗、莱昂纳多或柴可夫斯基那样。

疯蠹文森特[11]坐在他的黄椅子上，抱膝贴胸——像串傻癫癫的香蕉。向日葵在空罐里凋零，形销骨立，点描的黑葵瓜子填满了一张瞪眼凝目的万圣节南瓜脸。柠檬大黄腹端坐，暴饮一瓶甜腻死人的葡萄适[12]，双眼发烧如炬，怒视黄疸谷物，炭黑乌鸦嘎嘎聒噪，在黄中盘旋飞升。那些弃置角落的油画布里，柠檬哥布林 [13] 向外凝视。臭脸鬼自杀，与魔同啸——紧搂着怯懦大黄腹，眯缝眼。

凡·高的病是不是黄化病？

黄色将堇色授于一具白皙皮肤。

角落里，没人买的画堆满了床底——而古昔君王则曾以黄金直接称购画作。如日中天沸，一罐铬黄蛆。

惠斯勒为了他的展览，把格罗夫纳画廊 [14] 刷黄了。在小夜组曲中画出了金烟花，他人在旁笑。"绿 不 绿 黄 不 黄 格 罗 夫 纳 画 廊。" [15] 惠斯勒苦毒愤懑——他是颗苦柠檬吗？苦着张柠檬脸？他大刺刺地分撒硫黄 [16]……

西班牙刽子手穿一身黄，也被画成一身黄。

每一朵用来纪念迪斯雷利 [17] 的黄报春花，都对应一颗黄犹太星 [18]。这些星星都被消灭在了毒气室。（与犹太区、贫民窟 [19] 一样历史悠久。）犹太人在中世纪时戴黄帽子。他们被判给了黄，被迫黄化，因为小偷和强盗都曾被渲染成了黄，带往绞刑架。[20]

公园长凳曾被刷黄。雅利安人另坐别处，黄伴随着恐惧。一种邪恶疸化的异象、一种以色论人的偏见，犹大的记号。黄瘟疫十字架 [21]。

我们船上飘着黄瘟疫旗 [22] 驶入了属马尾藻海 [23] 的破尿包 [24] 水域。

明代皇帝一身黄，乘皇家番红画舫[25]，沿黄河而航。一位橙袍圣贤对他讲，橙黄者，色之最明亮也，实乃深黄一也，入药可御怒青酸黄之疾。朱庇特，"远西"古昔诸神之王，身着一黄；智慧女神雅典娜亦如此。

黑与黄发出警告！**危险**，我是一只黄蜂——注意保持你的距离。黄蜂萦绕汉堡王、麦当劳和必胜客，便利速食"跃然眼前"怒笔大字——黑与黄、红与黄。

黄线码出路基。黄挖土机闪烁黄灯，把风景割出一道伤。

> 黄雾蠢蠢徐徐临在了
> 桥梁，直到房屋墙壁都
> 仿似变成了影影绰绰。
>
> （奥斯卡·王尔德《晨之印象》[26]）

来自泛黄岁月的泛黄记忆。愚人黄[27]，黄沉默[28]。黄欲谄媚逢迎，摇身一变成为金。

我们从柯里马利特开车，穿过乡间小路去往布里斯托尔[29]，作别金黄的丰收，我们渐行渐入田野中央，农场狗儿们追拿着耗子，修剪着玉米枝[30]。在布里斯托尔的医院里，我们打了黄热病预防针。打了结果反而病了。胳膊绞痛了好几天。

我想念有一年暑假我在约克综合医院吃的低脂餐——干吐司和黄海绵布丁。金丝布丁[31]。美如画呀，画的是亮黄的黄疸。

黄更类似于红而非蓝。

（维特根斯坦，前引）

黄激发一种温暖怡人的印象。透过一片黄玻璃看风景，你的眼目必得愉悦。我在邓杰内斯给《花园》拍摄的许多镜头，都是在我的超8上加了一片黄的天光镜。这就营造出了秋日效果。

任何黄物在阳光照射下闪耀，就会出现金色。

圣徒的灵气，还有各种光环光晕。这些都是属希望的黄。

黑黄两色展望庐之喜乐。黑如沥青，亮黄窗，欢迎您光临。

黄色是红绿两色光的混合。眼睛并无黄光感受体。[32]

你调色是无法直接调出黄来的，虽然你用的颜料是叫金黄。黄沙。黄怂[33]。

颜料有下面这些：

摩登的黄：钡黄，即柠檬黄……在光线下很稳定，发明于十九世纪早期。镉黄，成分含硫黄和硒。当代量产镉黄颜料始于第一次世界大战。铬黄。铬酸铅慢慢暗化，历久弥深。日落色的姜黄。

钴黄，十九世纪中叶。太贵。锌黄，1850 年。古老的黄：藤黄——来自大地的胶树脂，初随香料贸易而来。它倾向于橙。

印度黄，被禁了。这种颜色，以前是用杧果叶喂奶牛，用牛被喂到中毒后排出的尿制成。印度细密画里的亮黄就是它。

雌黄剧毒硫化砷。古代用于手稿的明亮柠檬黄，普林尼提到过。来自士麦那 [34]，曾用于埃及、波斯，和后期拜占庭的手稿。琴尼尼说有剧毒："小心别沾到嘴，否则难免人身伤亡。"

那不勒斯黄，锑酸铅，色居苍白灿金之间，黄度各异。属巴比伦的黄 [35]。也被称为铅黄 [36]。永不褪色，用一种火山里发掘的矿石加工生产。[37]

春天来了，伴着燕草 [38] 与水仙。黄油菜迷晕了蜜蜂。黄是种很难搞的色彩，稍纵即逝、难以捕捉，一如日落时拂散花粉粉尘含羞草。

黄云叠 [39]。蝴蝶飞舞。春日阳光里，钩粉蝶沿乡间小道疾飞。黄石。

我孤独漫游像一朵云，在山丘谷地上空飘零，忽然之间我看见一群——一支天军，是水仙金兵……[40]

为何不是黄的？

黄与金的亲属关系是什么？

沉默是金，不是黄。

金枝花 [41] 毫无疑问是黄的。

金狗丁格可能是黄毛拉布拉多的亲戚。

泛黄的老物件和各种周年纪念。

柠檬

西柚

柠檬酪

芥末

金丝鸟儿。

今早我在牛津街转角碰到一位友人。他穿了件漂亮的黄外套。我品评了两句。他在东京买的，他说当时是当成绿的卖给了他。

囚牢中的金丝雀歌声才最甜。

1　　黄报（Yellow Press）：也译"黄色新闻"，是新闻报道和媒体编辑的一种取向，此处"黄色"并非专指"色情"，而得名于十九世纪末美国报纸一个漫画人物配色；不过今日大部分黄报内容确实常常涉及色情或性伦理内容。理论上，黄报以煽情主义新闻为基础；操作层面上，注重犯罪、丑闻、流言蜚语、灾异、性问题的报道，采取种种手段以迅速吸引读者注意，同时策动社会运动。

2　　大黄腹（Yellowbelly）：该词字面意"黄腹"，可指黄腹蛇、黄腹鱼，或任何黄腹生物；也可指林肯郡人或某些特定地区的英国人；还可指胆小怕事者、懦夫。此处特别大写首字母，单数定指，强调唯一专名，主要指魔鬼撒旦，故而增译"远古"二字，参《圣经·启示录》第12章第9节："大龙就是那古蛇，名叫魔鬼，又叫撒旦，是迷惑普天下的。……"

3　　黄胆液；在中世纪体液理论中对应火元素和燥热好斗气质。

4　　芥子气（mustard gas）：即芥子毒气，学名二氯二乙硫醚，一种糜烂性毒剂，因味似芥末得名。

5　　原文此处只有一个动词"piss"，一词多义。

6　　尿床草（pis en lit）：即蒲公英，因蒲公英叶利尿得名。原文斜体法文，俗名。

7　　长腿爸爸（daddy long legs）：在美式英语中指幽灵蛛科的蜘蛛，腿细而长，居家常见；在英式英语中指大蚊科的蚊子，腿细而长，夏季盛发，或似以夏季飘飞的蒲公英为掩护般。

8　　丁格（Dingo）：学名澳洲野犬（Canis lupus dingo），毛色土黄偏白，但其分布并不限于澳大利亚，也并非澳大利亚原生物种。此处"丁格"可能是贾曼给这条狗起的名字。

9　　金丝鸟儿：此处或指金丝雀花，旱金莲（Tropaeolum）的一种。本章末另一处"金丝鸟儿"同。

10　　《校园毒草》(*Vile Book in School*)：贾曼画作名，取自 1986 年《太阳报》一篇臭名昭著的耸动头版头条标题《校园毒草：给小学生看同性爱图片》。

11　　指凡·高。此段文字大部分内容都是凡·高画作中常出现的元素。

12　　葡萄适 (Lucozade)：1927 年首创于英国的运动饮料品牌，风靡一时，主要成分是葡萄糖。2006 年转售日本三得利。

13　　柠檬哥布林 (lemon goblin)：或译"柠檬怪""柠檬精"，字面意柠檬（色的）哥布林，并无特别所指。

14　　格罗夫纳画廊 (Grosvenor Gallery)：位于伦敦，始建于 1877，今仍营业。

15　　前文提及惠斯勒与拉斯金之争，当时正是发生在这家画廊。这段艺坛逸事被吉尔伯特与沙利文写入他们的流行轻歌剧《耐心》(*Patience*)，成为这句朗朗上口的戏谑唱词，讽刺当时唯美主义运动颓废做作脱离现实。原文此处引用该句歌词，大写每个词首字母，在视觉上可突显一词一顿的节奏感。

16　　硫黄 (brimstone)：指这种化学物质，也指这种颜色，引申指暴躁或激情；同时也常用以代指地狱审判，参《圣经·创世记》第 19 章第 24 节："当时，耶和华将硫黄与火，从天上耶和华那里，降与索多玛和蛾摩拉。"

17　　指本杰明·迪斯雷利 (Benjamin Disraeli, 1804—1881)：英国保守党政治家、作家和贵族，曾两次担任首相，政绩斐然，广为英国人熟知爱戴。他是英国历史上唯一一位犹太裔英国首相，但在信仰上，年少时已随父脱离犹太教并受洗加入了新教圣公宗。为纪念其逝世，英民众将其去世日 4 月 19 日命名为"报春花日"(Primrose Day)，以其生前最爱此花故。

18　黄犹太星（Yellow Star）：字面意"黄星"，指纳粹德国统治期间，在纳粹影响下的欧洲各国犹太人被逼佩戴的识别徽记最常见一种。其形状六芒，象征"大卫之星"，代表犹太人。中古世纪欧洲，就曾盛行各种法规限定特殊族群必须穿着特定服饰，或佩戴特定徽记，尤其针对犹太人曾有过各种规定，比如下文提到的黄帽子。

19　犹太区、贫民窟（ghetto）：原文一词两义。

20　黄色在中世纪早期曾被认为是代表圣洁的颜色，至中后期逐渐转为负面颜色，象征虚谎、背叛，以至嫉妒、淫乱等各种罪恶，在绘画中也会体现出来，比如刻意将犹大的衣服画为黄色。尤其在西班牙宗教审判所时期，被判为异端的罪犯和行刑者按规定都要穿黄色衣服，被画出来自然也是黄色。

21　黄瘟疫十字架（Yellow plague cross）：此处可能指将标记瘟疫患者隔离居住的十字符号，或纪念瘟疫死者的十字架，染成黄色以示歧视，但历史上并无此类显著事件或传统；或可能单纯字面意思，即黄色的瘟疫十字架；或也有可能本欲表述"黄瘟疫"十字架，黄瘟疫指664年在不列颠群岛暴发的黄热病瘟疫（Plague of 664），但历史上并无某个专门纪念此事的显著十字架资料可查。

22　瘟疫旗（plague flag）：又称"隔离旗"，大多是纯黄色或黄黑格相间，在旧时各种海事旗语信号中，一般表示"我船发现传染病，正在隔离中"。在今天相对较统一的国际海事信号旗中，纯黄旗表示"我船未经过检疫，请求签发检疫证"。

23　马尾藻海（Sargasso）：位于北大西洋中部，因海面漂浮大量马尾藻得名。马尾藻海是世界上唯一没有海岸线的海，严格来说，它只是被几条主要洋流围出的一个特定区域。马尾藻是一种褐藻，一般色泛黄绿。

24　破尿包（bladder-wrack）：学名墨角藻（*Fucus vesiculosus*），一种褐藻，一般色泛黄绿。

25 画舫（barge）：原文"驳船"，形容中国古代皇帝出游时乘坐的造型扁平的"龙舟"。

26 《晨之印象》（"Impression du Matin"）：王尔德模仿法国印象派绘画风格创作的诗歌，此处引文分行未按原诗格式。

27 愚人黄（fool's yellow）：戏指"愚人金"（fool's gold），即黄铁矿（pyrite），其色淡金褐，易误以为金。

28 黄沉默（yellow silence）：戏指俗谚"沉默是金"（silence is gold）。

29 布里斯托尔（Bristol）：英格兰西南名城。

30 此处原文语法如此，语焉不详，可能本欲指农人正在修剪玉米枝。

31 金丝布丁（canary pudding）：传统英式布丁，色金黄，较一般布丁而言特色在于额外加入了柠檬。

32 人类眼睛中用来感知颜色的视锥细胞只有三种：红、绿、蓝。

33 黄怂（yellow streak）：字面意"黄纹"，英式英语俗语，指人性格偶尔怯懦。

34 士麦那（Smyrna）：希腊古城，今为土耳其伊兹密尔。

35 属巴比伦的黄（The yellow of Babylon）：戏指铅黄（铅锡黄）的当代俗名"属古代大师的黄"（Yellow of the Old Masters），参下注。

36 铅黄（giallorino）：意大利文，指十三至十八世纪一种重要的黄颜料，英文今称铅锡黄（lead-tin-yellow）。此颜料后被那不勒斯黄取代，后者盛行于十八世纪初至十九世纪中叶，十九世纪后又渐被铬黄、镉黄、钴黄等取代。

37　此处原文可能与雌黄混淆。雌黄主要产生于低温热液矿床和硫质火山喷气孔；而锑铅黄（那不勒斯黄）和铅锡黄主要依靠化工合成。

38　燕草（celandine）：学名白屈菜（*Chelidonium*），花黄。

39　黄云叠（clouded yellow）：学名红点豆粉蝶（*Colias croceus*）。

40　此段为华兹华斯（William Wordsworth，1770—1850）诗歌《我孤独漫游像一朵云》（"I Wandered Lonely as a Cloud"）前四行；此处原文按散文体排版。

41　金枝花（Golden rod）：学名一枝黄花（*Solidago decurrens*），俗称酒金花、铁金拐、金柴胡等。

Orange Tip 橙 尖 [1]

"橙子和柠檬，丧钟唱响圣克莱蒙，

我欠你五块钱，丧钟唱响圣马田……"[2]

黄跳进红处泛起涟漪呈橙。

橙是乐观。温暖而友好——弥漫番红花色的落日。

温补暖心的橙是佛僧与基督教忏悔者[3]之色。它是成熟之色。

金盏菊摆在墨西哥亡灵节的祭祖坛上。一个喜乐的"纪念日"[4]。

橙是富足之色。它使人愉悦，并且光耀启蒙。透纳[5]在他的天空中留下铬橙的痕迹。

橙是新丁。镉橙和铬橙发现于十九世纪早期。

抹大拉的马利亚[6]梳理她一头橙发。木星之朱庇特身着层叠橙袍观看。橙毛猩[7]飞梭穿行于柑橘园，追逐着橙尖蝶。蝶螈[8]没入硫黄地狱般的火山，在比奥兰治自由邦[9]更远的某个那边。

先有什么？

名字还是水果？

纳兰伽[10]，萨法兰[11]者番红也。橙的西班牙名曾叫作柠檬柑。[12]

塞维利亚橙[13]，苦味入酱，要买的话就得赶在一月份稍纵即逝的那几个礼拜。

雅法、新奇士、奥特斯班[14]来自更温暖的气候。

橘子[15]把它的名字给了一种色。萨摩[16]和克莱门汀[17]却没给。

橙是维生素C来源之一。胡萝卜则富含维生素D。由暗造光。轰炸机飞行员，在突袭飞行前会吃一些。[18]

番红花和姜黄这些香料都是橙色。番红花来自中东，中世纪时被装在中空银拐杖里走私到这儿来，种在番红瓦尔登[19]。其雄蕊收集起来用以制作番红花复活节蛋糕。欲体会橙之温暖，就凝视一朵番红花，其雄蕊在紫花瓣捧覆中闪闪发亮。

　　橙太明亮而难称优雅。它让白皙皮肤都显蓝，让那些肤色本带些橙调的变更白，又给那些本带些黄调的蒙一层绿。

　　　　　　　　　　　　　　　　（谢弗勒尔）

1　橙尖（Orange Tip）：指红襟粉蝶（*Anthocharis cardamines*），其雄性前翅端呈橙色。

2　这几句歌词出自英国传统儿歌《橙子和柠檬》（"Oranges and Lemons"），歌词以无厘头内容押韵的方式提到英国多处教堂名。该儿歌用于一项英国传统多人游戏，游戏须由两人相对合掌形成拱廊，大家一起唱歌，其余玩家反复钻过拱廊，直到最后一句最后一个词，拱廊手臂落下框住的玩家接受某种约定好的惩罚。

3　基督教忏悔者（Christian confessor）：该词狭义特指精修圣人（Confessor of the Faith，字面意"宣认信仰者"），即天主教认为遭迫害折磨但并未致死的圣人，后也泛指修会等宗教团体的领袖，或任何忏悔罪恶宣认基督信仰者。

4　纪念日（Day of Remembrance）：原文大写首字母强调专名，具体所指语焉不详。

5　指约瑟夫·马洛德·威廉·透纳（Joseph Mallord William Turner，1775—1851），英国浪漫主义风景画家、水彩画家和版画家。

6　抹大拉的马利亚（Mary Magdalene）：耶稣在地上传福音时的一位著名信徒，在古典绘画作品中通常被处理为橙色长发形象。

7　橙毛猩（orang-utan）：学名猩猩属（*Pango*），一般译为人猿、红毛猩猩。其英文名源于当地语言字面意思"森林人"，但因以拉丁字母转写后视觉效果非常接近"橙……"（orange…），加之毛色多偏橙红，故常被误会；此处原文采用了突显这一可能误会的拼写方式。

8　蝾螈（Salamander）：学名"有尾目"（*Urodela*），可引申指不畏炮火的士兵。

9　奥兰治自由邦（Orange Free State）：原非洲南部一独立国家，后成为南非一省，曾与英国交战失利而被殖民。"奥兰治"一词字面本义即"橙"。

10　纳兰伽（Naranga）：梵语"橙"一词发音的拉丁转写，通常可指橙子、橙树、橙色等意。

11　萨法兰（*za Faran*）：阿拉伯语"番红花"一词发音的拉丁转写，通常可指这种植物或这种颜色。

12　原文此观点无考，存疑。从词源学角度简单来讲，柠檬（lemon）和橙（orange）都是柑橘属（*citrus*），而此处原文所谓"柑"（citron）可以泛指柑橘属，也可特指香水柠檬（*Citrus medica*，一译枸橼）；随着橙从东南亚逐渐西传进入欧洲，这几个词在西语中某个时期确实有可能发生过混淆。

13　塞维利亚橙，俗称苦橙、酸橙、酱橙，适合做酱，每年大量出口英国制作传统橙酱（marmalade）。塞维利亚位于西班牙，特产苦橙。

14　三者皆知名柑橘水果品牌。雅法（Jaffa）是以色列品牌，位于雅法市；新奇士（Sunkist）是美国品牌；奥特斯班（Outspan）是南非品牌。

15　橘子（tangerine）：该词狭义指原产现摩洛哥丹吉尔的甜橘（*Citrus tangerina*），而非原产中国的橘（Mandarin orange，学名 *Citrus reticulata*），广义则囊括所有橘类水果。

16　萨摩（satsumas）：指温州蜜柑（*Citrus unshiu*），其英文俗称得名于早年借道日本将其引入美国的一位萨摩氏。

17　克莱门汀（clementine）：指克莱门汀红橘（*Citrus × clementina*），俗称贡橘，其英文俗名得自最早发现该物种的法国神父克莱芒·罗迪耶（Clément Rodier）。

18　"二战"时多国夜航飞行员确实都被要求服用各种维生素药剂、糖果，甚至被鼓励多生吃胡萝卜，以增强夜视，但这是因为当时相信胡萝卜中富含的维生素 A 具有此功能，而非维生素 D。

19　番红瓦尔登（Saffron Walden）：一般译萨夫伦沃尔登，英格兰埃塞克斯郡一镇，得名于番红花。

Leonardo

莱昂纳多

……深影环绕，光亮主体相应更显明亮……

（莱昂纳多·达·芬奇《笔记》[1]）

　　我从没对莱昂纳多的绘画感兴趣过。其画风看上去就像儿童电视剧版《纳尼亚传奇》。他的肖像全都盯着你看，有种奇怪的金属感，脸都是要么有点儿太漂亮，要么就有点儿太丑。中世纪雕像那种微笑，强行移植到防弹的《蒙娜丽莎》上——还有半水生的《岩间圣母》[2]。我差点儿就说成了"岩上"，因为你得戴上呼吸管潜到水下，才能好好瞻仰一番她们的惨绿病容。他的金主们也从来谈不上太满意，不是针对作品，而是不满意他言而无信和长期拖延——还有就是他搞实验，搞得《最后的晚餐》[3]在他有生之年就碎裂了。

　　这些画作充其量是他精美绝伦的笔记的一个影儿；莱昂纳多在笔记中写的关于光、影、色的理论别具锐眼，从古至今无出其右者。

莱昂纳多生于 1452 年，其孩提时，据瓦萨里[4]告诉我们说：

> ……其于盾面画一龙，为达绘画极致，寻秋虫、长虫、蝴蝶、蚱蜢、蝙蝠之类活物若干，尽皆置一屋内，据其众形绘得一巨大丑怪造物……

莱昂纳多审视自然世界的好奇心是他的天赋。他所写的，无一不是他仔细观察过的。

莱昂纳多年轻时，衣品宛冶，形佳荣美，娴于辞令。他有抱负，"学生应当高过先生"[5]，他曾师从韦罗基奥[6]，做学徒五年而去，留师傅步其后尘。

他喜欢手脚不干净的粗野男孩，以之为璞玉，比如萨莱[7]，十五岁就来给他当助手，终生未离开。

莱昂纳多性生活活跃，心态也够开放，能容忍公众怨愤。

米开朗琪罗，莱昂纳多之劲敌，则是那种迷恋直男孩[8]的酷儿——那种自作自受的孤独感，他就以罪恶感和对上帝的爱取而代之。

> ……假如被征服被捆锁我才蒙福，难怪我身赤体露如雁断鸿孤，安息图圄任他把守甲戚链利（双

关他所爱之人托马索·卡瓦列里 [9] 的名字）……

（米开朗琪罗《十四行诗》[10]）

米开朗琪罗的艺术里，女性身体与服用类固醇的举重选手搅打翻炒乱成一锅。肌肉男们则一副因严酷锻炼而精疲力竭的样子。他们被困石料中，打一场不平等亦无止境的逃生战。《最后的审判》[11] 中那幅寝皮食肉的自画像，充满了自我憎恶——那是一段通往自我否定的精神之旅，苦大仇深，也是人类最伟大的杰作之一。

另一方面，莱昂纳多的生活则是种侍臣生活。艺术大家，取悦大家也取悦于大家。他取利于自己的天赋，经年累月又长出了一把父权大家长那种大胡子，看上去跟尼普顿 [12] 一模一样。毛发如旋涡般盘绕脸庞，看起来就像他笔下描绘的那些大水。

其笔记弃绝传统观念、旧方法而追求直观，直接观察透视、色彩、光影、绘画艺术、建筑、军防工事、飞行……一大堆主题。

他隽语精粹，遥相呼应二十世纪哲学家维特根斯坦：

> 反光体的颜色受发光体的颜色影响……
>
> 阴影总是受其投射表面的颜色影响……
>
> 镜子里的成像受镜子的颜色影响……

没有任何黑或白是透明的……

此前的观察从未如此敏锐。

莱昂纳多通过研究光暗，改变了绘画的发展进程。他发明了明暗对照法，在其身后世纪由卡拉瓦乔接手继承。莱昂纳多形容黑暗门道里光照女子的脸庞：

影是光的不足，暗是光的缺席……

明亮背景环绕，光亮主体更显不明……

光愈亮，影愈深……

莱昂纳多是照亮未来的一道光。往昔曾经惧怕清晰洞见，仿佛以光投射众影将使地球踉跄：

既然我们已经知道，色彩的品质是靠着光才得以被认识——因此理当推测，哪里有最多的光，色彩的真实品质就最能在那里被看见。

在他页边散记中我们寻得来自往昔的信息：

阿维森纳，就是那个坚称是灵魂将肢体赋予灵魂，一如肢体将之赋予肢体……[13]

罗杰·培根，他也提到了，还提到阿尔伯图斯·马格努斯[14]。

莱昂纳多摈斥炼金术士，"伪夫子者众，其解释自然，竟称水银为金铁之种"——炼金术导致巫术。这个更糟糕。

日记条目，1530年3月2日礼拜六：

我在新圣母[15]取款5金元[16]，余额450，偿还此前从萨莱借款2金元……

另一条：

付给萨莱53里拉6索第，其中我有67里拉。余26里拉6索第……[17]

用这笔钱[18]他买了：

绳子两打。纸。鞋一双。丝绒。剑一柄及小刀一把。他给保罗[19]20，算命又付了6……[20]

事实证明莱昂纳多与助手的关系相处成功，因为他在遗嘱里留给萨莱一栋房子和一座果园。

酷儿时刻：我曾写过一系列文艺复兴喜剧。短片。《蓬托尔莫未完成的杰作》[21]、《米开朗琪罗的奴隶》，以及《蒙娜丽莎脸上的微笑》。

一名佛罗伦萨银行家委托莱昂纳多为他妻子画幅肖像——他妻子话痨得够呛。莱昂纳多完成了肖像，只是还没画她那张嚼不完舌根的碎嘴。这个确实就连大师也力所不逮，因为她就是有讲不完的话。莱昂纳多正苦恼于要见她最后一次面了，结果走进来一位英俊男孩，说他家太太受凉了。莱昂纳多惊喜非常，让男孩坐下，把男孩的微笑画到肖像上，画完之后还给了男孩一个吻。

可怜的《蒙娜丽莎》已褪了色，被时间榨干了色。然而栖身所有绘画之中，它达成了不可能。你闭上眼也能看见她。瓦萨里描述这幅画：

> 眼含水润光泽，活灵活现。其周围笔触泛红。睫毛之呈现，非精工至极而不可得。鼻孔娇美，粉嫩温柔，鼻部栩栩如生。嘴分两片之际，联于红唇微抿，一道化入脸部色调，肌肤鲜活不似着色而似真实肉体。

1976年，我与朋克公主、"性"[22]店助理乔丹[23]一道，前往戛纳电影节参加我电影《禧年》的首映，上午空档就去卢浮宫一探。乔丹就是那个时代的灵魂。摄影师抢着拍她；她出现在《时尚》杂志封面。她金发冲天，似新穗光环，又似参差玻璃王冠。她的新妆，白脸，一只红眼，配一条蒙德里安式的黑线，世界闻名。当天她穿一件马海毛针织衫，胸口印着几个高调大字：**维纳斯**。她穿短到不能再短的白蕾丝迷你裙，酸绿紧身连裤袜和很高的细高跟鞋，看上去就像年轻时的维多利亚 24。

我们穿过错愕的检票员们，寻获了"米洛的维纳斯"25。我就地拍了部片子，拍那些大巴车拉来的旅行团轮番与她合影状……

每个女人为她自己而一切为艺术！ 26

我的拍摄被打断缩短了；一位积极的警卫来势汹汹，举手按住了镜头。我们逃往"大厅"27 寻见了《蒙娜丽莎》。一路上游客指指点点交头接耳，鬼鬼祟祟偷拍照片——之后发生的事令人难以置信，偌大的美术馆里，游客忘乎自己，生命变得比艺术更重要了。一群群日本人背向《蒙娜丽莎》，相机全部对准乔丹。隐藏摄像机录下这一切，警卫监控，突然美术馆墙壁分开，我们被捕并扭送进秘密电梯，嗖一声下到地库，愤怒的馆长以"扰乱审美环境"为由将我们驱逐出馆——但我还争辩说这位女士才是举世闻名之最，甚至比《蒙娜丽莎》更有名。他们耸耸肩，我们被押送出门。

1　《笔记》(*Notebooks*)：达·芬奇身后留下大量笔记手稿，分散各处，内容涉猎广博，由后世学者整理集结出版。

2　《岩间圣母》(*Virgin of the Rocks*)：达·芬奇代表作之一，现藏于卢浮宫。此处"半水生"(sub-aquatic)一词既指植物学上半陆生半水生概念，又可指"水下"，一语双关，故后文略有相应增译。

3　《最后的晚餐》(*The Last Supper*)：达·芬奇代表作之一，在米兰天主教恩宠圣母的多明我会院食堂墙壁上绘制，现亦藏于此。据载达·芬奇当时发明了一种油彩与蛋彩的混合颜料，而未使用中世纪时期广被运用的湿壁画颜料。因颜料中的有机物成分，且达·芬奇采用薄涂方式绘画，导致该作在绘成后几十年内就因湿气而开始严重剥落。

4　指乔治·瓦萨里(Giorgio Vasari, 1511—1574)，意大利画家、建筑师，以传记《艺苑名人传》留名后世，为艺术史作品的出版先驱。

5　达·芬奇在笔记中论及自己的数学造诣已超过导师时，概括了这样一句话，也代表了他整体的进步观点。另参《圣经·路加福音》第6章第40节："学生不能高过先生；凡学成了的不过和先生一样。"

6　指安德烈亚·德尔·韦罗基奥(Andrea del Verrocchio, 1435—1488)，意大利画家、雕塑家。

7　指吉安·贾科莫·卡普罗蒂·达奥伦诺(Gian Giacomo Caprotti da Oreno, 1480—1524)，笔名安德烈亚·萨莱(Andrea Salai)，意大利画家，十岁随达芬奇学徒，后成为助手，一般被描述成达·芬奇的终身仆人和男性爱侣。

8　直男孩(straight boys)：此处"直"指拥有异性恋性取向者，是相对于前文提到过的"弯"(同性性取向)这个说法而言。

9　即托马索·德·卡瓦列里(Tommaso de' Cavalieri, 1509—1587)，意大利

贵族、米开朗琪罗的男性爱侣。

10 此处引用的是米开朗琪罗众多十四行诗其中一首末节，参《米开朗琪罗诗全集》302 首版本中第 98 首。此处原文引用了西蒙兹（John Addington Symonds）韵体英译本，但额外添加括号内容，注释此英译文中完全未呈现出的意大利原文双关。此处汉译主要基于意大利原文，与引译略有出入。

11 《最后的审判》（*The Last Judgement*）：米开朗琪罗代表作，为梵蒂冈西斯廷小堂绘制的一幅巨型祭坛画。画面中央耶稣基督右下方是使徒巴多罗买手中拎着一整张人皮，五官却为米开朗琪罗。据天主教传统，一般认为巴多罗买殉道时被活剥皮。

12 尼普顿（Neptune）：罗马神话中的水神，对应于希腊神话中的波塞冬。

13 达芬奇原话"阿维森纳坚称灵生灵、体生体、众肢按等各生其类……"（Avicenna vole che l'anima partorisca l'anima, e 'l corpo il corpo, e ogni membro per rata…）。此处贾曼引用英译版本不明，较之原文增加了一处"就是那个"的结构，且因将第二分句中"生命"（birth）一词误写为"肢体"（body）而彻底改变原句语义并致语焉不详，应为笔误。

14 阿尔伯图斯·马格努斯（Albertus Magnus，约 1200—1280），即大阿尔伯特，中世纪重要哲学家、神学家。

15 指新圣母大殿（Basilica di Santa Maria Novella），意大利佛罗伦萨的一座罗马天主教圣堂。简言之文艺复兴时期欧洲有教会提供类似银行业务，而达·芬奇存款在此。

16 金元（gold ducats）：原文"金杜卡特"，是欧洲从中世纪后期至二十世纪期间一种广泛流通的跨国货币。在达·芬奇的时代，1 金杜卡特约可换 7 里拉，1 里拉固定等于 20 索第；当时的师傅一般每日付给学徒约 10 索第作为工价，基本可以算是每日最低生活消费标准。

17　达·芬奇原话为"付给萨莱 93 里拉 6 索第，已付 67 里拉，尚欠 26 里拉 6 索第。"（Detti a Salai lire 93 S 6; ò ne avuti lire 67, resta dare 26 S 6.）此处原文引用译本不详，语法略有不通，表达略有不确，并将"93 里拉 6 索第"误作"53 里拉 6 索第"，应为笔误。

18　此处贾曼误将上下两条原本不相干的日记条目混为一谈。

19　可能指保罗·达尔·波佐·托斯卡内利（Paolo dal Pozzo Toscanelli，1397—1482），文艺复兴时期欧罗萨数学家。

20　此处达·芬奇原话"付给保罗用以购买一……20 索第 / 算命 6 索第"（a Paolo per una... S 20 / per dire la uentura S 6）。此处原文转引随意，译本不详，语法略有不通，表达略有不确，可能是引用里希特（Jean Paul Richter）英文译本，因该译本此处将"算命 6 索第"误译为"给他（指保罗）算命 6 索第"。

21　《蓬托尔莫未完成的杰作》（*Pontormo's Unfinished Masterpiece*）：此剧本与后文提及的另外两剧本终未成片。参《德里克·贾曼传》第 547 页（第 21 章尾注 25）。

22　"性"（Sex）：伦敦著名朋克精品时装店"世界末日"（World's End）曾用名。

23　指《禧年》女主角，本名帕梅拉·鲁克（Pamela Rooke，1955— ）。

24　维多利亚（Victoria）：常见女子名。这里应该是指维多利亚女王（Queen Victoria，1819—1901）。

25　米洛的维纳斯（Venus de Milo）：即断臂维纳斯，著名古希腊雕像，现藏卢浮宫。

26　《每个女人为她自己而一切为艺术》（*Every Woman for Herself and All for*

Art）：贾曼 1977 年拍的一部黑白纪录短片，乔丹主演，影片内容即此处上下文所描述情景；此处原文全部字母正体大写强调。

27   大厅（Grande Salle）：严格来讲，《蒙娜丽莎》藏于卢浮宫"大画廊"（Grande Galaria）的"蒙娜丽莎厅"（Salle de la Joconde），而此处原文大写专名，字面默认当指拿破仑三世套房"大餐厅"（Grande Salle à manger），应为笔误。

Into the Blue   入　蓝

蓝光。一种鬼魅光谱光[1]。莱妮[2]的满月落入高白云山[3]群峰之间的水晶洞中。村民们拉下窗帘抵挡这蓝。蓝带来夜。当蓝月从西边出来的时候[4]……

塔西佗[5]告诉我们有支鬼魅文身军，皮克特裔不列颠人[6]赤身涂满属埃塞俄比亚之色——天苍苍[7]。深蓝，而非颜料管里那种锐蓝。

大阿特拉斯山[8]的蓝人们[9]，染上了从衣装上渗出的靛蓝。

蓝的空间和处所。蓝尼罗[10]，蓝岩洞[11]。洞开小口五尺高，洞外光通过水下折射照进来，映亮内中宽阔空穴。摆渡人唱《我的太阳》[12]。安静的魔法被打破。

海特亨《夜晚基督降生》中黑蓝的忧伤。贞洁蓝袍倒映蓝天，被黑吞噬。

带炮铜灰的蓝。铜币的典雅古锈。濒临绿缘的青铜锈。埃及蓝，一种清白青涩的色，属清真寺的蓝。这是釉之蓝。

1972 年，我工作室每面墙上都挂着蓝披风[13]。人人都喜欢，但就是没人买！

贵族蓝血[14]却是宝石红。

蓝撒谎。

蓝尾蝇[15]穿蓝麂皮鞋[16]飞舞蓝调。

天蓝豆娘，虹彩斑斓，拂过蓝潟湖。

蓝佛在乐界微笑。

深蓝绣金。

青金石内有金斑。

蓝金永结。

金蓝永结同心。

佛坐蓝莲花上，下撑两头蓝象。

日本的各种蓝。工作服，房舍屋顶之蓝。

法国的蓝工作服。英格兰的蓝工装裤，还有征服世界的蓝李维斯[17]。

嘉德罩袍[18]之皇家蓝。深钴蓝。

蓝之大师——法国画家伊夫·克莱因。再没有哪位画家如此听令于蓝，不过塞尚[19]倒也比大多数画家画过更多的蓝。

蓝就是蓝。

蓝比黄更火辣。

蓝是冷。

冰冷蓝。

库拉索 [20] 加冰。

地球是蓝。

童贞女的斗篷是明亮的天蓝。

这是活的蓝。

神性之蓝。

蓝电影。

蓝语言。

蓝胡子 [21]。

塞尚说:"蓝赋予了其他色彩情感震颤。"**真蓝**。

我此时正穿着一件日本工人外套写这些字,褪色的靛蓝粗亚麻布。靛蓝是属衣服之色。钴属玻璃。天青属画。靛蓝,印地蓝 [22],来自印度,提炼自大青 [23] 和槐蓝 [24]。马可·波罗曾提及俱兰 [25] 的染色工序。

植株连根拔起,置于水盆中直至腐烂。压汁蒸干，取所余糨糊切成小块出售。

靛蓝传入欧洲，引发赫然惊恐。大青于 1577 年在德国受尽威胁。法律明文禁止使用"此种新发明染料，险恶阴毒、欺世罔俗、腐烂侵蚀，可谓魔鬼的染料"。法国则要求染匠发誓绝不使用靛蓝。靛蓝受困于立法藩篱两世纪。

大青——盎格鲁-撒克逊语：大团 [26]。
木樨黄而大青蓝。
林肯绿 [27] 们与迎客蓝调 [28]。

最早的人造蓝来自俄罗斯，发明于十八世纪初。[29]
费奇诺在柏拉图学院为洛伦佐写道：

> 吾侪奉献苍青以祀朱庇特
> 青金石曾得蒙此色
> 盖其朱庇特之权能可御
> **萨图恩之黑胆液故。**

其于众彩之中自有独到之处。

阁下正在绘制的一组壁挂宇宙小版图，应当上色。用苍青来为这世界的诸天着色。如此不仅观之悦目，而且反映心中，对灵魂也有益。阁下可考虑于贵府内室安排一小房间，以阁下绘制的这些形形色色来装饰。

（费奇诺，前引 [30]）

朝顔や

一輪深き

淵の色。

啊！盛开着的

牵牛花

属蓝的深池。

（与谢芜村 [31]）

牵牛花之于日本人，相当于英格兰人的蔷薇，或荷兰人的郁金香——深蓝，于黎明盛放，于日光下凋零。日本人睡在蓝蚊帐里，以给人平安凉爽的错觉 [32]。

一些旧的，

一些新的，

一些借的，

一些蓝的……[33]

你对男孩说睁眼[34]

当他睁眼看见光

你使他呼号。说

噢"蓝"[35]啊，前来吧

噢"蓝"啊，兴起吧

噢"蓝"啊，升天吧

噢"蓝"啊，进来吧。[36]

我和几位朋友坐在这家咖啡馆喝咖啡，来自波斯尼亚[37]的年轻难民服侍[38]我们。战火纷飞，盛怒肆虐新闻报纸，也穿透萨拉热窝颓败的街道。

塔妮娅[39]说："你衣服都前后里外彻底穿反了。"因为当时只有我俩，我当下立即全脱了重新穿好。这儿总是门都还没开我就已经来了。

我何需如此多域外新闻，既然一切生死交关之事都是在我里面做工？

我走下道牙子，一个骑车的差点把我撞翻。[40]自黑暗中飞来，他几乎把我头发撞个中分。

我踏入一种忧蓝的惊恐沮丧。

圣巴多罗买医院这位医生，以为他能查出我的视网膜病灶——瞳孔滴了美女草放大——电筒强光刺眼致盲。

看左

看下

看上

看右。

蓝在我眼中闪烁。

蓝 丽 蝇 嗡 嗡 吟 [41]

慵懒日子

天蓝蝴蝶

摇曳于矢车菊上

迷失于温暖

属蓝热雾霭

唱着蓝调

安静而缓慢

蓝属我心

蓝属我梦

缓慢蓝爱

属翠雀 [42] 日子。 [43]

蓝是普世宇宙爱，人沐浴其中——蓝就是人间天堂。[44]

我沿海滩散步，在狂风呼号中——

又是一年过去

在众水滚滚中

我听见亡友们的声音

爱是生命永续长存。

我心回忆转向你们

大卫。霍华德。格雷厄姆。特里。保罗……[45]

但若万一此间当下

即为世界最后一晚，会怎样？

在落日中你们的爱凋零

在月光中死去

复活未遂

被拒认三次，在鸡叫以先[46]

于黎明第一缕光。

看左

看下

看上

看右。[47]

闪光灯

原子亮

照片

巨细胞病毒——先是一轮绿月，然后世界转为品红。

我的视网膜

是颗遥远的行星

是颗红火星

见于《男孩专属》[48]漫画

伴随黄热感染

正在眼角云涌。

我说这看着像颗行星

医生说——"喔，我觉得

看着像张比萨。"

这病最糟糕的就在于不确定性。

每一天每个小时，我都在脑中排一遍这个脚本，反反
复复六年。

蓝超越人类极限之肃穆山海。

我在家，百叶窗关着

HB[49]从纽卡斯尔回来了

但又出去了——洗衣

机在咆哮

冰箱在化霜

这些是他最喜欢的声音。

给到我的有两个选择，要么当个住院病人，要么每天来扎两回点滴。我的视力永远回不来了。

视网膜毁了，尽管出血停止时我所剩无几的视力或有改善。我不得不与失明妥协。

若我失去一半视力，我视野会否减半？

病毒悍然肆虐。如今我的朋友非死即将。病若蓝霜，将他们虏获。在工作中，在影院里，在游行中，在海滩上。在教堂里跪地祷告时，在奔跑时，飞得静默时[50]或呼喊抗议时。

刚开始是盗汗和前列腺肿胀。然后是黑癌斑漫布脸庞——他们拼了命呼吸，而肺结核和肺炎则狠狠敲打他们的肺，还有弓形虫在猛攻大脑。反射紊乱了——汗如雨下，浸透头发蓬乱如藤蔓纠缠在热带森林中。声音含糊了——然后永远丧失了。我执笔追写这个故事，纸页飘摇，辗转反侧于暴风雨中。

感性之血是蓝。

我奉献自己

以找寻其最完美的表达。

一夜过去我视力更糟了一些。

HB献血给我。

能杀一切，他说。

二羟苯甘[51]点滴

嘤鸣似金丝雀。

一团阴影笼罩我，HB出现又消失。我右眼外围视力
已失。

我伸出双手，慢慢分开两边。某一刻，双手就从我双
眼眼角消失。我以前本来能看到那么多。而今如果我重复
这个动作，只能看到这么多了。

我打不赢这场抗击病毒的仗——尽管各种标语说比
如"艾生活恒久忍耐"[52]。这病毒如同火中栗，最后妥妥
得利的倒是健康人——所以我们不得不艾生活恒久忍耐，
他们却为伊萨卡的扑灯蛾[53]织棉被铺床单，在酒暗海[54]的
另一边。

意识因此更警惕，但有些别的什么已失去。一种现实
淹没了在戏剧里的感观。

思考着盲，成为着盲。

医院安静如墓。护士拼命想在我右臂找根静脉。我们试了五次然后放弃。如果有人拿针扎你手臂你会晕吗？我已经习惯——但我还是闭了眼。

释迦牟尼教导我置疾病于身外。可他没打过点滴。[55]

宿命最为强悍

宿 命 定 命 致 命 [56]

我要自己顺从宿命

盲目的宿命

点滴刺痛

一坨肿块肿起在我手臂

点滴滴出

一股电火花点燃我手臂。

我身上打着点滴呢我如何置身事外？

我将如何置此于身外？

我以许多人声回响填满这间屋

他们曾在此消磨时光

风干久已的漆蓝锁不住的声响

阳光涌进来淹没这间空屋

我唤它作我屋

我屋已迎来过许多夏

拥抱欢笑与泪花

它能以你的笑填满自己吗

每个词都是一束太阳

荡漾一瞥光亮

这是"我屋"之歌。[57]

蓝伸懒腰，打哈欠，醒来。[58]

今早报上有张照片，是难民离开波斯尼亚。他们看起来不合时宜。农妇们戴大头巾穿黑长裙，仿佛从一个更古老的欧洲踱步而来，跃然纸上。其中一位已失丧了三个孩子。

闪电映透医院窗——门口有位老妇等雨停。我问她愿否搭车，可送她一程；我已招来一辆出租。"能载我去霍尔本地铁站吗？"路上她忍不住泪流满面。她来自爱丁堡。儿子住院——得了脑膜炎，双腿都已废了——她眼泪流而我无能为助。我看不见她。只听见她啜泣的声音。

一个人能认识整个世界

不需动身域外

不需望向窗外

一个人能看见天堂之道

走得越远

懂得越少。[59]

"像"[60] 之群魔殿[61] 中

我献给你们这宇宙之"蓝"

蓝，一扇开往灵魂的门

一种无尽的可能性

成为有形。

这儿我又来了，等候室。所谓人间地狱，就是间等候室。在这儿你知道你不由自己控制，只待你的名字被呼召："712213。"在这儿你没名字，保密就是无名。666[62] 在哪儿？我正坐在他／她对面吗？也许 666 是个疯女人，正不停调着电视频道。

我看见什么

穿过良心的大门

激进分子们入侵着主日弥撒

在主教座堂

某位史诗般的沙皇伊凡[63] 痛斥着

莫斯科大牧首[64]

月饼脸[65] 男孩一边吐口水一边反复

在胸口画十字 —— 他屈膝礼拜

天城珠门 [66] 会否当着

虔诚的脸面前砰然关闭。

那疯女人在讨论针头 —— 这儿总有人讨论针头。她脖子上插了根线。

我们如何被人觉知，如若我们确实有被任何人觉知？大体而言，我们是不可见的。

如若"知觉诸门"得以洗净，一切将以其所是而得以视。

犬吠，一支驼队经过。

马可·波罗无意间发现蓝山。

马可·波罗驻足，坐在奥克苏斯河旁一尊青金宝座上，伺候他的人，是亚历山大大帝的后裔。驼队莅止，蓝帆布随风飘扬。蓝民飘洋过海而来 —— 天青 —— 来这里是为收集金斑青石。

通往"生命水" [67] 之城的路，由一座以水晶与镜子建成的迷宫守卫，阳光下炫目得可怕。镜子反射出你每一次背叛，将之放大并促你疯狂。 [68]

蓝步入迷宫。对所有访问者都要求绝对安静，这样他们的存在才不会打扰指挥采掘的诗人们。挖掘只能在最祥和的日子进行，因为风雨会破坏出土。

声音之考古，方才趋完美，词汇之系统编目，日前得以兴办，也是瞎抓而起。蓝曾拭目守望，似只言片语，以炳焕星火物化成形，又似火之诗，以其自身反射灿烂光耀，将一切投入黑暗。

年轻时我曾为皇家国立盲人学会在电台上做圣诞捐款呼吁，搭档是亲爱的庞奇小姐[69]，七十岁了，每天早晨骑着她的哈雷摩托车驾到。

她总令我们保持全神贯注。她是一名园艺师，这工作容她一月里空闲。皮衣女子庞奇小姐是我遇到的第一位出柜铁T[70]。我很害怕自己的性向，讳莫如深柜，而她则是我的希望。"上车，咱去兜个风。"她看起来像埃迪特·皮雅芙[71]，一只小麻雀，俏皮地歪戴贝雷帽。年复一年，老妹妹们来来去去，伴在她身边的，都服她是大姐大。

今日报纸内容。四分之三的艾滋病机构并没有提供更安全的性行为资讯。某区说自己社区内没有酷儿，但你可以去另某区试试看——他们那儿有家剧院。[72]

我目力不济似已围拢收敛。今早医院甚至更加安静。细语。我六神不安。我感到挫败。我神志八面莹澈，但肢体却在分崩离析——我像一颗光秃秃的灯泡，在一间黑暗颓败的屋里赤裸裸地亮。这儿空气里弥漫着死亡，但我们避之不谈。但我知道这寂静会被丧魂失魄的访客们尖叫打破："救命啊姊妹[73]！救命啊护士!"随后脚步声沿走廊飞奔而过。继而寂静。

蓝佑白不染天真

蓝曳黑与之为伍

蓝乃暗受造可见

越过群山就是朝拜丽达[74]的圣地，所有人都在山穷水尽处呼求。丽达是"绝望者的圣人"[75]。她主保所有束手无策之人，以及困囿于这个世界诸般事实[76]之人。这些事实，超脱于因由外，设网罗将"蓝眼宠儿"[77]陷于一个属非现实的体系。所有这些欺哄行骗的模糊事实，会否在他咽气时瓦解？因为习惯于相信"像"，一种绝对的价值理念，他的世界早已忘却了真髓诫命：不可为自己创造偶像[78]，尽管你知道任务就是填满空页。打从你心底祈祷吧：摆脱像，得释放。

时间，就是那阻止光抵达我们的。[79]

像，是一座灵魂的牢笼，你的遗传，你的教育，你的恶习与抱负，你的本色，你的精神世界。

我已在天空背后行走。

你在寻找什么？

极乐深不可测的蓝。

要成为虚空的宇航员，就要离开舒适的家宅，因为它以安逸囚禁你。记住，将然与已然，皆非永恒——战斗吧，与那引发了开始、中间和结束的恐惧战斗。

对"蓝"而言，并无任何界限或解决。

我朋友们如何渡过了钴蓝河[80]，拿什么付给了摆渡人？当他们在这片黳黑天空下，动身前往那靛蓝海岸——有些人死于回眸一望[81]，永远驻足。他们曾否看见**死**[82]，乘着地狱犬拉的暗黑战车，瘀青蓝黑，于光之缺席处滋长黑暗，他们曾否听见号角轰鸣？[83]

大卫从滑铁卢坐火车惊恐地跑回家去，被领回来时筋疲力尽不省人事，当晚就死了。特里语无伦次嘟嘟囔囔，泪流不止。其他人像花儿一样消逝，被"蓝胡子收割者"的大镰刀割下，随着生命之水的消退而焦干了。霍华德慢慢变成石头，日渐僵化，他的神志被囚禁在了一座水泥堡垒中，直至我们能听到的，仅剩他在电话上的呻吟，全球回荡。[84]

我们都曾仔细考虑自杀

我们曾盼望安乐死

我们曾被诓而相信

吗啡消除了痛苦

而非使其具形

就像一部疯狂的迪士尼卡通

自行变身成为

每种你能想象的梦魇。

卡尔 [85] 自杀了——他怎么做到的？我从未问过。像是意外。他究竟是痛饮了氢氰酸，还是开枪射进了自己的眼睛，这重要吗？也许他是从高耸入云的摩天大楼上纵身扎进了街道。

护士介绍植入管 [86]。你自己混合药剂，每天一次自己打点滴。药放在他们给你的一个小冰箱里。

你能想象带着这玩意儿到处旅行吗？金属植入管会在机场触发炸弹探测器，而且我脑中摆脱不了一个画面，就是当我去柏林旅行 [87]，到时候胳肢窝下面夹着个冰箱。[88]

属太阳的无耐心的青年

伴随着许多色彩燃烧

许多梳子扒拉头发

在许多浴室镜子前

瞎鸡巴乱搞着融合与时尚

舞，在翡翠激光束中

龠，在郊区羽绒被上交配

射，飞溅核反应堆

哇，曾是那样一个时代！

点滴滴答读秒，秒秒潺潺源远流长分钟过，分分汇入时时河，年年海，无间无刻无尽洋。

二羟苯甘，这个药我每天都得去医院打两次点滴，副作用有：白细胞数量减少、感染风险增高、血小板数量减少导致出血风险增高、红细胞数量减少（贫血症）、发热、皮疹、肝功能异常、发冷、身体浮肿（水肿症）、感染、全身不适、心律不齐、血压高（高血压症）、血压低（低血压症）、思维或梦境异常、失去平衡（共济失调症）、昏迷、混乱、头晕、头痛、紧张、神经损伤（感觉异常症）、精神错乱、打瞌睡（嗜睡症）、颤抖、恶心、呕吐、没胃口（厌食症）、腹泻、肠胃流血（肠出血症）、腹痛、某一类型白细胞数量增多、低血糖、气短、掉头发（脱发症）、发痒（瘙痒症）、荨麻疹、尿血、肾功能异常、血尿素增高、发红（炎症）、疼痛或发炎（静脉炎症）。

疗程开始前后，都有观察到病患出现视网膜脱落现象。[89] 实验表明，该药导致动物精子产量减少，并可能导致人不孕不育，以及动物先天畸形。[90] 虽无任何人体研究信息证明，但该药应被视为潜在致癌物质，因其用于动物会导致肿瘤。

如果你对以上任何一项副作用有顾虑，或如果你想获取更多信息，请咨询你的医生。

为了用上这个药，你还得签一张纸，以确认你明白所有这些病症都有可能发生。

我真不明白我该怎么办。我打算签。

黑暗来潮

历日流年

你的亲吻熠熠闪耀

似一根火柴在夜里擦亮

闪耀并消亡

我的浅眠支离破碎

吻我吧再一次

吻我

吻我再一次

再一次

永远不够

贪婪的双唇

追风 [91] 的双眼

蓝蓝诸天。

一个男人，坐在轮椅上，头发歪扭，捧着一袋压缩饼干嘎嘎嚼，沉缓谨慎，像一只螳螂祷告 [92]。他讲安养院 [93]，热情激动，时而语无伦次。他说："那里边儿你打算跟谁混，你得慎之又慎，因为根本分不出谁是访客，谁是病人，谁是护工。护工根本没什么可供分辨的特征，除了有一点就是他们都热衷于皮带。那地方儿就像个性虐俱乐部。"这所安养院由慈善机构修建，捐赠者的名字展示给所有人看。

慈善，允许那些本来漠不关心的人有机会显得很关心人，却以恶劣对待那些真正依赖慈善的人。慈善已经变成了一桩大买卖，因为在这些麻木不仁的时代，政府一味诿卸应尽的责任。我们也买这个账，所以那些有权有钱的人，先就把我们翕翻了，现在又来再把我们翕翻，两头捞。我们一直都在被虐待，所以但凡任何人来给我们一点点最微不足道的同情，我们都涌泉相报。

我是个男不唧唧 [94]

逼毛潜水 [95]

喜巨女王 [96]

一副坏脾气

是个爱舔马屁

疯娘炮

狎着私果儿蝇 [97]

透着蕾丝弟

变态异性鬼魔恋

反串目的杂交死。

我是个吸着鸡巴

直来直往的

蕾丝男

爱捏蛋蛋没礼貌

政治立场愣又骚

欲求刚猛性歧视

满脑子乱伦性倒错

满嘴术语不正确

我是个"非基"[98]。

HB 在厨房里

抹头油

他守卫那个空间

抵御我

他管那里叫他的办公室

九点我们出门去医院。

HB 从眼科回来

我的病历在那儿就是糊涂账

他说

那里面好像罗马尼亚[99]

两个电灯泡

严酷冷照

斑驳墙壁

有一盒玩偶

躺在某个角落

脏了吧唧难以描述

医生说

当然咯

孩子们都没看见嘛

没有任何办法

能使那地方生辉。

我双眼刺痛，是眼药水蜇的

感染暂得抑制

闪光灯留下

猩红残像

是我眼里的血管。

牙抖齿瑟二月天

冷得要死

催逼床单

一股严寒刺骨疼

如大理石般冗无止境

我的神志

因药冻成了霜，结冰

片片空雪花漂萍一泊

一举染白着回忆

良心是斗鸡眼狗拿耗子

一叶障目的龙卷风

焚轮扶摇

我该吗？我愿吗？

信笔涂鸦的死亡看守

介意你如何走。

口服二羟苯甘被肝脏吸收，所以他们是倒腾了一下分子结构就能蒙混医药体系了吧。有什么风险吗？假如我不得不因此瞎眼活四十年，我可能会三思。治疗我的病，就像玩碰碰车：音乐，亮光，碰撞，然后你就自己再次投入生活吧。

药片最难对付，有些味苦，其他的又太大。我一天大概要吃三十片，是个行走的化学实验室。我一把一把往嘴里塞，一把一把吞，吞不下去又反上来，一边咳嗽一边往外喷，化了一半。

我的皮肤贴在我身上，好像涅索斯[100]之衫。我脸发炎刺挠，到夜里后背和双腿也是。我辗转反侧，抓痒，无法入眠。我起来，开灯。蹒跚步入浴室。如果我能特别累，也许就会睡得着。电影一幕紧追一幕闪过我脑海。我做梦，偶有个别梦境华丽壮美如泰姬陵。我穿越印度南部，有一位年轻神灵向导相伴——印度，我梦幻童年之地。莫塞尔的桃灰色起居室里的纪念品。姥姥叫莫塞尔，叫丫头，叫梅。是个失了名字的孤儿，本姓鲁边[101]。碧玉猴，象牙细密画，麻将。中华的风与竹。

所有古老禁忌之于
诸血缘与诸血库
贵族蓝血与血海深仇[102]
我们的血与你们的血
我坐这儿——你坐那儿。

我睡了一觉，一架喷气式飞机猛然撞进了一栋公寓楼。机内几乎空无一人，但地上有两百人在睡梦中被烧焦。[103]

地球垂死，而我们不以为意。

一位男青年，孱弱如同来自贝尔森[104]
步履缓缓沿走廊走向某个地方
他一身医院的惨白绿睡衣

262

松垮耷拉

很静

只闻远方咳嗽

我的破眼珠子遮蔽了

从我全视域路过的

这位男青年

这病总在当你开始忘了它存在时

当头给你一闷棍

直接杵后脑勺崩一枪

或许还更轻松

你懂的，你这花的时间可能比

第二次世界大战更长，才进坟墓。

千秋万代退出房间

炸裂成无尽永恒

眼下没有入口出口

无需讣告或最后审判

我们早知时间必将终结

就在明日之后日出瞬间

我们擦了地

也洗好了碗

免得到那日被抓个措手不及。

你也有体验眼里出现白闪光，这些闪光在你视网膜受损后寻常可见。

受损的视网膜已开始剥落，留下数不清的黑悬浮，如一群椋鸟在暮曙微光中盘旋。

我回圣玛丽医院找专家看眼睛。地方没变，但有新来的医务人员。如释重负！因为我今早不用动手术，不用胸口插管。我得努力哄 HB 振作起来，因为他这两周过得可真够呛，在地狱走了一遭 [105]。等候室里，我对面一个小个子男的，灰头土脸不起眼，正为了要赶去萨塞克斯 [106] 的事发愁。他说："我要瞎了，我再也看不了书了。"没过多会儿他拿起张报纸，挣扎折腾了一会儿，又扔回了桌上。我的眼药刺眼，业已不允许我阅读，所以我现在写这些字，是靠滴了美女草之后那一阵雾霭。不起眼的小个儿男，脸色已沉沦成了一出悲剧。他看上去就像让·科克托 [107]，只是少了那份诗人的风雅自负。房间挤满男男女女，各因不同病情，各皆眯缝着眼，暗中觑觎。有的几乎走不动路，每张脸上都是愁苦与愤怒，继而作罢，惨不忍睹。

"让·科克托"摘下眼镜，肘腋四顾，眼神里有种难以形容的卑鄙。他着黑便鞋、蓝袜、灰裤、费尔岛 [108] 毛衣和鱼骨纹外套 [109]。他头顶的墙上糊满了海报，海报上面是无尽的问号：**艾滋病毒／艾滋病？艾滋病？艾滋病毒？**

你是否感染艾滋病毒／艾滋病？艾滋病？艾滋综合征？艾滋病毒？这是一场艰难的等待。眼科专家那台相机，亮光迸裂刺破眼，留下空洞天蓝残像。我第一次看见的真是绿么？残像秒逝。拍照过程中，色彩全都变粉了，光则变橙了。这过程是个折磨，但效果是稳定的视力，值这个价，也对得起我每天都得吃的那十二片药。有时看着这些玩意儿我就犯恶心，想要逃避。一定是因为我和 HB 的这层瓜葛吧，这位电脑爱好者并键盘国王，给我带来了好运，才让我的名字在电脑上被选中参与新药试验。差点忘了说，离开圣玛丽医院时我朝"让·科克托"笑了笑。他回我一个甜美微笑。

我发现自己正在商店橱窗前看鞋。我有想过进去买一双，但又打消了自己这个念头。我此刻脚上这双鞋，应该足够穿到我走完生命的路。

采珠人们

蔚蓝海中

片片深水

冲刷着亡人岛

在诸珊瑚港湾

双耳锥瓶

溅溢

黄金

平静海床另一边

我们躺在那一边

被遗忘之船的鼓满的帆

吹拂

被来自深处的凄厉的风

掀翻

迷失的男孩们

永眠

于一个深情拥抱

咸嘴唇彼此碰到

在诸海底花园

诸冰冷大理石手指

触碰一个古昔微笑

贝壳声

窃窃私语

深爱永随潮汐漂荡

他的气味

好看得要死

年方美夏 [110]

他的蓝牛仔裤

褪至双踝环绕

是我幽灵眼中福乐

吻我吧

在双唇

在双眼

我们的名将被遗忘

于时间

无人将记得我们的作品

我们的生命将如白云过隙无痕

将被挥散就像

薄雾被追撵

被太阳光线

因为我们的时间是个影儿的消逝

我们的生命流动将好似

火星穿过麦茬子。

我放一株翠雀，"蓝"，在你墓上。

1　一种鬼魅光谱光（A spectral light）：此处"光谱"与"鬼魅"原文一语双关。

2　指莱妮·里芬施塔尔（Leni Riefenstahl，1902—2003），德国演员、导演兼电影制作人，以其电影美学与对电影技巧的深刻掌握著称。她于1932年拍摄的电影《蓝光》（Das Blaue Licht）以多洛米蒂山脚下的小镇为背景，提及此地每逢满月升起，月光洒入群山照亮一处水晶洞，蓝色幽光引得小镇年轻人纷纷着迷向往之，却都在攀爬中坠亡，仿佛某种诅咒，因此当地家长都会在满月时关门闭户，不让家里孩子看到那一道神秘蓝光。

3　高白云山（High Dolomites）：即多洛米蒂山高海拔区域。多洛米蒂山属阿尔卑斯山脉的一部分，该山岩层富含白云石（dolomite），该矿物与该山皆得名于法国矿物学家多洛米厄（Déodat Gratet de Dolomieu）。

4　原文为"Once in a blue moon"，英语俗语，形容千载难逢的难得事，字面意"偶逢蓝月时"。

5　塔西佗（Publius Cornelius Tacitus，约55—约120），罗马帝国执政官、雄辩家、元老院元老，著名历史学家、文体家。

6　皮克特裔不列颠人（Pictish Britons）：指苏格兰的一支先住民，罗马人称他们为皮克特人，字面意思就是"涂漆"，指其族人有全身文身传统；凯尔特人则称呼他们为不列颠人，该名称后衍生为今之不列颠。

7　天苍苍（Caeruleus）：拉丁文，指苍蓝或天蓝，字面意"天子"。原文此处特意大写首字母强调专名。这种颜色今天也被称为埃及蓝（Egyptian blue）。

8　大阿特拉斯山（High Atlas）：摩洛哥的山脉，位于该国中部，属于阿特拉斯山脉一部分。

9　蓝人们（blue men）：1910年，撒哈拉图阿雷格部队横穿大阿特拉斯山，试图解放当时被法国占领的卡萨布兰卡。图阿雷格人依传统头蒙蓝巾，肤色常有浸染，被戏称为"蓝民"（Blue Men）；原文此处没有大写各词首字母强调专名。

10　蓝尼罗（Blue Nile）：即青尼罗河，尼罗河两大源流之一。

11　蓝岩洞（Blue Grotto）：又名蓝洞，位于意大利南部卡普里岛的一处海蚀洞，著名观光胜地。

12　《我的太阳》（"O Sole Mio"）：一首近当代十分流行的那不勒斯民谣，意大利船夫多爱为游客演唱。

13　蓝披风（blue capes）：贾曼的一系列艺术作品，以蓝黑颜料（主要为蓝色）在帆布上涂画，裁剪为半圆形披风大小，铺展开来像画一样挂在墙上。参贾曼著《舞动的暗礁》（*Dancing Ledge*）英文版第 105 页。

14　贵族蓝血（Blue blood）："蓝血"在英语中指代贵族，相传是因为贵族皮肤白皙、淋巴透亮，血管看起来像蓝色。此处原文一语双关。

15　蓝尾蝇（blue-tail fly）：可能指丽蝇（*Calliphoridae*）。这几个词是一首美国经典民歌歌名，但原文此处没有大写各词首字母强调专名。

16　蓝麂皮鞋（blue suede shoes）：这几个词是一首美国经典民歌歌名，但原文此处没有大写各词首字母强调专名。

17　李维斯（Levis）：美国著名牛仔裤品牌。准确写法为"Levi's"，意"李维（家）的"，得名于其创始人李维·斯特劳斯（Levi Strauss，1829—1902）。

18　嘉德罩袍（garter robes）：英国骑士荣誉制度中最高一级的嘉德勋章授勋仪式上的传统固定着装。"嘉德"字面意思是吊袜带，其勋章也确实以蓝色吊袜带为标志。

19 指保罗·塞尚（Paul Cézanne，1839—1906），法国印象派画家。

20 库拉索（Curaçao）：加勒比海南部小岛，当地特产一种同名利口酒，色蓝，以酸橙皮制得。

21 蓝胡子（Bluebeard）：法国作家夏尔·佩罗（Charles Perrault，1628—1703）创作的童话形象，同名童话曾收录于《格林童话》初版。

22 印地蓝（Indekan）：拉丁语或更早的古希腊语中"靛蓝"一词发音不规则的拉丁语转写，该词字面意思为"印度染料"，指最早从印度进入欧洲的一种蓝。

23 大青（woad）：学名菘蓝（*Isatis tinctoria*），又名欧洲菘蓝，十字花科植物。

24 槐蓝（*Indigofera tinctoria*）：又名木蓝、马棘，原产印度、中国，豆科植物。

25 俱兰（Coulan）：即今奎隆（Kollam），位于印度西南海岸，中国与阿拉伯地区之间的重要交通中转站，元代称"俱兰"（《元史·外国列传》）。

26 大团（wad）：古英语中菘蓝的俗名，发音与"大青"（woad）接近。该词字面意思在当代英文中有"团块"之义。

27 林肯绿这种颜色主要以菘蓝混合木樨或染料木（*Genista tinctoria*）制成。

28 迎客蓝调（welcoming blues）：此处"蓝调"一词也可能是指复数的蓝色，原文语焉不详。

29 实际上最早的人造蓝是古埃及的埃及蓝（Egyptian blue），一般也被认为是最早的人造颜色。此处原文提到的发明应指 1709 年颜料商迪斯巴赫（Johann Jacob Diesbach）实验调制出的普鲁士蓝（Prussian blue），是近现代著名人造颜色，又称柏林蓝，其英文名与"Russian"拼写接近，或许因此造成讹误。

30   此处原文所引英文译本不详，两段都是对原著对应文句的概括，与原话略有出入，比如当时洛伦佐所绘版图，实非图组而仅一张（fomula mundi）；整体无伤大雅。

31   与谢芜村（1716—1783），日本俳句诗人、画家。此处所引两段原文，上段为日语假名拉丁字母转写，对照下段英文翻译。此处所引英文译本不明，与日语原诗稍有异义。参考译文："牵牛花儿呀／朝颜一朵开深深／渊池之颜色。"

32   此处原文语法如此，似明显笔误，极可能本欲表达"以获得……错觉"。

33   此段四行为英国民谣，源于英国婚庆民俗。传统相信新娘为求婚姻幸福美满，婚礼穿戴一定要有一件旧物、一件新物、一件借来之物、一件蓝物，鞋里还得放个六便士硬币；其中蓝物象征新娘忠贞。

34   此为贾曼电影《蓝》台词念白首句。本章从这里开始直到章末内容基本上是这部电影的念白全文，仅个别细节处略有不同。

35   蓝（Blue）：原文大写首字母强调专名；本章后文多处该词出现在句中时皆有同此强调。

36   此处所用四个动词大致对应耶稣基督降生、复活（从死里兴起）、升天、再临（进入我们），其呼求祈使语气在基督教语境中是显而易见的祷告话语，不过将"主"换为了"蓝"；其于语篇《蓝》所处开篇位置，及其呼求形式，亦易使西方基督教文化背景的读者联想起天主教弥撒的《垂怜咏》。

37   指波斯尼亚和黑塞哥维那，简称波黑，欧洲南部巴尔干半岛西部多山国家，首都萨拉热窝。贾曼创作此书时正值波黑战争。

38　"服侍"一词在广泛的基督教语境中指"因顺服上帝而敬拜上帝并在教会中事奉",亦可特指在天主教弥撒仪式中"充当助祭"。同时,《圣经》常将上帝比作避难所,能庇护难民,这也是一般西方读者耳熟能详的。

39　应指塔妮娅·韦德(Tania Wade),曾任伦敦苏活区著名老牌甜品店"贝尔托饼屋"(Maison Bertaux)经理。

40　电影《蓝》中此处有一句背景话音:"他妈的看着点儿路!"

41　蓝丽蝇嗡嗡吟(Blue Bottle Buzzing):此处原文大写每个词首字母,在原文视觉上刻意强调一词一顿的节奏感并强调头韵。

42　翠雀(delphinium):指翠雀属,汉语也译蓝雀花(《广群芳谱》)。其属之下,于欧洲最常见的一种是飞燕草(*Delphinium ajacis*)。

43　电影《蓝》中此处有一句低声女音:"现在我该怎么办?"

44　电影《蓝》中绝大部分念白是男声,其间穿插一些女声片段,比如此句,在本章《蓝》台词念白内容中,全部特别改为楷体,以示区别(原书未作区别)。

45　原文依次为David、Howard、Graham、Terry、Paul,皆常见男子名,皆贾曼爱人、友人,皆死于艾滋病。其中霍华德并非前文提到的那位摄影师霍华德。

46　参《圣经·马太福音》第26章:"……耶稣说:'我实在告诉你,今夜鸡叫以先,你要三次不认我。'……彼得想起耶稣所说的话:'鸡叫以先,你要三次不认我。'他就出去痛哭。"

47　电影《蓝》中此处的顺序是下、左、上、右。

48　《男孩专属》(*Boy's Own*):指十九至二十世纪英美两地流行的一系列面向

男性青少年的出版物。

49　HB 原名基思·科林斯（Keith Collins，1966—2018），艺名凯文·科林斯（Kevin Collins），老家在纽卡斯尔附近，贾曼生命最后几年最爱的男性伴侣。贾曼戏称其作"Hinney Beast"（小蜜兽），进而昵称作"HB"。

50　飞得静默时（flying silent）：电影《蓝》中贾曼将两个词分开念作"飞翔时，静默时"；此处或为笔误。

51　二羟苯甘（DHPG）：或译二羟苯甘醇，成药名更昔洛韦（Ganciclovir），专治因免疫功能缺陷（包括艾滋病）导致的巨细胞病毒性视网膜炎。

52　字面包含至少三方面主要意思：带着艾滋病生活；与艾滋病（人）共存；忍受艾滋病。

53　莎士比亚语，出自《科里奥兰纳斯》（Coriolanus）第 1 幕第 3 场，以灯蛾喻追求者众，乃借典希腊神话。据《荷马史诗》记，伊萨卡王尤利西斯远征未归，其妻久遭求婚者众骚扰，遂佯装织寿衣以奠亡夫，佯允织毕即嫁，其实日织夜拆而拖延十年坚守忠贞未嫁，直待夫君凯旋。

54　荷马语，多次出现于《荷马史诗》，多用于形容暴雨将至的海面。这个传统英文翻译字面意即"像（红葡萄）酒一样暗的海"。围绕这一词组解读，学界历来争议不断：有认为荷马及其同时代的古希腊人色弱、色盲，或有认为当时人类对色彩的认知实不完善以至表达偏失，有认为古希腊爱琴海或葡萄酒颜色异于今日，有认为此术语专指夕阳特定光照下的海面呈现的颜色，或认为这是荷马的想象修辞。另及，一般认为《荷马史诗》中从未提及"蓝"这种颜色，或即使使用类似词汇，其表达的意思仍是"暗"。

55　电影《蓝》中此处有女声重唱反复吟诵"置疾病于身外"。

56　宿命定命致命（Fate Fated Fatal）：此处原文大写每个词首字母，在视觉上刻意强调一词一顿节奏感并强调头韵。

57   电影《蓝》中此处低声念人名"大卫、霍华德、格雷厄姆、大卫、保罗、特里、格雷厄姆、霍华德、大卫"。

58   电影《蓝》中此处低声重复"蓝……"以及人名"大卫、特里、保罗、霍华德、格雷厄姆"。

59   此段原文为刘殿爵（D. C. Lau）以当代英语翻译的老子《道德经》第47章部分内容："不出户，知天下；不窥牖，见天道。其出弥远，其知弥少。"引文分行及标点稍有出入。

60   像（image）：此处原文并无强调，引号为译文所加，以提示其在基督教语境中也指"偶像"。

61   群魔殿（pandemonium）：弥尔顿语，出自《失乐园》，指地狱冥府，今泛用来指无法无天混乱喧嚣。

62   最广为人知的兽名数目。在西方基督教背景国家文化中，666 被视为"魔鬼数字"，迷信者以之为大凶。参《圣经·启示录》第 13 章第 11 至 18 节："我又看见另有一个兽从地中上来……他又叫众人，无论大小、贫富、自主的、为奴的，都在右手上或是在额上受一个印记。除了那受印记、有了兽名、或有兽名数目的，都不得作买卖。在这里有智慧：凡有聪明的，可以算计兽的数目；因为这是人的数目，它的数目是六百六十六。"

63   据史推知这位痛斥大牧首的沙皇只可能是 1682 至 1696 年在位的伊凡五世（Ivan V of Russia, 1666—1696）。但据贾曼日记，他看到在电视上彼得·塔切尔（Peter Tatchell）闯入威斯敏斯特大教堂主日弥撒，联想起了电影《伊凡雷帝》（*Ivan the Terrible*），即伊凡四世（Ivan IV, 1530—1584），其政教冲突较著名桥段包括与莫斯科都主教圣腓立二世之间的瓜葛；另参下注。此节相关内容，参《慢慢微笑》第 258 页。

64 莫斯科大牧首（Patriarch of Moscow）：指莫斯科及全俄罗斯牧首，即俄
罗斯正教会的主教长。狭义来讲，一般以大牧首特指宗主教体系主教长，
而伊凡四世时期俄罗斯的正教会奉行都主教体系，名义上只存在莫斯科
及全俄罗斯都主教长（Metropolitan）。

65 月饼脸（moon-faced）：字面意"脸圆如月""（满）月脸"，形容人面部
肥胖肿胀，在医学上特指一般由皮质醇增多症导致的圆脸病征，作俗语
用略含贬义。

66 天城珠门（pearly gates）：对天国大门，即新天新地圣城新耶路撒冷城门
的非正式称呼。参《圣经·启示录》第21章第21节："十二个门是十二
颗珍珠，每门是一颗珍珠。……"

67 生命水（Aqua Vitae）：拉丁文，此处原文大写首字母强调专名，初指用
于炼金术的浓缩乙醇水溶液，后渐泛指任何蒸馏烈酒饮料。

68 参《圣经·启示录》第22章第1节描写新天新地圣城新耶路撒冷："天
使又指示我在城内街道当中一道生命水的河，明亮如水晶，从上帝和羔
羊的宝座流出来。"

69 庞奇小姐（Miss Punch）："Punch"字面意为"猛击"，可能是某种绰号
或昵称，也可能就是本姓。庞奇小姐身高将近两米，参《慢慢微笑》第
259页。

70 出柜铁T（out dyke）：出柜，指同性恋者公开自己的性取向；铁T，指具
有阳刚气的女同性恋者。

71 埃迪特·皮雅芙（Edith Piaf, 1915—1963），著名法国女歌手，身材矮小，
因而得艺名"麻雀妞儿"（La Môme Piaf），进而取"皮雅芙"改作姓氏，
其法语字面意即"麻雀"。

72 电影《蓝》中此处有一句女声念白，是《哈姆雷特》第3幕第1场经典

独白首句："是或非是，是此问也……"

73 指天主教医院中的修女护士。西方现代医院诞生于教会。

74 指卡夏的圣丽达（Saint Rita of Cascia，1381—1457），天主教圣人，早年
    受丈夫百般凌辱，后来丈夫和儿子相继去世，她守寡到老，死于意大利
    卡夏，终身信仰虔敬。卡夏后来成为朝圣地。

75 绝望者的圣人（Saint of the Lost Cause）：字面意思"属于遗失因由者的圣
    人"。此处"因由"（cause）指动作导致其他动作的客观关系，而非论证
    主观动机正当性的"原因"（reason）。此处"圣人"为"主保圣人"略，
    是部分基督教宗派对圣人或天使使用的特定称呼之一，通常用于教会所
    期望保护的某地区、某人、某职业、某团体或特项活动；因此后文增译
    "主保"二字。一般认为丽达主保绝望处境者众，英文习惯作复数"Lost
    Causes"；此处原文乃作单数，可狭义特指"败局命定论"（Lost Cause of
    the Confederacy），应为笔误。

76 参维特根斯坦《名理论》命题 1.1："世界是事实的总和，而非事物的
    总和。"

77 蓝眼宠儿（Blue Eyed Boy）：字面意思"蓝眼男孩"，在英式英语习语中指
    特别受掌权者眷顾的宠儿，常含贬义；此处双关。

78 十诫第二。此处大写每个词首字母，在原文视觉上刻意强调一词一顿节
    奏感。贾曼英文措辞并不严格符合任何英文常见版本，但相对而言十分
    接近英王钦定本。此段译文以英王钦定本中译版为主，略有调整。

79 电影《蓝》中此句女声念白移到了"对'蓝'而言，并无任何界限或解
    决"一句后面。

80 钴蓝河（cobalt river）：指冥河，一般认为冥河色呈暗蓝。

81 参《圣经·创世记》第19章，罗得的妻子从索多玛逃离出来，路上回头一看，就变成了一根盐柱。另参希腊神话，传说俄耳甫斯从冥界引领亡妻重回人间，因违反冥王诫命回头望妻子一眼，导致妻子留在冥界无法复活；相传俄耳甫斯因此再也无法爱上任何一位女性，变得只爱男性，成了第一位同性恋者。

82 死（Death）：原文大写首字母强调专名，俗译"死神"。参《圣经·启示录》第6章第8节："我就观看，见有一匹灰色马；骑在马上的，名字叫作死，阴府也随着他；有权柄赐给他们，可以用刀剑、饥荒、瘟疫、野兽，杀害地上四分之一的人。"另参希腊神话，相传阴府由冥王掌管，据说冥王乘坐地狱猎犬拉着的一辆暗黑战车。

83 参《圣经·启示录》第8至11章，羔羊揭开第七封印，天堂沉默了半小时，七位天使相继吹响号角，灾祸随之遍降全地，并有大声音宣告大审判到了，基督作王直到永远。

84 电影《蓝》念白中，此段文字之后两段在本书中被移至了前文"黄祸"一章中，与电影版本略有出入。电影版本如下：疯蠢文森特坐在他的黄椅子上，抱膝贴胸——像串傻癫癫的香蕉。向日葵在空罐里凋零，形销骨立，点描的黑葵瓜子填满了一张瞪眼凝目的万圣节南瓜脸。柠檬大黄腹端坐，暴饮一瓶甜腻腻死人的葡萄适，双眼发烧如炬，怒视黄疸谷物，炭黑乌鸦嘎嘎聒噪，在黄中盘旋飞升。那些弃置角落的油画布里，柠檬哥布林向外凝视。臭脸鬼自杀，与魔同啸——紧搂着怯懦大黄腹，眯缝眼。//蓝，大战夫远古病态大黄腹，口吐恶臭烧焦绞刑树，黄疸炎凉。背叛是他恶行的氧。他会在背后捅你一刀。大黄腹在空气中摆置一个吻，是黄疸的偏嫉，脓臭熏天遮蔽你双眼。邪恶出游从容げ黄胆液。妒意的自杀。大黄腹的蛇眼毒。他在夏娃腐烂着的智慧果上匍匐，又像黄蜂。迅雷不及掩耳，他蜇进你的嘴。"啊嗷！！！"他的地狱万军吱吱嗡嗡、叽叽咯咯，在芥子气中窃笑低鸣。他们要激你、辱你、呸你、尿你一身。尖锐的毒牙沾满尼古丁，露给你看。蓝变形，成了个捕蝇灯，蓝色电风辉光烤焦一切仇敌。

85　指卡尔·鲍恩（Karl Bowen，？—1993），贾曼同性友人，曾出演其几部短片。

86　植入管（implant）：皮下植入人工血管，一般用于长期输液或化疗。

87　贾曼在那段时间"拼命想要找个日子去柏林、宣传《维特根斯坦》……"（《慢慢微笑》第397页；另参第416及419页。）

88　电影《蓝》中此处有一句女声："德里克·贾曼，德里克·贾曼，请到机场问询处。"

89　此句原文表达如此，逻辑或有不恰，或有笔误。

90　此句原文表达如此，语法或有不恰，或有笔误；"动物先天畸形"可能本意为"婴儿先天畸形"。

91　追风（speedwell）：学名婆婆纳（Veronica），车前草的一个属。此处原文并不特指细叶婆婆纳（Veronica linariifolia），而是泛指婆婆纳属，其花多为淡蓝、淡粉、淡白色，以淡蓝为最常见。此处译文借用细叶婆婆纳俗名"追风草"，因原文"speedwell"既是婆婆纳的英文俗名，字面意思又是"一路好走"，明显双关。

92　螳螂祷告（praying mantis）：原文字面意"祷告着的螳螂"，是螳螂俗名，因为螳螂的有些种类在休息时会呈现看似直立的姿势，并将前足收起于胸前，形似祷告。

93　安养院（hospice）：又译安宁病房或宁养中心，指进行安宁缓和医疗（临终关怀）的病房或医院，一般是针对身患晚期癌症或绝症、治疗已不容易再见效的病者。

94　米兰达性花园（Miranda Sex Garden）乐队的《逼毛潜水喜巨女王》（"Muff Diving Size Queen"）歌词首句。接下来的内容直到"我是个'非基’”结束是这首歌全部的歌词。电影《蓝》中上半段词主要是女声合唱。

95　逼毛潜水（muff diving）：粗鄙俚语，指为女性口交。

96　喜巨女王（size queen）：俚语，指喜欢对方阴茎粗大的女性化男同性恋。

97　果儿蝇（[fruit] flies）：指任何非传统性取向者身边的友人，字面意"果蝇"，形容这些友人像果蝇一样围绕在水果身边。"fruit"一词最早戏指男同性恋，后扩展指各种非传统性取向者。

98　非基（Not Gay）：非同性恋者，原文大写首字母强调专名。电影《蓝》中此处反复男声合唱"他是个非基"。

99　1989 年，罗马尼亚人民通过暴力流血方式推翻独裁政权，在本书写作所处的九〇年代初正在经历急剧的民主转型。

100　涅索斯（Nessus）：古希腊神话中的半人马，负责运送行人渡过冥河。他调戏有夫之妇遭报，中毒箭将死时还不忘以毒血复仇，欺哄妇人以此血涂衫并予其夫穿即可永葆爱情，妇人上当照做，反害夫亡。涅索斯之衫即毒衣。

101　贾曼外婆名莫塞尔（Moselle），出生于南非或印度，家族昵称丫头（Girly）或梅（May），父姓鲁边（Ruben），是传统犹太姓氏；其母早亡，其父长年在军中服役，莫塞尔从小由管家带大，故此处曰孤儿。参《德里克·贾曼传》第 1 章"家族神话学"。

102　血海深仇（bad blood）：字面意"坏血"，喻仇恨、敌意。

103　此处应指以色列航空 1862 号班机空难。1992 年当地时间 10 月 4 日傍晚6 点过，该架波音 747 型喷气式客机于阿姆斯特丹一住宅区内，撞入一栋十一层公寓楼后坠毁。事故发生初期，荷兰警方预计有 100 至 200 人因此丧生，实际最后统计惨难死亡人数 43，其中 39 人都是地面人员。

104 指贝尔根–贝尔森集中营，纳粹德国在德国西北部修建的一座集中营，
因有大量战俘死于其中而臭名昭著。

105 此指 HB 需要照顾病中的贾曼，参《慢慢微笑》第 276 页："……他需要
时刻准备应付意外情况……他的良心……逼迫他关心、照顾我。"

106 萨塞克斯（Sussex）：英格兰东南部郡，东临肯特郡。

107 让·科克托（Jean Cocteau，1889—1963），法国诗人、导演、编剧。

108 费尔岛（Fairisle）：一种毛衣编织图案，以苏格兰费尔岛命名。

109 鱼骨纹外套（herringbone jacket）：人字纹的西服外套。

110 美夏（beauty's summer）：指年轻盛美时，莎士比亚语，出自第 104 首
十四行诗末阙英雄双行，参辜正坤译文："唉，不由我心焦，来世来生听
我忠告，／你们尚未出世，美夏却已泯灭在今朝。"贾曼电影《天使的对
话》引用的十四首莎士比亚十四行诗中最后一首即本诗。

Isaac Newton   艾萨克·牛顿

自然及自然法则隐伏夜藏，

上帝说："要有牛顿！"就有了光。[1]

　　1642 年，艾萨克生于林肯郡乡下一个小地主家庭。1661 年 6 月 5 日考入圣三一学院。1665 年 8 月，未满二十四岁的艾萨克爵士，在斯陶尔布里奇市集[2]买了块棱镜，以照笛卡尔的《色彩之书》[3]做些实验：他回到家，在护窗板上开一小洞，调暗房间，然后把棱镜放在窗洞与墙壁之间，发现墙上并未按书中所说出现一个光环，而是出现了一个光谱，边缘笔直，终端圆弧，这使他立即深信笛卡尔所说有误；然后他发现，还需要再多一块棱镜才能演示他自己的色彩假说，为此他一直等到了来年的斯陶尔布里奇市集，才证明自己之前的发现。

（约翰·康杜特[4]）

白光瓦解成色，牛顿待字"柜"中[5]，与他的棱镜和引力成了婚，还脚踏一点炼金术。正是小心谨慎地回头一瞥，才带来进步，正如蒲柏所说，步入光中，牛顿将光视为一种从发光物体中泉涌而出的群群微粒，就如血液中的血球般，虽体积各异，但全都小得难以想象，迅疾联翩，相互之间又根本不存在任何可感知的时间间隔。

他记录道：

折射最强的那些光线产生了各种紫色，折射最弱的则产生红，而那些沿中间线路行进的，生成了中间色彩，即蓝、绿、黄。

色彩有七，完美数字，一礼拜每天对应一种，那么礼拜天就是堇。

还有就是，似乎白是一种由众彩混合而成却又与众不同的色彩，而自然光则是一种众光线的混合光，天生就被赋予了所有这些色彩。

牛顿成了伏尔泰[6]之流哲学家们的上帝，好似朱庇特和马尔斯。

1　这组对句出自诗人亚历山大·蒲柏（Alexander Pope, 1688—1744）为牛顿所拟墓志铭，后用于牛顿故居纪念碑文；诗人手稿原文为英雄双行体，首行措辞略有不同："自然及其法则隐伏夜藏，／神说：'要有牛顿！'就有了光。"

2　斯陶尔布里奇市集（Stourbridge Fair）：欧洲著名年度市集，位于英格兰中东部剑桥郡剑桥市内，起源于1211年，传统上每年举办一次，每次三天左右。

3　指勒内·笛卡尔（René Descartes, 1596—1650），法国数学家、哲学家、物理学家。笛卡尔的著作虽涉猎色彩领域，但从未写过《色彩之书》，康杜特手稿原文讹误如此。据史学家考证，牛顿当时所读应为波义耳（Robert Boyle）所著《色彩实验散论》（*Experiments and Considerations Touching Colours*）。参霍尔（A. Rupert Hall）著《艾萨克·牛顿：思想探险家》（*Isaac Newton: Adventurer in Thought*, 1996）英文版第41页。

4　约翰·康杜特（John Conduitt）：牛顿侄女婿，崇敬牛顿并照顾其晚年，记录了牛顿许多逸事。

5　此句戏指牛顿没有公开自己的同性恋取向，有史学家认为牛顿是同性恋；后文戏指牛顿终身未娶，有史学家认为牛顿至死守贞。

6　伏尔泰（Voltaire, 1694—1778），法国启蒙时代思想家、哲学家、文学家，启蒙运动公认的领袖和导师，被称为"法兰西思想之父"。曾著《牛顿哲学原理》将牛顿介绍给大众。

Purple Passage　　　　　　　　紫藻雕章 [1]

蔷薇红城

半老若时间。[2]

粉、锦葵紫和堇，推来搡去，从红挤到黑。

蔷薇是红的

堇是蓝的。[3]

可怜的堇，为韵遭作践。[4]

不存在天然的粉颜料，虽然你可以买到所谓"肉色颜料"，但那玩意儿与北方人苍白的面庞或南方人古铜的皮肤千差万别。

锦葵紫是个四不像的空想。它几乎不存在，除了用以描述十九世纪九〇年代——"锦葵紫旬"[5]。

紫踏步前进，堇腼腆退缩。

粉生锦葵紫紫生堇……[6]

……除了堇，其余都是亲缘同盟。堇本本分分，值得尊敬。

最罕见最美丽的眼睛是堇色。我听说那就是伊丽莎白·泰勒的秘密。

粉总是令人震惊。裸体。茫茫千里肉体，兼覆文艺复兴众天花板无遗。蓬托尔莫是最粉的画家。

紫热辣多情，也许是堇变得更大胆了些，就把粉焐成了紫。甜美的薰衣草脸红旁观。

想想粉吧！ [7]

粉曾是锦葵紫旬的激情——费尔森男爵[8]搞的那些"桃色芭蕾"[9]，安排青少年儿童在茶歇时为富婆们登台表演。这些裸体的儿童天真无罪吗？那些富太太坐观孩子们摆出各种造型，维纳斯和阿多尼斯[10]、赫拉克勒斯[11]和随便几个美惠女神[12]；但男爵因为别的一些年轻不慎风流事引发了丑闻，她们就撤了赞助。费尔森匆匆离开巴黎南下，在卡普里[13]建了栋别墅。锦葵紫终于找到了家。费尔森的口味不在儿童，所以令他面色粉润的不是恋童癖。他追求的是年轻蓝领，也泡到了一个，是个英俊惊人的直男孩，与他同居并专一始终，给这位男爵擦枪装弹——他的玉鸦片烟枪。

鸦片是锦葵紫的药。它让人想起这段神秘刺鼻味道的时光。

你会发现，大量中世纪绘画里的基督外袍，例如皮耶罗·德拉·弗朗切斯卡[14]的《基督复活》，都是亮粉。

二十世纪五〇年代，歌曲《想想粉吧！》让这一颜色重归大众流行。五〇年代是粉的十年。性感女神们的妆容里都带有粉。玛丽莲·梦露当然是粉的。那些全身上下只戴着珊瑚珠串的维纳斯——玩躲躲猫的粉。[15]

歌舞厅[16]里，年轻女士们粉嫩性感待嫁，肉色紧身连裤袜。

瓦伦蒂诺[17]在部部影片中染成了粉。

"面色粉润"。我的字典说"指完美健康状态"，虽然维纳斯把她的名字用给了那些为难私隐之疾[18]，神出鬼没于花柳诊所。

粉眼病[19]。

她穿一身夏帕瑞丽[20]，一身惊粉。唇彩是粉的。糖霜是粉的。肥皂和化妆品包装都曾是粉的。粉阿谀讨喜。那个世界，大女孩小女孩都穿粉。

针对这一世俗粉，鲁道夫·斯坦纳[21]曾推崇桃花色，以之代表灵魂鲜活形象在人类肤色中的重估。色彩变成一种扯淡——我还纳闷儿呢，假如斯坦纳是黑人，他会不会换别的颜色？仅当灵魂抽离身体时，他说，人才会变绿。又扯，这和灵魂显然毫无关系；这明显体现了路德维希·维特根斯坦观察到的那个混淆：将灵魂当作一个具体存在的实体谈论[22]。发绿，只是表皮失血带来的一种生理状态。灵魂无色。

二十岁我画过粉的画。粉室内和粉女孩们。那是我性别意识的一次萌芽吗？

二十年后。粉三角从历史里回收改造再利用。纳粹曾用粉来标记那些要送去毒气室的同性恋者。[23]

五〇年代初，玛丽王后[24]访问位于基德灵顿[25]的皇家空军驻地，我父亲当时就驻扎该地。为了迎接王后来访，他们修了一座粉厕所。整个驻地军队都去围观，没人见过那样一个玩意儿。整个活动她都没有用过那座厕所。

后来粉浴室成了爆款。卡玫尔[26]奇妙粉香皂，每天可爱多一些。

今天下午我走去罗尼家[27]买了管"肉色颜料"。

粉是印度的海军蓝。

（戴安娜·弗里兰[28]）

就此晚安锦葵紫……[29]

锦葵紫

锦葵紫——今天念成"Mowve"，此前直到维多利亚晚期则都念作"Morv"，当时已能从煤炭中生产苯胺染料，它就成了时尚界爆款。1856年威廉·珀金[30]混合苯胺和铬酸，发现了它。它貌似没花多少时间就积攒了这么多神秘感——诗歌中有它出现吗？它仅局限于化学课上。

它用于布匹染色，"锦葵紫旬"由此得名。它被视为颓废，是人工矫饰的代表。属哀悼的黑，曾以堇色点缀，但绝不碰锦葵紫。维多利亚时代的太太们绝不穿锦葵紫。

今早我路过伊丽莎白·斯特兰杰[31]的"铁筷子天堂"，从她那儿买了株植物；她的温室绿棚开满了锦葵紫色花。

紫

皇家紫大踏步退场，离开古昔舞台。无价之宝推罗紫。

> 我妈妈曾说，在她年轻时，女子以紫带束绺，就算是宏装盛饰——然而有些姑娘的头发，比燃烧的火炬还要黄，那就最好佩戴花冠，点缀朵朵鲜花绽放。
>
> （萨福[32]《希腊抒情诗》）

> 太阳光线一旦微弱阴沉，紫即显欢愉明亮。
>
> （亚里士多德，前引）

紫如寿衣笼罩最黑的心。皇家则以紫包裹其新生婴儿——传龟袭紫[33]。

苔丝狄蒙娜[34]的手帕在威尔第的《奥赛罗》中是紫的。

吾见阿谀者四体醉展紫裀上。

（佩特罗尼乌斯 [35]）

克娄巴特拉 [36] 之画舫……

于水面燃烧；舵楼金造，

紫帆招招，熏香如斯，

引得风儿飘飘也害了相思。 [37]

格雷夫人 [38]，妄自尊大，印度总督夫人，痴迷皇家紫。她不仅穿紫，就连接待室桌布都是紫的，紫的糖果包装纸，甚至紫花朵朵。

在日本，说你紫的意思是说你嫉妒；在日本嫉妒不是绿 [39]。但紫也同时用来表达同性恋，男人之蓝与女人之红结合成酷儿之紫。

缺氧使我发紫。我躺在医院病床上，气短。

紫辞赘冗，紫藻雕章。愤怒，紫绒三七 [40] 过了花期 [41]。愤然作紫 [42]。

尼禄穿紫，其家眷穿红。

如果愤怒是红的那么暴怒就是紫。

尼禄放火烧罗马时脸色变了紫。

紫，以前是在推罗海 [43] 岸边制造出来的。

……推罗紫。它萃取自一种贝壳，骨螺，萃量稀少，然后将布匹与萃得染料一起煮沸，放在海边清晨日光下曝晒，就变成了一种古代最昂贵的产品。其制作流程由皇室管控，在"染院"[44]进行，受腓尼基神美刻尔[45]庇护。由于没有任何古代紫布流传至今，所以我们不知道那紫看起来到底什么样。

它曾否就是苏格兰高地之色，一度远超人类已知世界之外？或是银莲[46]墨色花朵——风花之色？骨螺，一种软体动物，其体内有个小小胞囊——打破后释放一种白液体。需成千上万颗贝壳才能萃得染料几克。直到八世纪这种颜色不再流行。

对于绘画中的紫，普林尼并不认同，他曾尖酸评论：

> 既然我们的墙壁都已涂上了紫，同时印度又贡
> 献了河泥，贡献了其蛇与象的血淤，世间再无高贵
> 绘画……如今我们欣赏的只是物料的浓重。

> （雅各·以撒杰夫[47]《艺术中的普林尼》）

我们怀疑紫，它言辞空洞败絮其中。这颜色属于亨德里克斯[48]、《紫霭》、"深紫"[49]。王子[50]的过度——就是危险。紫心[51]带我们度过了六〇年代那些清醒不醉的夜晚。

噢，为那一口陈酿！那酒已

在地底深埋冷藏世代久矣，

细品芙洛拉[52]和乡土绿，细品

普罗旺斯情歌、舞蹈，和日晒欢欣！

噢，为那一满杯南方的温暖，

满盛真确、令人面红的灵泉[53]，

沤浮泡影大珠小珠霎杯边，

口唇沾染紫斑……

（约翰·济慈[54]《夜莺颂》）

亚里士多德：

大海轻染一抹紫调，当

海浪扬起至某个角度

且因此处于阴影中时。

紫帝蝶[55]拥抱紫兰花。此帝珍异稀罕，慕腐肉而来。

李子、葡萄、无花果和茄子都是紫的——但最神秘的紫，是三月里邓杰内斯碎石滩上抽芽的海滨两节芥，就在它形成一抹蓝绿之前。

红甘蓝是紫的。

紫水晶，我的生日石——1月31日，属水瓶座。

腼腆如堇

谁曾来回穿行于堇与堇

谁曾来回穿行于

诸般层次参差的绿

走着，穿着白和蓝，马利亚之色，

谈着琐碎事情……

（T. S. 艾略特《圣灰礼拜三》）

堇不堪绿之重负。堇匿花含羞。气味甜美的香堇。

光谱中唯一以花命名的颜色。谦虚的堇。抹大拉的马利亚之花。我的姥姥梅曾在哀悼时佩戴。来自康沃尔的束束堇花先声报春。我姑姑是堇——叫维奥莱特[56]……维……一位爱德华时代的老处女，与她姊妹同住，守护着父亲的遗产，这位暴君式的父亲把她们所有的求婚者都拒之了门外。说话像吃了枪药。

据说亚历山大大帝的尿闻起来一股堇味儿。

谦虚而富直觉的堇

收集着阴影。

裹糖霜的帕尔马堇晶糖[57]，童年的款待

我已多年未见了

还有龙胆堇药水 [58] 用以擦拭在足球场上受的伤。

"雅典，"品达 [59] 写道，"堇冠加冕。"

市场上就曾有卖堇花冠。普林尼曾有一个露台满布堇香。

堇是光谱中波长最短的。在它后面是不可见的堇外光。

九岁时我在霍德尔的悬崖上发现了一坡甜堇 [60]，那时我常匍匐钻出学校操场藩篱，躺在太阳下做梦。堇色年华，我梦到了啥？

朱庇特之木星，色堇，而非皇家紫。

堇颜料鲜少用到。你在油画布上哪里见过它？于锦葵紫旬，印象派们创造了堇的阴影。莫奈 [61] 的一堆堆干草，在日落中被一浪浪的粉、堇冲打淹没。

所有色彩之中，唯堇是种奢侈。钴堇 [62]——锰堇——天堇——还有马尔斯之火星堇。

康定斯基说过："堇是红被蓝从人性中提取之色。"

但堇中之红必须冷调。因此无论就物理或属灵感官而言，堇都是一种冷掉的红。它郁郁怏怏。

属基督的堇 [63]，对此世而言，是一次暂时的死亡。

阿德里安娜·勒库夫勒 [64] 死于心生嫉妒的情人的一束毒堇花。

1　紫藻雕章（Purple Passage）：字面意"紫色通道／紫色文段"，习语搭配专指辞藻华丽的文段，摛藻雕章。

2　此处开首两行语出英国诗人约翰·伯根（John Burgon，1813—1888）的名诗《佩特拉》（"Petra"）第十四行"一座蔷薇红的城市，年迈如时间的一半"。此处贾曼排版将一行拆为两行，第一行删减不定冠词，第二行则本身原是伯根借用英国诗人萨缪尔·罗杰斯（Samuel Rogers，1763—1855）的著名诗句。

3　此处两行语出一首传统英格兰童谣诗。该诗通常有四句，前两句固定为"蔷薇是红的／堇是蓝的"，后两句意思才是表达重点，可与前两句内容无关，但一定要在第四行押第二行尾韵。

4　此句原文为"Poor violet violated for a rhyme"。"堇"（violet）与"遭作践"（violated）两词押头韵，内容一方面可能戏指上文打油诗次句"堇"（Violets）一词与"蓝"（blue）不押任何韵，违反了首句"蔷薇"（Roses）与"红"（red）的头韵；一方面可能指其实根本不是蓝色，而只是为了韵脚才被写成蓝色。

5　锦葵紫旬（Mauve Decade）：代称十九世纪九〇年代，值苯胺发明，制染料用于时装，其色呈锦葵紫，风靡欧美，史称"锦葵紫旬"，或另有俗译作"紫红色十年"。

6　此处措辞戏仿《圣经》家谱写法，比如《马太福音》第1章第2节："亚伯拉罕生以撒；以撒生雅各；雅各生犹大和他的弟兄……"

7　指1957年的歌舞电影《甜姐儿》（Funny Face）开场歌《想想粉吧！》（"Think Pink!"）。歌词大意是时装杂志主编感觉所有色彩都不带劲，突发灵感决定最新流行色主推粉色。此处原文没有强调作品名，而只是借用这一说法。

8　指雅克·德·阿德尔斯瓦德–费尔森男爵（Baron Jacques d'Adelswärd-

Fersen，1880—1923），法国诗人、小说家，是一位比较著名的风流同性恋者。

9   桃色芭蕾（Ballets Roses）：法语词组，字面意思是"粉色／桃色／蔷薇色／情色芭蕾"；直接被英语吸收，专指涉及未成年人的色情演出。该词组最初特指1959年法国一件特大性丑闻案，当时数十位知名政要和社交名流受邀前往巴黎乡间一时尚大宅欣赏未成年少女的芭蕾表演，并在表演结束后开展滥交狂欢。

10   阿多尼斯（Adonis）：希腊神话中掌管植物每年死而复生的一位俊美男神，维纳斯挚爱。维纳斯与阿多尼斯一起，是个常见艺术主题，喻年轻男女的爱情。

11   赫拉克勒斯（Hercules）：希腊神话中最伟大的半神英雄大力士，被视为男性杰出典范。

12   美惠女神（Graces）：大部分希腊神话都认为有三位美惠女神，大部分艺术作品也是以美惠三女神作为整体处理，很少出现其他数量组合。

13   即卡普里岛，位于意大利那不勒斯湾南部，以风景秀丽闻名，著名旅游胜地。

14   皮耶罗·德拉·弗朗切斯卡（Piero della Francesca，约1415—1492），意大利文艺复兴早期画家兼理论家，代表作之一即《基督复活》（*Resurrection*）。

15   此处可能戏指成人杂志女郎欲遮还羞的常见造型。

16   歌舞厅（music hall）：字面意"音乐厅"，特指十九世纪兴起于英国，后风靡法国的综合娱乐社交场所，类似夜总会，表演以歌舞为主，结合喜剧、杂技等多种形式，风格多迎合市井民俗，甚至略含色情低俗成分，比如著名的康康舞。

17　应指鲁道夫·瓦伦蒂诺（Rudolph Valentino, 1895—1926），意大利著名影星，默片时期性感男性符号之一，后于美国发展。

18　英文中"性病"（venereal disease）这一表达中"与性（病）相关的"这一形容词的词源即"维纳斯"（Venus）。

19　粉眼病（Pink eyed）：字面意"粉眼了"，表达"得了红眼病"。英文中结膜炎的俗名"粉眼病"（pink eye），相当于汉语俗名"红眼病"。

20　指艾尔莎·夏帕瑞丽（Elsa Schiaparelli, 1890—1973），意大利著名时装设计师。下文"惊粉"（shocking pink）为其经典发明，是一种带鲜红的粉色。

21　鲁道夫·斯坦纳（Rudolf Steiner, 1861—1925），奥地利著名哲学家、改革家、建筑师和教育家，也是华德福教育的始创人。

22　此一长句原文语法不甚严谨，略有歧义。译文参考贾曼电影《维特根斯坦》中维特根斯坦一角的表述（这个表述也确实基本符合维特根斯坦本人《哲学研究》中的多处表达），大意为：问题在于，比如人们在使用"灵魂"这个词时，仍习惯性认为它也是具形的，就会产生误会。

23　纳粹集中营臂章系统主要由三角形符号组成，用于识别集中营囚犯身份。比如两个相叠的黄三角构成一颗大卫星，代表犹太人。粉三角则代表恋童者、恋兽者、同性恋或双性恋男性。粉三角标志在战后被同性恋权利运动收回用作积极标志，意在提醒警惕惨剧再次发生。

24　指特克的玛丽（Mary of Teck, 1867—1953），乔治五世妻，曾任英国兼英属自治领王后及印度皇后。

25　基德灵顿（Kidlington）：英格兰东南部牛津郡北部民政教区。牛津机场位于该地，此机场拥有全英最大的机长训练学校及训练基地，"二战"时曾用作皇家空军专用机场。

26　卡玫尔（Camay）：最初由宝洁公司推出的香氛沐浴品牌，主营香皂，其广告宣传主要面向年轻女性。本句原文引用其二十世纪五〇年代的经典电视广告歌词，个别用词略有出入。

27　罗尼家（Rowneys）：指英国老牌美术用品商戴乐尔-罗尼（Daler-Rowney），二十世纪时素以廉价颜料和高性价比套装闻名。

28　戴安娜·弗里兰（Diana Vreeland，1903—1989），著名时尚专栏作家、时尚编辑、艺术策展顾问。她在 1962 年担任《时尚》（Vogue）杂志主编时讲过这句话，成为当时的时尚名言。她的意思是说粉色之于印度而言，其地位就犹如海军蓝之于西方文化。

29　此句原文为 "And so to mauve..."，字面意思应该理解为"然后这样接下来就要讲到锦葵紫了……"但这个表达是戏仿《塞缪尔·佩皮斯日记》中经常用以作为当日记录总结的一句大白语"就此上床"（And so to bed）。这句大白话流行一时，常遭戏仿。

30　指威廉·亨利·珀金爵士（Sir William Henry Perkin，1838—1907），英国化学家。

31　伊丽莎白·斯特兰杰（Elizabeth Stranger）：指伊丽莎白·斯特兰曼（Elizabeth Strangman），著名的铁筷子种植者、育种大师。原文此处将其姓氏写作英文中极相似的"陌生人"一词，但应该并无任何轻浮戏谑之意，而只是笔误。其花圃名"铁筷子天堂"（Hellebore Heaven），位于肯特郡霍克赫斯特（Hawkhurst）。另参《慢慢微笑》第 409 页。

32　萨福（Sappho，约前 630—前 570），古希腊抒情诗人，著多篇情诗、婚歌、颂祝诗、铭辞等，大部分已散轶。其诗歌多以大篇幅直白陈述其作为一名女性对其他女性的爱欲，因此她的名字和她所居住的莱斯沃斯岛（Lesbos）在英文中都用以代表女同性恋。此处引用的内容出自其诗作《鬓发黄于炬焰》（"Hair Yellower Than Torch Flame"），译本不详；贾曼此处排版采用散文体，而非常见的诗体。

33　　传龟袭紫（born in the purple）：原文字面意"生于紫中"，泛指出身显赫的贵族尤皇室子弟，特指东罗马帝国（拜占庭）授予帝国皇帝子女的一种特殊称号——作为皇族成员要继承这个称号还须符合一系列严格设定的条件，比如必须生于帝国首都君士坦丁堡神圣皇宫中的紫色寝宫中。

34　　苔丝狄蒙娜（Desdemona）：莎士比亚四大悲剧之一《奥赛罗》（Othello）中主人公奥赛罗之妻。一般根据莎士比亚原著认为其手绢应是白底绣血红草莓图案，象征女性贞洁，但也有人认为手绢上面绣的图案是深紫红桑葚以映衬奥赛罗的黝黑肤色。并无任何资料显示威尔第改编版同名歌剧要求手绢是紫色；威尔第版剧本明确称该绣花手绢"白……超乎雪花……"。

35　　指盖厄斯·佩特罗尼乌斯·阿尔比特（Gaius Petronius Arbiter，27—66）：罗马帝国朝臣、抒情诗人与小说家，生活于罗马皇帝尼禄统治时期。此句引文出自据信是其作品的讽刺小说《撒提尔行传录》（Liber Satyricon，一译《爱情神话》）第 83 章，此处原文使用约翰·沙利文（John Sullivan）英译本，未按该译本诗体排版上下两行。

36　　指克娄巴特拉七世（前 69—前 30），世称"埃及艳后"或"埃及妖后"，古埃及托勒密王朝末代女王。

37　　此处四句出自莎士比亚悲剧《安东尼与克娄巴特拉》（Antony and Cleopatra）第 2 幕第 2 场。另参朱生豪译文："她坐的那艘画舫就像一尊在水上燃烧的发光的宝座；舵楼是用黄金打成的，帆是紫色的，熏染着异香，逗引得风儿也为它们害起相思来了……"（《莎士比亚全集（六）》，人民文学出版社，1994）

38　　格雷夫人（Lady Grey）：格雷（Grey）是英文常见姓氏，字面有"灰色"的意思。格雷家族是英国贵族大家族，在历史上有多位格雷夫人留名，但从无一位担任过印度总督夫人。曾痴迷于锦葵紫色的那位印度总督夫人是柯曾夫人（Lady Curzon，1870—1906）。参加文·埃文斯（Gavin Evans）的《颜色的故事》（The Story of Colour）。

39　日本文化并不特别以紫代表嫉妒，也并非可以直接用"紫"指代嫉妒，但认可世界范围内紫色可用来表示嫉妒这一事实，参《日本大百科全书》"紫"词条（相马一郎／释）；英文则有用绿表示嫉妒。

40　紫绒三七（purple passion）：紫鹅绒（*Gynura aurantiaca*）俗名，字面意"紫激情"。

41　过了花期（overblown）：此处可能一语双关，可能另有"名过其实"意，即认为紫鹅绒虽然俗名"紫激情"但其实并不激情。

42　愤然作紫（purple in the face）：字面意"脸色发紫"，形容人愤然作色以至脸色都气紫了。

43　推罗海（Sea of Tyre）：古称，指今地中海靠近黎巴嫩苏尔港的海域。

44　染院（Collegium Tinctorium）：拉丁文，字面意思"印染学院"；属皇家机构，专司印染，类似秦代染色司或唐宋染院。

45　腓尼基神美刻尔（Melcath the Phoenician God）：腓尼基是古代地中海东岸一个地区，其范围近今黎巴嫩和叙利亚。腓尼基人善于航海与经商，全盛期曾控制西地中海贸易。美刻尔是腓尼基人信奉的神祇之一，意"城邦之王"，专门守护推罗。此处"Melcath"的拼写略有异于常规。

46　银莲（anemone）：泛指银莲花属，词源古希腊，字面意"风的女儿"，英文俗名"风花"（windflowers）。

47　雅各·以撒杰夫（Jacob Isagev）：指雅各·以撒杰尔（Jacob Isager，1944— ），此处原文拼写笔误；其所引书名《艺术中的普林尼》（*Pliny in Art*）也有误，实应为《普林尼论艺术与社会：老普林尼论艺术史篇》（*Pliny on Art and Society: The Elder Pliny's Chapters On The History Of Art*）；引文措辞与原著略有出入。

48　指詹姆斯·马歇尔·亨德里克斯（James Marshall Hendrix，1942—1970），昵称吉米·亨德里克斯（Jimi Hendrix），二十世纪六〇年代著名美国吉他手、歌手、音乐人，流行乐史上最重要的电吉他手之一。《紫霭》（"Purple Haze"）是其 1967 年的经典歌曲。

49　深紫（Deep Purple）：成立于 1968 年的英国重金属硬摇滚乐团，重金属音乐和现代硬式摇滚开拓者之一。

50　指普林斯·罗杰斯·纳尔逊（Prince Rogers Nelson，1958—2016），艺名"王子"（Prince），多种乐器演奏家、创作歌手、作曲家、音乐制作人、演员，二十世纪八〇年代美国流行乐代表人物之一，其经典代表作包括 1984 年的《紫雨》（"Purple Rain"）。

51　紫心（purple hearts）：指德美（Dexamyl），可缓解疲劳与压力，六〇年代在英国年轻人中间十分流行的一种精神药物，易成瘾。

52　芙洛拉（Flora）：罗马神话中的花神，此处代指花。

53　灵泉（Hippocrene）：希腊神话相传赫利孔山上有一温泉，是祭祀众缪斯女神圣地，其泉水饮后能激发诗人灵感。

54　约翰·济慈（John Keats，1795—1821）：英国浪漫派著名诗人。《夜莺颂》（"Ode to a Nightingale"）为其代表诗作之一，此处引用的内容是原诗第 2 节前八行。

55　紫帝蝶（purple meperor）：紫闪蛱蝶（*Apatura iris*）俗名，字面意"紫皇帝"，喜食腐尸；某些兰花（比如石豆兰属）则会释放腐肉气味以吸引苍蝇等腐食昆虫传粉。

56　原文仅一个词"Violet，是常见女子名，意"堇"，音"维奥莱特"；后文"维"（Vi）是取该名第一音节的昵称。

57　帕尔马堇晶糖（Parma violet）：一种曾经流行英国的甜堇味廉价硬糖，以帕尔马堇花命名。

58　龙胆堇药水（gentian violet）：指甲紫溶液，俗名龙胆紫或紫药水。

59　品达（Pindar，前518—前438）：古希腊抒情诗人，被后世学者认为位居九大抒情诗人之首。品达曾盛赞雅典为"光之城市、堇冠加冕、美名永传、希腊栋梁"，雅典因此而被称为"堇冠城"（City of the Violet Crown）。

60　甜堇（sweet violet）：香堇（Viola odorata）俗名。

61　指克洛德·莫奈（Claude Monet，1840—1926），法国印象派画家。其系列作品《干草堆》记录了不同季节、不同时间段同一地点干草堆上的光线变化。

62　钴堇（cobalt violet）：俗译"钴紫"。

63　属基督的堇（Christian violet）：这个表达可以理解为"基督堇（颜色）"；天主教敬拜仪式确实常用到堇色，但此处并非常见表达。耶稣基督上十字架为世界众人的罪而死，被人羞辱而穿着"紫袍荆冠"，仿佛地上君王；就此处上下文而言，贾曼可能试图表达，相对于属世君王的"紫"，"堇"是更属于基督的颜色，是属天的君王；耶稣基督暂时降到阴间，死而复活，就表明其胜过了包括死亡在内的整个世界的权势。

64　意大利作曲家弗朗切斯科·奇莱亚（Francesco Cilea，1866—1950）歌剧《阿德里安娜·勒库夫勒》中的女主人公。

Black Arts　　　　　　　　　　　黑　艺

　　　　　　　　　　　　　呜呼冥冥吾魂 [1]

噢，吾黑暗灵魂，"而今汝被召唤——被疾病"，被死神之司晨与勇冠召唤。[2]

黑丝绒在电影里标记无限，无形无界，一种无尽之黑，匿伏于蓝天身后。它灵魂多情，且正如艾德·莱因哈特《黑之教科书级别大师》[3]所述……它破除了细枝末节的事端以及有色表面的浪漫。它是清教徒[4]，如十七世纪阿姆斯特丹上流公民[5]的衣着一般黑。

一袭教士黑。黑了心肠。

维多利亚时代的女士们着一身漆黑服丧。

诸星系之外，亘卧原始之暗，星光从中闪耀而出。颗颗绿恒星[6]、红巨星[7]。猎户手[8]是颗红恒星，还有些像猎户足[9]一样的蓝恒星。它们的颜色告诉我们很多信息：氢是红的，钠是橙的。

你混置色彩于彼此敌对，它们就歌唱。不是合唱，而是各自独唱。诸星球的天籁之音是什么色？岂不就是大爆炸的回响在光谱上余音轮转？

今日，当我写作此篇，哈勃望远镜正在拍摄宇宙极限边缘。时间之起初。来自那些世界的光，达至望远镜接收，所花的时间比地球本身存在更久。那些潜伏着的黑洞——时间、空间、维度不复存在其中。

我的语音会否回响至时间终结？会否永远旅行一路入至虚空？

黑是绝望的吗？每朵雷雨乌云岂不都有一线银边[10]透现？黑中亘卧希望之可能。

睡眠，宇宙普世共通，被黑拥抱。一种舒服温暖的黑。这不是冷黑；正是在这暖黑底色上，彩虹如群星闪耀。奥维德将之美轮美奂述于《变形记》：

> 伊丽斯身披了彩袍万紫千红，循一弧弯拱，横越诸天，寻找云深处那位王的宫殿。离钦墨利亚人[11]的国土不远有个旮旯山洞，幽深虚空，是懒惰睡神的隐秘住处。不论清晨、中午或黄昏，日神的光芒都照射不到。黑暗雾气在地面吐息弥漫，昏暗半明如傍晚。在这里听不到高冠报时的雄鸡催晓；也听不见急躁的看门狗或比狗更精明的鹅打破寂静。在这里也听不到野兽或牛羊的声音、风吹树枝的窸窣声，或人类的争吵喧哗。这里住着哑口无言的缄默；唯独山洞底下，忘川[12]流过河床沙石低

声呜咽，催人鼽鼾。洞府庭前，繁茂的罂粟正在盛
开；还有无数花草，到了夜晚披着露水的夜神就从
草汁中提炼出睡眠，并把它的威力散布满黑夜的地
土。睡神的宫殿并没有门户，怕有了门户，门轴发
出吱吱的声响；在入口处也看不见有守门人。山洞
中央矗立着一张檀木大睡椅，色暗，罩了黑床单，
绵软如羽。睡神亘卧其上，四肢松懈，形容懒散颓
靡。睡神周围亘卧诸般空幻梦影，受造形状各自不
同，数量之多就像收割季的谷穗、林地树丛的叶、
四散海边的沙。[13]

睡神宫府从未下过雨。伊丽斯曾否在黑暗中照亮她的
道路？摩耳甫斯[14]曾否在他床边梦见彩虹？

黑无垠，想象则在暗中竞逐。鲜活诸梦猛冲穿行夜
中。戈雅[15]笔下长着哥布林脸的蝙蝠们暗中咯咯笑。

黑煤火中住着说书之灵。蓝与猩红火光明灭。正是夜
间围聚火堆，男男女女才在漆黑中讲述了他们的故事。

诸般黑色安息日[16]。

火熄了，炉封了，电视降临了。电子媒体偷走了叙述，
留给我们的，与其说是交谈，毋宁说是对着永无休止的周
而复始，自顾自大发议论。黑不是他们的歌，而是你的。

小扫工[17]或许能带来好运，在白婚礼上扮了黑脸[18]，

311

可他受尽折磨。他胳膊肘和膝盖全都磨破了、磨硬了、磨出了老茧、擦上了醋。他英年早逝。他的两肺因煤烟致癌。白金汉宫那些烟囱最为恐怖，这栋恶宅的烟道，样式像个发夹般的"N"形 [19]——上去，下来，再上去，然后才能爬出来见到光。对这些爬烟囱的男孩而言，好运并非白白得来。对那些戴黑高帽撑黑雨伞的绅士而言，他们的世界哪里顾得上这些？

黑既带好运又带噩运。"漆黑" [20]，那只温驯的乌鸦，每天早晨必来展望庐偷走一切闪亮的东西……红糖果、蓝羊毛、银纸，然后把它们埋在花园尽头各个隐秘角落。托马斯，那只老黑猫，它步履蹒跚，隐伏觅食，穿过扫帚花 [21] 丛，花儿因盐雾 [22] 而发了黑。我去采黑莓，我的乌鸦就跟着我飞几里路，俯冲猛扑掠过我头顶，搞得我像鸭子一样缩头闪避。

有遭禁的黑。

黑修士 [23] 叽里咕噜施黑魔法 [24]，举行黑弥撒 [25]。黑死 [26] 进屋，烛尽光穷。绝望的黎明中，烟圈的酸气弥散。

黑如一场葬礼，黑煤灯照亮道路……

场场葬礼种种灯黑。下面讲的这场是弗朗茨·约瑟夫皇帝 [27] 的，在一段抽抽颤颤的胶片上。黑枢车。黑马队。黑鸵羽 [28]。众士兵及皇亲国戚皆着黑服丧。丧纱及丧章。乌项链、黑面纱。古老秩序一去不在，被那些抛弃素黑日常而投身迷金排场的教士们打发上了路。

黑是美的。

穆罕默德·阿里[29] 飘舞似蝶……拳刺如蜂。

穆斯林世界的绿色中央背后亘卧黑石——天方[30]。

世界黑如墨。书付梓以黑。

一天天的，在斯莱德研磨蚀刻油墨[31]，像糖蜜[32]一样黏在磨石上。蚀刻本身花的时间倒比研墨少。

　　　　有一种黑古老，还有一种黑新鲜。

　　　　　　　　　　　　　　　　　　　　（葛饰北斋[33]）

黑变病[34]，蛾子为躲避掠食者而变黑。

黑甲虫。黑豹盯梢黑羊。黑天鹅与渡鸦。

黑花儿是堇，黑如天鹅绒。黑郁金香浅染一抹紫，黑根铁筷子冬季里开花。有白花园，却没有黑花园。

黑可以幽默。也可以现代。可可·香奈儿的小黑裙[35]适合各种场合。

但异端裁判所也黑。

邪恶的黑衫[36] 当时正在东区[37]游行，与蓝警抗争[38]，而她则在跳黑屁股舞[39]。

与此同时在酒吧里，黑皮衣男孩们[40] 收起他们的惴惴不安，又吸起他们的啤酒肚——个个有志成为马龙·白兰度[41]。

"他们的内衣是黑的吗?"

性感的苏活黑?

他们躺在黑床单上吗?

黑的出租[42]。黑的电话。黑玛丽亚[43]。实用的黑。消解形式。象牙黑[44]。加热象牙刨片与兽骨,制得成炭。此中岂无矛盾?

燃烧白的,给我们带来黑,但就像艾德·莱因哈特所说:

> 哑光黑在艺术中
>
> 不是哑光黑
>
> 亮黑在艺术中是亮黑
>
> 黑并非绝对
>
> 有多种不同的黑
>
> 光之缺席是否带来空无?
>
> 偷走它的诸般黑。[45]

> 黑并不像白一样基本常见。我们遇见黑是在植物界,在半燃烧状态,以及在炭里……多种金属会因轻微氧化变黑。
>
> (歌德,前引)

黑板张张

黑骏马 [46]

黑群山 [47]

黑森林 [48]

黑乡 [49]

黑海诸海 [50]

黑潭 [51]

炭条

碳弧灯 [52] 盏盏

骨黑

灯黑。

我把金涂进了我张张黑画（黑变）中，亦即贤者之蛋 [53]。炉鼎内炼猩红火，非为再生金蝉子 [54]。这就是终极探索 [55]，而非戏仿——这是可能终止于万花广场 [56] 一把火的大探索——就像布鲁诺，他将宇宙描绘成了无穷多个世界，好像颗颗微尘于一束日光中闪亮。你持那般思想，无异于玩火，失财事小，当心送命。

1　呜呼冥冥吾魂（O Mia Anima Nera）：原文为意大利文，意即下文的"噢，吾黑暗灵魂……"。

2　约翰·多恩（John Donne，1572—1631），英国牧师、传道人、著名形而上学派（旧译玄学派）诗人。此处整段内容为其《神圣十四行诗集》（*Holy Sonnets*）第 4 首（按 1912 版顺序）开首两行；原文未按原著诗体分行排版，且特别增加了一组引号将分行断句重新合并。

3　《黑之教科书级别大师》（*The Quintessential Master of Black*）：并无任何已出版资料记载莱因哈特有任何以此为题的作品；这个作品名称可能是原文的一种幽默表达，因为莱因哈特以其"黑色绘画"系列作品最为闻名，也确实是在抽象主义、纯粹主义方面的教科书级别的黑色大师。此处省略号后句内容看似引文，但并无任何已出版资料记载莱因哈特有与此措辞基本相符的表述；但莱因哈特在其著名的《作为符号及概念之黑》（"Black as Symbol and Concept"）等讲章或文章中确实多次表达过与此大意相近的概念。

4　清教徒（puritan）：狭义指要求清除英国国教会内保有罗马公教会仪式的改革派新教徒及其理念和风格；广义泛指守节清心。

5　上流公民（burghers）：早期现代欧洲的一种尊贵身份头衔，类似于中世纪的小资产阶级但更具特权。十七世纪被认为是阿姆斯特丹的黄金年代，据史记载当时欧洲以丝绒为面料之最昂贵，风尚则以黑袍为美；荷兰上流社会尤其喜欢着一身黑丝绒配白色拉夫领或蕾丝领，以彰显一种新教徒式的节制。

6　绿恒星（green stars）：一译绿色星，在天文学中特指由于错觉而看似显绿的白色或蓝色恒星。

7　红巨星（red giants）：一种巨星，是恒星的一种演化阶段，该阶段其体积膨胀程度超过发光能力的增加，因此表面的有效温度下降，使得恒星的颜色转红。

8　　猎户手（Betelgeuse）：常译参宿四，即猎户座 α，严格来讲在分类上属于红超巨星，全天第十亮的星。此处按原始字面译。

9　　猎户足（Rigel）：常译参宿七，即猎户座 β，严格来讲在分类上属于蓝超巨星，全天第七亮的星。此处按原始字面译。

10　银边（silver lining）：指英文俗语"每朵云都有一线银边"（every cloud has a silver lining），喻指天无绝人之路，不幸中总有一线希望。

11　钦墨利亚人（Cimmerian）：一译辛梅里亚人，据信是一支古老的印欧游牧民族，相传其曾栖居在高加索和黑海的北岸；荷马史诗及其他一些希腊神话传统则称其生活在大洋之外、冥界边缘一片长年黑暗多雾的土地上。

12　忘川（Lethe）：希腊神话中的冥界五河之一，亡者至冥界即被要求饮忘川水，以忘却尘世事。

13　此段原文节引自《变形记》英尼斯（Mary M. Innes）散文体英译本第 11 章，略有调整。中译参考杨周翰中译本，略依原译及本书原文调整措辞。参《变形记》，人民文学出版社，1958 年。

14　摩耳甫斯（Morpheus）：希腊神话中的梦神。据奥维德《变形记》，他是睡神修普诺斯的儿子；据其他西方神话传说传统或改编，摩耳甫斯也被描写为修普诺斯的兄弟，甚至与之形象重合为一。

15　指弗朗西斯科·戈雅（Francisco Goya，1746—1828），西班牙浪漫主义画派画家。其系列铜版画作《异想集》（Los Caprichos）中多次画到长着妖怪脸的蝙蝠，尤以第 43 号《理入梦则魔怪生》（El sueño de la razón produce monstruos）最具代表。

16　原文大写首字母强调专名，且为复数。此说法初指邪教异端聚集敬拜的所谓"女巫安息日"（Witches' Sabbath）活动，与犹太教或基督教传统的安息日相对；后延伸出多种在文化、艺术，甚至社会事件方面的指代和使用，多含负面意味。

17   指工业革命时期英国的一种特殊童工，因体型优势而从事烟囱清扫工作，一般是男孩。此处表达来自本杰明·布里顿（Benjamin Britten）基于布莱克《天真与经验之歌》中两首同题为《扫囱工》的诗歌创作的三幕歌剧《小扫工》（*The Little Sweep*）。

18   指一种曾主要流行于西方的戏剧化妆传统形式，主要由非黑人表演者使用，以表现黑人。现在普遍认为这种方式带有种族主义的冒犯、歧视与无礼。此处与京剧"黑脸"无关。同时，英国民间有传统迷信认为新娘在婚礼当天看见扫烟囱工，甚至被扫烟囱工献吻，就会交好运，因此许多扫烟囱工会受雇出席婚礼，且刻意以煤灰扮黑脸。

19   白金汉宫烟囱造型诡奇，史料确实多有记录，但鲜见原文此处所谓"发夹般的'N'形"这种描述。实际上，发夹本身就少见"N"形。贝妮塔·卡林福德（Benita Cullingford）著《不列颠烟囱清扫五百年史》（*British Chimney Sweeps: Five Centuries of Chimney Sweeping*）提及白金汉宫与温莎城堡在十九世纪共有五十多个烟囱加装了"螺旋烟道"，可能是原文此处试图描述的形状。另据斯特兰奇（K. H. Strange）著《爬烟囱的男孩》（*Climbing Boys: A Study of Sweeps' Apprentices 1772–1875*），白金汉宫内有一烟道甚至拐了十五个弯。

20   漆黑（Jet）：音"杰特"，常见男女通用名。此处取字面意译。

21   扫帚花（broom）：染料木族植物（*Trib. Genisteae*）俗名，因其枝条曾用以扫除而得名；其下属包括常见且著名的金雀花（*Cytisus scoparius*）等植物，故有时也被直接误译作金雀花。

22   盐雾（salt spray）：此指大气中由含盐的微小液滴所构成的弥散系统，海岸边常见。

23　黑修士（black monk）：可能暗指契诃夫创作于 1893 年的短篇小说《黑修士》，讲一个孤僻学者不断在幻觉中看见黑衣修士，声称能引领他走向大智慧，结果其身心健康每况愈下，最终抱病而亡。另及，艾德·莱因哈特在艺术圈中也有一昵称即"黑修士"。

24　黑魔法（black magic）：又称黑巫术，即主要以伤害他人为目的的邪恶巫术，一般认为巫术涉及交鬼。

25　黑弥撒（black mass）：泛指各种模仿天主教弥撒的撒旦崇拜仪式。

26　黑死（Black death）：字面意"黑色的死亡"，一般特指黑死病（Black Death），但此处原文并未大写各词首字母强调专名。

27　指弗朗茨·约瑟夫一世（Franz Josef I, 1830—1916），前奥地利皇帝兼匈牙利国王，茜茜公主之夫。

28　十九世纪末二十世纪初欧美贵妇正式场合着装，礼帽上曾流行插鸵鸟羽毛作为装饰。

29　穆罕默德·阿里（Muhammad Ali, 1942—2016），美国男子拳击手，以其伟大的拳击职业生涯和激进政治主张而名满全球。

30　天方（Ka'abo）：麦加禁寺内的一座黑色立体建筑，伊斯兰教相信其为至圣之地。一般译为天房、卡巴天房，或克尔白，其字面原意是"立方体"。此处贾曼拼写略有不符合英文常规，一般应作 Kaaba、Ka'bah 或 Kabah。天方的一个重要部分是其东墙角的房角石，称黑石。

31　蚀刻油墨（etching ink）：蚀刻画雕版完成后涂于版面用以拓印的一种浓厚油墨。

32　糖蜜（treacle）：以甘蔗或甜菜制成食糖的加工过程中的副产品，一般是金黄或棕黑色黏稠液体（黑色的又称 molasses），英国料理常用来增甜。

33　葛饰北斋（1760—1849），日本江户时代的浮世绘画家。另及：艾德·莱因哈特在《作为符号及概念之黑》中引用过葛饰北斋这句话，这也是莱因哈特常爱引用的一句话。

34　黑变病（Melanosis）：根据下文表述，此句提到的蛾子应是桦尺蠖（Biston betularia），因此此处更准确的表达应作"黑化"（Melanism），指生物的黑色素在皮肤（或皮肤附属物，如毛发）中逐步积淀的过程，可能是自然的变态发育过程，也可能是物种为适应环境而产生的演化（比如桦尺蠖）。现代医学一般只将因病变而发生的黑化称为黑变病。

35　香奈儿于1926年推出的小黑裙设计风靡一时，并成为时尚界的经典款式。

36　黑衫（black shirts）：此指不列颠法西斯联盟（BUF）的纳粹同情者，曾效仿意大利法西斯民兵组织"黑衫军"（Camicie Nere）着黑衫为制服。

37　伦敦东区（East End of London）的简称，指伦敦一个非正式认定的区域，聚集着大量贫民与外来移民；此用语带有贬意。

38　指1936年10月4日礼拜日伦敦东区卡布尔街上一场规模较大的警民冲突，史称卡布尔街之战（Battle of Cable Street）。但冲突双方并非深蓝制服的伦敦警方与黑衫制服游行者，而是伦敦警方与试图阻止此次游行的反法西斯示威者。实际上警方当时竭力保护黑衫制服游行者。

39　黑屁股舞（Black Bottom）：又称黑人扭摆舞，发源于美国，于二十世纪二〇年代盛行纽约，后流行欧美各国。二十世纪二三十年代，美国歌舞女演员伊迪丝·威尔逊（Edith Wilson）曾多次前往英国表演带有这一舞步的舞台作品，最有可能是此处上文所指的"她"。

40　暗指六〇年代的经典英国同志电影《皮衣男孩》（The Leather Boys）。英国的现代同志酒吧兴起于二十世纪二三十年代，以伦敦苏活区为当时地下活动的代表，但长期受到警方突袭骚扰，因此下文说"惴惴不安"。

41　马龙·白兰度（Marlon Brando, 1924—2004），美国电影演员、社会活动家，两届奥斯卡影帝。其在五〇年代主演的电影《飞车党》（*The Wild One*）中的黑皮夹克经典形象潇洒时髦，引发年轻人争相模仿。

42　字面意思泛指黑色出租车，并无汉语中"非正规"或"非法"之意。此处应是特指黑色哈克尼车（hackney carriage），因其作为出租车，以伦敦黑色哈克尼最为著名，甚至成为伦敦出租车的代名词。

43　黑玛丽亚（Black Maria）：这一俗语在英文中有多种指代，此处最可能的是以下两种：七〇年代漫威超级英雄漫画中登场的一个反面角色，是个大块头黑人妇女形象，其名字的准确写法是变体的 Mariah；或代指黑色囚车，其昵称是为纪念十九世纪初新英格兰地区一位帮助警方除暴安良的著名大块头黑人妇女玛丽亚。

44　象牙黑（Ivory black）：又称骨炭（bone char）或骨黑（bone black），指这种颜色，也指象牙和兽骨加热炭化后的多孔隙物质，磨碎后可以制作颜料、炭笔、炭条等艺术用品。

45　此节诗体排版内容前三行出自前引艾德·莱因哈特的《艺中艺是艺如艺》其中两句；后四行并非莱因哈特诗歌原文，出处不详，可能是贾曼兴起续笔。

46　字面意"黑美（人）"，极可能指英国作家安娜·休厄尔（Anna Sewell, 1820—1878）的经典童话《黑骏马》（*Black Beauty*）。

47　黑群山（Black Mountains）：字面意"黑色群山"，可能指威尔士的黑群山（Y Mynyddoedd Duon），或多地多处同名地区。

48　黑森林（Black Forest）：可能指德国最大的森林山脉"黑林山"（Schwarzwald），或因此而得名的一种德国奶油樱桃蛋糕"黑森林"，或多地多处同名森林地区。

49 黑乡（Black Country）：英格兰中部西米德兰兹郡一个地区，在工业革命时期是英国主要的煤矿、焦化、钢铁厂集中地，也是英国空气污染最严重的地区。

50 黑海（Black Sea）是欧亚大陆的一个陆间海，一般单数指称；原文此处使用了不常见的复数。

51 黑潭（Blackpool）：英格兰西北区域的单一管理区，一般音译作"布莱克浦"。

52 碳弧灯（Carbon Arcs）：使用碳素电极的弧光灯。

53 贤者之蛋（philosophic egg）：拉丁文作 Ovum philosophicum，指炼金术中使用的一种特殊容器，专用于炼制传说中的贤者之石（Philosopher's stone），以制作长生不老的万灵药（Elixir）或化物成金，象征炼金术的顶点。

54 再生金蝉子（reproduction）：该词字面有"繁殖""翻版""复制"等意，在炼金术语中特指炼制过程以少成多的最终产量；此处借用象征"再生"的炼金术语"金蝉子"表达类似概念。

55 终极探索（the Quest）：大写强调的"探索"，下文的"大探索"也是这个词组。这个表达常用来特指亚瑟王传说中寻找圣杯的终极任务。

56 万花广场（Field of Flowers）：此处原文可能一语双关，首先一定指意大利"鲜花广场"（Campo de' Fiori）的英文专名；其次也可能指亚瑟王传说中多次出现的"花田"意象，如丁尼生（Alfred Tennyson，1809—1892）《国王的叙事诗》（Idylls of the King）之"兰斯洛特与伊莱恩"篇："正逗着一匹沙色马儿腾踏飞跃 / 欢闹嬉戏于一片万花田间……"

Silver and Gold   金　银

到底是什么，将金银与色彩分别开来？比如说，金是黄的吗？比如说，银是灰的吗[1]？是因为它们是金属吗？是因为它们的光泽或价值吗？

弥达斯[2]及克洛伊索斯[3]，鞠躬致敬。

金银我是真没有，但我有岁月金曲[4]，流金时刻，以及沉默。金不是一种色彩，但它依偎于色并炫之出彩。

主权币[5]与本位制[6]。

金碟[7]以彰金玉青年男男女女；他们不似这金属般不朽，却必归尘土。[8]

图坦卡蒙[9]的微笑

橡叶冠[10]

金缕衣[11]

大冒险与罗曼史[12]

盖伦帆船

印加金藏[13]

宝塔，俄罗斯教堂，金箔。

康沃尔金[14]、红金[15]、绿金[16]、彩虹尽头之金。

金画之最——唯童贞女圣袍上一抹小小的蓝青金色——当属西莫内·马丁尼[17]的《圣母领报》。金制的中世纪绘画。伊夫·克莱因把金条扔进塞纳河[18]。在托尔切洛岛[19]，黑魔鬼们在金马赛克中扭动，将凡被定罪的带下地狱。

在西伯利亚[20]，金子偷走灵魂。在育空[21]，淘金热潮。

我此时写字的这支笔，是1905年产的纯金威迪文，笔尖精细，出水流畅，上手愉悦。

婚戒镶金誓不渝。

金无替代，不可能像其他色彩一样在药房里被发明出来。维纳斯的金苹果[22]，金甲[23]。多克尔女士[24]的金戴姆勒。

金乃至高神之子。

无有蛾虫胆敢吃，

且其攻克俗世众

甚至最强者之心。[25]

（萨福，前引）

326

银蚀，可悲可怜。管家抛光服务富豪。黑氧化物玷污布料。我有把银剃须刀，是我当时因《卡拉瓦乔》出第一趟差，去到罗马时买的，珍惜至今。我没有银刀叉。你听我说这话的语气，就能看出来，银是我们日常生活触手可及的。银有用。但我想不出来哪幅画用过。银离光谱太远了。银箔。银婚。银色的月。银为夜生。银色的海，银色的鱼在海中闪现，水银灵活，金鱼绕喷泉悠游。银狐狸、银雎鸠、银镀[26]、布丁里的银镚子[27]。银带来好运。

1 此处原文举隅两例皆出自维特根斯坦的《评色》，参该书第 54、第 241 节；此段内容基本上都呼应维氏《评色》中多处对金银的论述。

2 弥达斯（Midas）：希腊神话中的弗里吉亚国王，以巨富著称。相传其手指能点石成金，英谚有云"手气好如弥达斯"（to have the Midas touch），形容做事顺利能赚大钱。

3 克洛伊索斯（Croesus，前 595—前 546）：吕底亚王国最后一位君主，在位十五年，被认为是第一个发行纯金和纯银货币，并且使其标准化、用于普遍流通的重要历史人物。英谚有云"富可敌克洛伊索斯"（to be rich as Croesus）或"富超克洛伊索斯"（to be richer than Croesus）形容富裕。

4 岁月金曲（golden oldies）：泛指经典老物件，特指二十世纪五六十年代的欧美流行摇滚歌曲。

5 主权币（sovereign）：又音译索维林，指一种英国发行的黄金铸币，面值一英镑。最早在 1489 年开始铸造，至今仍持续有生产。

6 本位制（standards）：指以某单位货币价值等同于若干含特定重量金属作为衡量标准的各种制度。其中最著名的是金本位制度。

7 金碟（golden discs）：现代唱片行业传统，以贵重材料打造一张唱片作为纪念，用以奖励艺人的某张唱片达到特定销量。最早发源于唱片公司，曾以金碟为最高；后发展为由美国唱片业协会（RIAA）或各地类似机构认证，不同级别各以不同贵重材料命名。

8 此句原文戏仿莎士比亚剧作《辛白林》（Cymbeline）第 4 幕第 2 场："金玉青年男男女女必如，／烟囱清扫工般归于尘土。"另参朱生豪译文："才子娇娃同归泉壤，／正像扫烟囱人一样。"（《莎士比亚全集（六）》，人民文学出版社，1994）

9 图坦卡蒙（Tutankhamun，约前 1341—约前 1323），古埃及新王国时期第十八王朝的一位法老。其墓穴中发掘出的木乃伊面具由纯金制成，现为埃及博物馆最重要的古埃及藏品；民间认为其面具表情似笑非笑如同蒙娜丽莎。

10　橡叶冠（oak leaved crowns）：拉丁文亦称"槲叶环"（corona civica），指以橡树叶编织而成的花冠状头冠，在古罗马时代是公民能获得的次高军事勋章，仅次于禾草环；一般被颁授予那些以实际行动拯救同袍于危难中的罗马公民。

11　金缕衣（cloth of gold）：指欧洲从古罗马到宗教改革时期都出现过的，一般用以教会或王室贵族服装的金织布料。另参《圣经·诗篇》第45章第13节："王女在宫里集齐荣华；／她的衣服是用金线绣的。"

12　罗曼史（Romance）：即俗译"浪漫"，但此处原文大写首字母强调，可能有多种指称，比如特指中世纪的罗曼司文学。

13　印加金藏（Inca gold）：字面意"印加（的）金（色）"，指流传数世纪的关于南美古印加"黄金国"及其失落的黄金宝藏的传说，至今仍不断吸引探险家寻宝。

14　康沃尔金（Cornish gold）：指十九世纪初，英格兰西南部康沃尔郡（Cornwall）因发现大块金锭而引发淘金热。

15　红金（red gold）：主要成分为金与铜的合金，多为人工，又称玫瑰金。中世纪及更早时，受制于技术水平，合金纯度有限，有许多文献将金子描写为红色。

16　绿金（green gold）：主要成分为金与银的合金，多为天然，又称琥珀金。

17　西莫内·马丁尼（Simone Martini，约1284—1344），意大利文艺复兴早期画家。下文的《圣母领报》（*Annunciation*）应指其与妹婿利坡·梅米（Lippo Memmi）共同完成的木板蛋彩金箔底三联画，最早是作为锡耶纳主教座堂委任的四幅祭坛画之一而绘制，除圣母衣袍是蓝青金色外，其余画面内容几乎全都金黄灿烂，现藏于乌菲兹美术馆。马丁尼另有多件同题为《圣母领报》且表现手法也相同的作品，但知名度及画幅远比不上三联画版本。

18 指克莱因的系列行为艺术作品《非物质形象感知区》(*Zone de Sensibilité Picturale Immatérielle*)。艺术家出售所谓"非物质区"的"空无空间"，售价按黄金记，第一件二十克，第二件四十克，依次成倍递增，收藏家付真金换取一纸购买证明，之后藏家可选择保留购买证明，或可选择在有第三方见证人的仪式中烧掉证明，同时艺术家则将收到黄金的一半扔进塞纳河，仿佛一切都没有发生过。据不完全统计克莱因陆续售出八件此系列作品，其中至少三件完成了完整仪式。

19 托尔切洛岛 (Torcello)：意大利威尼斯的潟湖岛，面积很小，但岛上的圣母升天圣殿 (Basilica di Santa Maria Assunta) 十分著名，殿内墙上的宗教画是该地最古老的马赛克艺术作品，其中有表现"最后的审判"的内容符合下文描述。

20 西伯利亚：乌拉尔山脉以东广大地区的总称，占北亚的大部分，现属俄罗斯。该地在俄罗斯帝国和苏联时期曾被用作犯人（尤政治犯）流放地。该地产金，有多个金矿，曾大量使用犯人苦力劳工。

21 育空 (Yukon)：位于加拿大西北部。十九世纪末二十世纪初，此地爆发了著名的克朗代克淘金热 (Klondike Gold Rush)。

22 金苹果 (golden apple)：希腊神话中传说三女神争抢属于"最美丽女神"的金苹果，最后阿芙洛狄忒使用计谋得到了这一荣誉，但间接引起了特洛伊战争。英文中有以"金苹果"表达"导致纠纷之物"的说法。

23 金甲 (gold armour)：罗马神话中的战神马尔斯一般被描绘为金甲披身，但传说他看见美神维纳斯后心花怒放放下戒备，允许后者为其卸甲。参雅克–路易·达维德画作《维纳斯为马尔斯卸甲》(*Mars désarmé par*

Vénus）。

24　多克尔女士（Lady Docker，1906—1983），英国社会活动家，其第三任丈夫伯纳德·多克尔（Bernard Docker）曾坐镇英国汽车公司戴勒姆（Daimler），并按这位妻子的要求打造了一系列车展专用豪华车，其中最著名的是 1951 年的第一款金色戴勒姆（Golden Daimler）。此处贾曼提及此车，没有使用"金（色）"（golden）一词，而是表达为"金（制）"（gold）。上文的"维纳斯的金苹果，金甲"与"多克尔女士的金戴姆勒"押韵，形意打油。

25　此处引用内容实际出自帕萨尼亚斯（Pausanias，约 110—约 180）转引品达与萨福残句，后世一般将之混为一谈，全部作为萨福的诗文。此处原文使用的英文译本不详，汉译参考原著略有调整。

26　银镀（silver gilt）：特指银镀金（vermil），而非镀银（silvering）。

27　银锎子（threepenny bits）：英国的三便士银币，现已停铸。按传统在圣诞节取一枚藏于布丁中，众人分食布丁得此银币者被视为交好运、发大财；类似中国传统包饺子藏硬币的习俗。

Iridescence 虹　彩

谁不曾惊奇地凝视，水坑浮油斑纹蜿蜒莹莹；谁不曾往里扔块石头，看波澜涟漪泛起种种色彩？谁不曾讶异于乌云蔽日，只待阳光乍现，霎时一道光明的彩虹挂天边？

彩虹是大洪水后与挪亚所立之约。[1]

孔雀趾高气扬，尖叫开屏，如银翠罗绮彩丝绒，在我们眼前变幻色彩。

虹彩的欧泊石[2]和月长石[3]，炫目神秘，还有珍珠母[4]贝，光泽彩色——我们都往艳阳天里吹过肥皂泡，彩虹般，飘扬远去破灭消失。

虹彩带回童年时光，变幻无穷如万花筒。

哀眼变色龙

灰如火山灰

某日雷雨天

稳坐磐石上

灰乃他外衣

灰乃他内心

灰眼变色龙

灰思深沉浸。

狂飚突袭中

彩虹一朵现

斗大暴雨点

开始落下来。

"噢，虹彩颜色

祈请洗净我

此生命中灰

光天日之灰。"

狂飚闻此愿

当下正当即

鼓风卷他去

彩虹尽头边

彼方地面上

亘卧贝壳灿

明亮如虹彩

奉名珍珠母。

珠光比欧泊

宝气映月长

油浮雨坑来

泡影莹莹曳

主珍珠母是我喜爱。⁵

1　参《圣经·创世记》第 9 章第 12 至 17 节："上帝说：'我与你们并你们这里的各样活物所立的永约是有记号的。我把虹放在云彩中，这就可作我与地立约的记号了。我使云彩盖地的时候，必有虹现在云彩中，我便记念我与你们和各样有血肉的活物所立的约，水就再不泛滥、毁坏一切有血肉的物了。虹必现在云彩中，我看见，就要记念我与地上各样有血肉的活物所立的永约。'上帝对挪亚说：'这就是我与地上一切有血肉之物立约的记号了。'"

2　欧泊石（opal）：二氧化硅胶体沉淀水合物，无一定外形，断口为贝壳状。汉语俗名通常误译为"蛋白石"，因为大部分劣质或普通欧泊石表面浑浊乳白，优质纯净的欧泊石则会在光照时呈现五颜六色的变彩。

3　月长石（moonstone）：具有月光效应的长石族矿物，又译"月光石"，其品质佳者呈半透明状，似波浪漂游的蓝光。

4　珍珠母（mother of pearl）：软体动物产生的有机和无机混合物，作该动物贝壳的内层物质；也是构成珍珠表层亮丽的材料，材质坚固有弹性，具虹彩般多种鲜艳的色彩。

5　原文此诗两次出现"珍珠母"（Mother of Pearl）大写各单词首字母强调专名，末行则戏仿很多赞美诗都出现的一句经典经文歌词"主耶和华是我喜爱"（The Lord is my delight）。

Translucence   半透明

塞布丽娜美人儿，

汝请坐定，汝请听，

半透半明，玻璃冷浪下，

百合锦织，发辫交错中，

汝云绸披散，琥珀欲滴；

为亡荣故，汝请听，

银湖女神，

请听请救。

请听，请显现于我侪，

奉伟哉俄刻阿诺斯[1]之名，

借撼地尼普顿权杖之威……

（约翰·弥尔顿[2]

《科马斯：拉德洛城堡举办的假面舞会》）

我放弃了手头的玻璃工作，因为我明白过来，制作出完美望远镜一事，迄今为止仍受局限：并非因为缺少人们翘首以待的、按照光学学者们的理想要求打磨出的镜片，而是因为，光本身其实异质驳杂，是由各种不同的折射光混合而成。

（艾萨克·牛顿，前引[3]）

时以沙计，玻璃锥瓶漏刻荏苒。

"欲见一沙此世界。"[4]

沙与苏打或罐木灰是玻璃的配料。

雪花玻璃球里猩红暴风雪，在我手里打碎，染红床单。玻璃是探索我们这个世界的钥匙。正是透过玻璃，伽利略[5]探索了太阳系；正是一片玻璃棱镜，使牛顿发现了光谱。十七世纪玻璃制造业发展，探索发现随之进步。镜片打磨。放大镜。眼镜。光亮、坚硬而易碎。

> 人对着玻璃看，
> 可以定睛其上；
> 若他愿意，亦可看穿，
> 就能望见天堂。

（乔治·赫伯特[6]《万灵药》）

透过色彩的一种"缺席"——无色——我们度量了

星星，创造了光谱。随后而来的显微镜，揭示本不可见的内在。

画家与科学家携手共进。他们在暗箱[7]中记录世界。这就是维米尔[8]的秘密吗？玻璃负片上，世界于银中定影。玻璃与氧一样不可或缺。哈勃望远镜有一块透镜，其研磨之精细，伽利略绝对无法想象。玻璃是智识之盐——是一种透视，其透明拨开黑暗推进角落。

大英博物馆的中世纪区有个小银盒，其顶部布满芥子珠[9]，需透过一块水晶棱镜放大观看。我心怀惊奇观看这个盒子。

1972年我住河岸区[10]一间仓库，睡在一座玻璃房中——那是个水晶乐园，即使在寒冷冬日也很容易加热升温，是个很实用的解决方案。

我的电影里玻璃在哪儿出现？

面孔扭曲，紧贴窗玻璃。《禧年》中的疯曼德[11]，《暴风雨》中的爱丽儿。还有繁重的工作吗。[12]

《天使的对话》中的钻纹玻璃蚀刻菱格。玻璃杯和蓝粉笔。

《日影》和《镜艺》[13]中心诸棱镜。《维特根斯坦》[14]中的"绿先生"——"夸克·粲暨奇异"——反射一轮光晕进入摄影机。光，泯灭像。

多年前我和菲利普·约翰逊[15]在他的玻璃房里喝茶。

玻璃曾经还很摩登。正是在玻璃上，无穷尽的天体音乐 [16]
受造而成。

　　一位磷光魅影半透

　　半明于我幽灵眼中

　　莹莹微光闪烁星空

　　群星照耀穿透他

　　亮如儿童仙女棒。

　　这位幽灵，"透视先生"

　　打从以前某地回来

　　踮脚穿过海浪万马 [17]

　　沿走廊飘荡

　　一口冷气一朵泡影

　　幽灵我还从未见过。

　　"透视先生"是透明的

　　清澈透亮像只虾

　　玻璃般光泽主动脉

　　一开一阖晶莹剔透

　　水母美杜莎 [18]

属深海的伞。

幽灵，我听说，
飞行
于拂晓微光
当黑鸟歌唱 [19]
幽灵们张开翅膀
像蝙蝠一样倏然
飞向阁楼
但"透视"炫目刺眼

即使艳阳光天化日
即使六月酷暑热浪
他也在涟漪中舞蹈
是个亮闪闪的幽灵。

他等太阳落山
然后再次散步走廊
今天他已变了性别
今天伊穿一条丝裙
精工非常，任何新娘
都可拉它穿过婚戒

如一蜻蜓龙飞[20]

展翅堇外

伊裙沙沙

随后消失

钻纹玻璃窗外

内里墙上面面镜中

全不见伊影踪。

伊愿否做我的"透视先生"？

伊下次再飘荡如此

德拉[21] 众女士之一

就正好跨越性别

玻璃纤维胡子

伊滑过我指尖

只留笑声回荡。

我本以幽灵为幽静

一如萤火虫灯闪烁

属阴影与黑暗的

欧泊珠光受造物

噢，伊们喋喋不休

众元媛[22] 水晶梯上

议论虹彩事体

水晶吊灯熠熠璀璨

伊们舞起一支剔透快步

自动钢琴重重魅幻

海草摇摆

萨拉邦德[23]。

值伊隐消散

我敬我幽灵

举杯"生命水"[24]

对饮成光临

酒空人去。

1　俄刻阿诺斯（Oceanus）：希腊神话中的一个提坦，大洋河的河神。所谓大洋河是希腊人想象中环绕整个大地的巨大河流，代表世界上的全部海域。

2　约翰·弥尔顿（John Milton, 1608—1674），英国诗人、思想家。此处引用弥尔顿假面舞剧作品《科马斯》，前八行为该剧高潮处一首歌词：一位守护天使化身为牧羊人帮助两位正直勇敢的弟兄，打败化身为农民诱人犯罪的科马斯（希腊神话中酒神之子，司宴乐，代表狂欢与混乱无序），并从后者手中将两弟兄被拐走的贞洁姊妹搭救了出来，继而唱歌呼唤象征贞洁的宁芙仙子塞布丽娜，释放被捆锁的这位姊妹并表彰其贞洁；原文或因笔误将原著歌词中"尊（贵）"（dear）一词引作"（死）亡"（dead）。后三行开启接下来的结尾部台词。拉德洛城堡是英国著名古堡，该处当年爆出丑闻，城堡主家族一位已婚男性因鸡奸与强奸丑闻而被处死，因此有史学家推测弥尔顿这出假面剧专以"贞洁"为主题，是受委托有意为之，谨呈该城堡上演，以行使某种对城堡主家族进行"洁净"的仪式。

3　严格来讲这段内容出自牛顿发表于《自然科学会报》的第一篇学术论文《有关光与色之新理论》（"New Theory About Light and Colour"），而并未直接出自目前引《光学》一书；后世出版《光学》确实经常附及此文。此处原文引用版本不详，较之原著有略微差异，译文参照原著微调。

4　原文此句有意改写或无意误引威廉·布莱克经典诗作《无辜之谶言》（"Auguries of Innocence"，一译《天真的预言》）首句"欲见一沙一世界"。

5　指伽利略·伽利雷（Galileo Galilei, 1564—1642），意大利物理学家、数学家、天文学家及哲学家，科学革命中的重要人物。其主要成就包括改进望远镜及其所带来的天文观测。

6　乔治·赫伯特（George Herbert，1593—1633），英国诗人、演说家和牧师。在《万灵药》（"The Elixir"）一诗中，诗人以万灵药比喻上帝的奇妙作为，劝勉读者行事为人要努力看见超越人本身的更高目标，为主做工，就如炼金一般使普通凡事都得以圣洁光明。此处中文参考于中旻译本《化石为金》（见《世代》2010 年夏季号），略有修改。

7　暗箱（camera obscura）：又称暗盒，特指一种光学仪器，可把影像投在屏幕上。自十五世纪开始，暗箱被艺术家用作绘画的辅助工具；至十八世纪末，一些摄影先驱用暗箱进行摄影实验，多以失败告终。暗箱是照相机的前身。

8　指约翰内斯·维米尔（Johannes Vermeer，1632—1675），荷兰黄金时代的杰出画家，人称光影大师。学界并没有人了解维米尔的具体技法，但一直有传说他经常使用当时罕见的暗箱及反射镜作为辅助，使画面构图、人物比例、光影变化都精致得跟照片一样逼真，以至有评论家认为这不能算艺术。贾曼好友、英国画家大卫·霍克尼曾于 2001 年发表论文，首次在学界正式提出维米尔使用暗箱技巧作画的理论并予以论证。

9　芥子珠（seed pearls）：无核海水珍珠，一般颗粒很小，形状不规则，一般用于大师级的高档设计。

10　河岸区（Bankside）：伦敦的一个地区，位于泰晤士河南岸。贾曼曾在此地一间仓库改建的工作室居住，并在其中自建一个玻璃通透的房中房，罩住了自己的床。

11　疯曼德（Mad）：《禧年》中的一个朋克角色，片中也有来自《暴风雨》中的爱丽儿一角。

12　语出莎士比亚《暴风雨》第 1 幕第 2 场爱丽儿语，原著为问句："还有繁重的工作吗？你既然这样麻烦我，我不得不向你提醒你所允许我而还没有履行的话。"……"我的自由。"（朱生豪译，《莎士比亚全集（一）》，人民文学出版社，1994）

13　《日影》（In the Shadow of the Sun，1981）和《镜艺》（Art of Mirrors，1973）

均为贾曼的超 8 短片代表作。

14　《维特根斯坦》（*Wittgenstein*）：贾曼电影长片作品。由纳比尔·沙班
（Nabil Shaban）饰演的一个哥布林造型角色在片中多次出现，全身绿装
绿妆，自称"绿先生"（Mr Green，音译"格林先生"），暗示自己来自火
星，并与童真的维特根斯坦多次展开关于哲学、逻辑及哲学家身份认知
的对话。该角色在全片末尾维特根斯坦的病床上再次出现，褪去绿妆，
通体正常肉色，着一绿短裤，自称"夸克·粲暨奇异"（Quark, Charm
and Strangeness），手持一块闪亮的玻璃锥体透镜，对着镜头向"色动力
学元首量子之主"致敬（Hail Chromodynamics, Lord of Quantum），宣告
维特根斯坦去世并宣称"有问必有答"。另参《慢慢微笑》315 页。

15　菲利普·约翰逊（Philip Johnson，1906—2005），著名美国建筑师，普利
策建筑奖首位获得者，以其后现代风格为人所熟知。代表作"玻璃房"
（Glass House）位于美国康涅狄格州新迦南，为其生前长期居所。约翰逊
是一位高调的男同性恋者，于 1993 年公开出柜。

16　天体音乐（music of the spheres）：又称普适音乐或宇宙音乐性（musica
universalis），一种古老的经典哲学概念，并非通常从字面上理解的声音，
而是一个谐波、数学的概念。

17　海浪万马（sea horses）：原文此处刻意将当代英文中的"海马"（seahorse）
一词拆开，强调字面意思"海之马"。

18　美杜莎（Medusa）是希腊神话中的一个蛇发女妖，传说任何直视美杜莎
双眼的人都会变成石像。汉语中的"水母"（jellyfish）可以泛指刺胞动物
门中的一类无脊椎动物。狭义而言因为水母的生命发育阶段复杂，人们
常见且常说的水母实际上是特指水母这种生物的繁殖阶段形态，这个阶
段英文称"美杜莎"，以其触手蜇人后通常会产生麻木感。

19　黑鸟可能指乌鸫。"黑鸟歌唱"这个意象可能指披头士乐队的歌曲《黑
鸟》（"Blackbird"），其歌词歌颂黑鸟在死亡之夜中尽力歌唱一生中只为

迎接自由展翅飞入光明的一刻。

20　蜻蜓龙飞（dragon fly）：此处原文将当代英文中的"蜻蜓"（dragonfly）一词刻意拆开，强调字面意思"龙飞"。

21　指德尔·拉格雷斯·沃尔卡诺（Del LaGrace Volcano，1957— ），美国著名跨性别摄影师、艺术家、活动家。其作品大量涉及跨性别主题，许多摄影作品中的男女模特都有标志性的、几乎符号化的胡子。

22　元媛（debutante）指欧洲贵族或上流家庭刚成年入社交场合的女子。传统有专为元媛举办的社交舞会。

23　萨拉邦德（Sarabands）：一种慢板三拍子舞曲；英语中一般写作"Sarabande"。

24　生命水（acqua vite）：指蒸馏烈酒，尤白兰地。

© Howard Sooley

写这本书时，我已时日无多。

若有什么是你视为珍贵，却被我忽视的——你自己写在页边吧。

……我更喜欢色彩飘起来，在你们头脑中飞行。

——德里克 · 贾曼

一頁 folio

始于一页，抵达世界

Humanities · History · Literature · Arts

出品人　范　新

监制策划　恰　恰

特约编辑　苏　骏

助理编辑　唐继尧

营销编辑　张延戴翔

新　媒　体　赵雪雨

版权总监　吴馨君

印制总监　刘玲玲

装帧设计　山　川

内文制作　常　亭

Folio (Beijing) Culture & Media Co., Ltd.
Bldg. 16-C, Jingyuan Art Center,
Chaoyang, Beijing, China 100124

一頁 folio
微信公众号

官方微博：@一頁 folio ｜ 官方豆瓣：一頁 ｜ 媒体联络：zy@foliobook.com.cn